산속의 가을 저녁 山居秋暝

빈 산, 새로 내린 비 막 갠 뒤
날 저물자 가을이 깊어졌다
밝은 달 소나무 사이로 비치고
맑은 샘물은 돌 위로 흐른다
대나무 숲 시끄럽게 빨래 하는 아낙네들 돌아가고
연꽃 요동치게 고깃배가 내려가네
봄날의 향기로운 꽃 없어진들 어떠리
은자만 철로 머물만 한 것을

空山新雨後 天氣晚來秋 明月松間照 清泉石上流
竹暄歸浣女 蓮動下漁丹 隨意春芳歇 王孫自可留

개방각하

丙幇閣下

개방각하 3

도욱 新무협 판타지 소설

초판 1쇄 찍은 날 § 2004년 10월 15일
초판 1쇄 펴낸 날 § 2004년 10월 25일

지은이 § 도욱
펴낸이 § 서경석

편집장 § 문혜영
편집 § 장상수 · 서지현 · 한지윤
마케팅 § 정필 · 강양원 · 이선구 · 김규진 · 홍현경

펴낸곳 § 도서출판 청어람
등록번호 § 제1081-1-89호
등록일자 § 1999. 5. 31
어람번호 § 제2-0446호

주소 § 경기도 부천시 원미구 심곡1동 350-1 남성B/D 3F (우) 420-011
전화 § 032-656-4452 팩스 § 032-656-4453
http://www.chungeoram.com
E-mail § eoram99@chollian.net

ⓒ 도욱, 2004

ISBN 89-5831-218-1 04810
ISBN 89-5505-215-7 (SET)

개방각하

丐幇閣下

3

흥! 내가 천하제일인

Fantastic Oriental Heroes

도욱 新무협 판타지 소설

도서출판
청람

제3권
흥! 내가 천하제일인

| CONTENTS |

□ 제20장 □

각하의 이름으로…

—좋아, 그러면 됐어. 이제부터 네놈과 벽하,
그리고 나… 이 세 사람의 운명은 내가 결정하겠다

휘익!

마치 한 마리의 새처럼 무대붕의 신형이 암반 위로 착지했
다.

"얼씨구?"

내려서기가 무섭게 무대붕은 황당한 표정을 지었다.

요수련이 만년한철로 사지가 묶여 있는 광한의 목에 금장
도(金粧刀)를 겨누며 자신을 차갑게 응시했다.

"흥! 무대붕, 이 금장도가 무엇인지 알겠지?"

용의 문양(文樣)에 귀한 흑오석 여러 개가 박혀 있는, 일견
하기에도 상당한 고가(高價)의 명품처럼 느껴지는 금장도였
다.

"그건 네가 네 돈 주고 직접 산 거잖아? 남가로(南街路)에
있는 칠보예방(七寶藝房)에서."

"임마, 누가 그걸 물어봤냐? 내가 무엇 때문에 이것을 샀

냐고!"

"그, 그거야……."

무대붕은 대답하려다가 그만두었다.

그 금장도는 무대붕을 사랑하게 된 요수련이 앞으로는 다른 손님을 받지 않겠다는 의미로 구입한 것이다. 만약 다른 손님을 받는다면 그 것으로 자신의 목을 베겠다는 각오로 오로지 무대붕 하나만을 사랑하 겠다며 그에게 보여주었던 바로 그 금장도였기 때문이었다.

"난… 무려 은자 백오십 냥이란 거금을 쓰면서 이 금장도를 구입했 다. 네놈을 사랑했기에."

이것은 사실이다. 그녀는 혹시라도 다른 사람에게 몸이 더럽혀질 것 이 두려워 언제나 그 금장도를 품에 지니고 있었다.

"그런데 네놈은 나의 숭고한 사랑을 짓밟고 모욕했어. 그것도 아주 처참하게."

이것도 사실이다. 무대붕은 그녀가 단지 자신보다 세 살 연상이란 이유만으로 그녀의 청혼을 너무도 쉽게 거절했으니까.

"용서 못해! 절대 용서하지 않을 거야!"

그녀는 눈물을 그렁거리며 붉은 선혈이 맺히도록 입술을 질끈 깨물 었다.

"나원 참~ 살다 보니 별의별 말 같지 않은 소리 다 듣는군."

무대붕은 새끼손가락으로 귀지를 긁으며 짜증스러운 표정을 지었 다.

"그러길래 누가 그렇게 비싼 걸로 사래? 금장도는 몰라도 은자 한 냥만 주면 칼날 잘 들고 모양도 괜찮은 은장도를 얼마든지 살 수 있는 데 뭐 하러 백오십 냥씩이나 되는 비싼 걸 사가지고는 돈, 돈거리는 거야? 추접스럽게."

"뭐? 추, 추접?"

요수련은 황당했다.

"추접이라니? 이 멍청한 놈아! 내가 지금 돈 얘기하는 줄 알아?"

"백오십 냥이니 어쩌니 하며 징징거렸잖아? 그게 아까워서."

"끄응~ 천신(天神)이 왜 콧구멍을 두 개로 만들었는지 이제야 알겠군. 이럴 때 숨 막혀 죽지 말라고……."

요수련은 너무도 기가 막혀 눈물이 나올 지경이었다.

"옳은 얘기야. 아마 콧구멍이 하나였으면 숨이 막혀서 코딱지도 후비지 못할 거야."

무대붕은 히죽 미소 지으며 콧구멍을 후볐다. 그러자 요수련이 기겁을 했다.

"이 자식아! 콧구멍 후비지 마. 또 무슨 수작을 부리려고!"

"수작은 무슨? 정말 숨이 막히나 안 막히나 실험해 보려는 거지."

"그래도 하지 마! 하지 말란 말야!"

요수련은 비명처럼 외쳤다.

"그, 그러지 뭐. 그게 소원이라면."

무대붕은 자신의 손가락에 비장의 무기(?)인 코딱지가 없다는 것을 확인시켜 준 후 손바닥을 털었다.

"내가 미쳐도 단단히 미쳤지. 말귀도 못 알아듣고, 끔찍한 무좀에, 허구한 날 코딱지나 파는 저런 한심한 놈을 한때나마 사랑했었다니……."

요수련은 아직도 자신의 뱃속에 있는 무대붕의 그 이물질을 떠올리며 진저리를 쳤다.

"그럼 잘됐네. 나같이 한심한 놈과 엮이지 않았으니 얼마나 다행이야? 안 그래?"

"오냐! 얼마나 다행인지 달밤에 옷을 홀랑 벗고 춤을 추고 싶을 정도다."

"계산이 깔끔하게 됐네. 결국 좋은 일이 됐으니 손해 본 것도 없고… 그러니 쓸데없는 짓은 그만 하고 금장도 집어넣어."

"그건 안 돼! 넣기 전에 네놈이 할 일이 있어!"

요수련은 단호하게 소리쳤다.

"할 일? 그게 뭔데?"

"무릎 꿇고 진심으로 용서를 빌어."

"뭐? 뭘 어떻게 하라고?"

무대붕은 입을 쩍 벌리며 황당하단 표정을 지었다.

"눈물을 흘리면서 확실하게 사죄를 해. 그러면 나도 네놈에 대한 모든 악감정을 지워 버릴 테니까."

"얼씨구? 무릎에 눈물까지?"

무대붕은 기가 막혔다. 그러면서 문득 요수련이 했던 말이 떠올랐다.

'끙~ 젠장! 콧구멍이 한 개였다면 이번엔 내가 즉사할 뻔했군.'

"어서 무릎 꿇고 빌어. 그렇지 않으면 네 수하를 죽이고 나도 죽는다."

무대붕의 심정이 어떻든 상관없이 요수련은 서릿발 같은 눈빛으로 쏘아보고 있었다.

"흥. 날더러 무릎을 꿇으라고? 정신 나간 소리 하고 자빠졌네. 무릎 꿇기 싫어서 우리 아버지 제사도 안 지내는 사람이 바로 나야. 택도 없는 소리 집어쳐!"

무대붕은 어림없다는 듯 팔짱을 끼고 몸을 돌렸다.

"그, 그럼 정말 이 자식 죽인다?"

무대붕의 단호한 태도에 요수련은 당황했다.

"그러던가 말던가!"

"이, 이 자식아! 농담 아냐, 진짜야!"

"맘대로 하라니까."

"진짜 죽인다……."

요수련은 울상을 지었다. 광한의 목에 칼을 들이대고 협박은 하고 있지만 기실 그녀가 사람을 죽인다는 건 무리였다. 대화루의 주방장인 장노대가 닭을 잡는 것도 쳐다보지 못하고 외면하는 게 바로 그녀였다.

그런 그녀가 어찌 광한에게 칼질을 하겠는가! 그것도 자신을 똑바로 응시하고 있는 광한을.

'이, 이런 씨… 칼을 뽑은 이상 저놈이 겁먹을 만한 행동을 하긴 해야 되는데…….'

이러지도 못하고 저러지도 못하며 울상만 짓고 있을 때,

뚝!

그녀의 모든 고민을 해결해 주려는 듯 광한은 자신의 앞에 있는 금장도를 입에 물고 이로 부러뜨렸다.

"헉!"

요수련은 기겁했다. 사지가 묶인 상태로 가만히 있던 광한이 이와 같은 행동을 하리라곤 꿈에도 상상치 못했다.

"크큭… 그러길래 그냥 콱 찔러 버리라니까."

무대붕은 키득거리며 천천히 다가왔다.

"오, 오지 마……."

요수련은 사색이 된 표정으로 뒤로 주춤거렸다.

"우리 아버지가 나한테 남긴 두 가지 유언이 있는데 그중 한 가지는 조상님들 제사 잊지 말고 챙기라는 거였고, 다른 한 가지는 절대 여자에게 손찌검하지 말라는 거였거든."

무대붕은 뒤로 주춤거리는 요수련을 향해 싸늘한 표정으로 손마디를 꺾으며 다가왔다.

"근데 첫 번째 유언은 내가 무릎 꿇기 싫다는 이유로 지키질 못했어. 때문에 무슨 일이 있어도 두 번째 유언만은 지키겠다고 맹세를 했는데, 너 때문에 아무래도 오늘 그 맹세를 깨야겠어."

"자, 자기야… 맹세까지 한 건데 지켜야지……."

요수련은 어색한 표정으로 미소를 지었다.

"얼씨구? 자기? 왜 계속 이놈 저놈 해보시지 않고?"

"그거야… 내가 자기를 워낙 사랑하기 때문에… 속상해서……. 그러니까 자기가… 이해해……."

"이해 같은 소리 하고 있네. 이걸 콱!"

"끼아악!"

때리진 않았다.

그저 따귀라도 갈길 듯 손을 쳐들었을 뿐이다. 그런데 지레 겁을 먹은 요수련은 손으로 자신의 얼굴을 감싸며 황급히 뒷걸음질을 했는데, 애석하게도 그녀에겐 더 이상 물러설 곳이 없었다.

풍덩!

졸지에 그녀의 몸은 암반 위에서 천애탄 물속으로 추락했다.

콰아아아—

그녀의 몸뚱어리는 천애탄의 급류에 휘말려 눈 깜짝할 사이에 까마득히 멀어져 가고 있었다.

"쯧… 저런, 살아남기가 곤란하겠는데? 무공도 없는 계집이 저런 급류에 휘말렸으니……."

무대붕은 아득히 멀어져 가는 요수련의 모습을 보며 씁쓸한 표정을 지었다. 그래도 한때 자신과 뜨거운 운우지정(雲雨之情)을 나누었던 요수련이었다. 아무리 괘씸해도 허망한 최후를 보니 조금은 안타까웠다.

빠악! 빡!

아무리 좋은 도끼로도 흠집 내기조차 쉽지 않다는 만년한철이 무대붕의 수도(手刀)에 의하여 끊어져 버렸다.

"각하의 몸은 전신이 무기라더니만……. 정말 대단하군. 만년한철을 이처럼 쉽게 끊어버리다니."

광한은 자신의 사지를 묶고 있던 만년한철을 툭툭 털어내며 감탄했다.

"아무튼 이번에도 또 각하한테 신세를 졌군."

광한은 천천히 일어서며 무대붕을 향해 씁쓸한 미소를 지었다.

"어쭈, 웃어?"

무대붕의 입꼬리가 차갑게 비틀렸다.

"각하? 왜……."

광한이 의아한 표정으로 반문하려는 순간,

빠악!

무대붕의 주먹이 광한의 얼굴을 강타했다.

꽈당탕!

벼락같은 주먹에 광한의 신형이 곤두박질쳤다.

"나쁜 새끼! 너 같은 새낀 수하도 아냐!"

무대붕은 쓰러진 광한의 위로 올라타 인정사정없이 두들겨 팼다.

퍼퍽퍽!

"우욱! 윽!"

"나쁜 새끼! 지독한 새끼!"

계속되는 무대붕의 주먹세례를 더 이상 견디지 못하겠다는 듯 광한이 그의 팔목을 움켜잡았다.

"으윽! 젠장… 왜 그래? 각하야, 이유나 알고 맞자."

"이 자식이! 정말 계속 내숭 깔래?"

"내숭이라니? 내참, 내가 그런 거 모르는 사람이라는 건 각하가 더 잘 알잖아."

광한은 어이없다는 표정을 지었다.

"벽하!"

무대붕이 짧고 차갑게 소리쳤다.

쿵!

광한의 얼굴이 딱딱하게 굳었다.

무대붕은 천천히 광한으로부터 떨어지며 몸을 세웠다.

그리고 등을 지고 암반 끝에 섰다.

"그녀를 어떻게 할 거냐?"

"……."

"넌 그녀를 만나기 전에는 죽을 수도 없다던 놈이다. 어떻게 할 거냐?"

"……."

"그녀는 여전히 너를 잊지 못한 채 눈물로 살아가고 있다. 계속 그렇게 내버려 둘 거냐?"

"……."

"대답해. 어서 대답하라구, 이 새꺄!"

무대붕은 다시 몸을 돌리며 소리쳤다.

"……."

광한은 여전히 주저앉은 상태로 아무 말이 없었다.

잠시 그들 사이에 어색한 침묵이 스치고 지났다.

"내가… 뭘 어떡할 수 있겠어."

"……."

"미치도록 만나고 싶지만… 이제 그녀는 각하가 사랑하는 여자가 됐는데……."

광한은 착잡한 표정을 지었다.

"미친놈. 벽하라는 여자를 몰라? 네놈이 목숨보다도 더 소중하게 생각하는 그녀를 정말 그렇게 몰라?"

"……."

"빌어먹을! 내가 좋아한다고 내게 쉽게 마음을 열 만큼 그녀가 헤픈 여자였으면 차라리 나도 좋겠다, 이 망할 자식아!"

무대붕의 눈에 눈물이 일렁였다.

"각하……?"

광한은 당황했다.

그러나 무대붕은 비통한 심정을 억지로 인내하며 차갑게 음성을 발했다.

"이 년 전 네놈은 분명 내게 이런 말을 했다, 살려주기만 한다면 무슨 일이라도 하겠다고. 기억하겠지?"

"……."

광한은 대답 대신 고개를 끄덕였다.

"좋아, 그러면 됐어. 이제부터 네놈과 벽하, 그리고 나… 이 세 사람의 운명은 내가 결정하겠다."

무대붕의 눈에서 항거할 수 없는 칼날 같은 광휘가 뿌려졌다. 여태껏 광한이 단 한 번도 본 적이 없는 섬뜩한 눈빛이었다.

무대붕과 광한, 그리고 벽하…….

이 장난처럼 꼬인 세 사람의 운명을 자신의 손으로 결정하겠다는 무대붕.

광한에게 포기를……?

그게 아니라면 자신이?

어느덧 막부산 서편으로 해가 넘어가고 있었다.

"……?"

찻잔을 들던 영중제의 눈이 휘둥그레졌다.

"이봐, 대붕이……."

그는 매우 당황스런 표정으로 앞에 앉아 있는 무대붕을 쳐다보았다.

"지금… 내가 뭘 잘못 들은 것 같은데… 잘못 들은 거 맞지?"

"들으신 그대로입니다. 이제 개방으로 돌아가겠습니다."

무대붕은 매우 진지하고도 단호하게 입을 열었다.

"아니, 이 친구가……?"

영중제는 아무런 보고도 없이, 업무도 내동댕이치고 일 주야 동안을 행방불명되었다가 나타난 무대붕에게 귀한 자식 한 대 더 때린다는 심정으로 준엄하게 야단을 치려 했다.

그런데 야단도 치기 전에 무대붕의 입에서 특사영반 직을 사퇴하고 무림으로 돌아가겠다는 폭탄선언이 터져 나왔으니…….

영중제가 당혹스러워하는 건 지극히 당연했다.

"대체 갑자기 왜 그러는 것인가? 조국과 백성을 위해 헌신하게 된 것이 영광이라며 눈물까지 글썽이던 친구가 어째서 갑자기 그런 생각을……?"

"이제야 비로소 주제를 깨달았다고나 할까요? 아무튼 뭐… 그렇습니다."

"주제라니? 허허, 무슨 소리! 이 세상에 자네만큼 뛰어난 젊은이는 결코 흔치않네."

영중제는 어느새 야단치겠다는 생각은 잊은 채 어떡하든 무대붕의 마음을 돌리기 위해 너그러운 미소까지 지으며 그를 격려했다.

그러나 무대붕의 반응은 여전히 차가웠다.

"그건 저도 인정합니다. 하나 그러면 뭘 합니까? 근본이 거지인데."

"뭣이라?"

"거지 주제에 조국과 백성을 운운한다는 것 자체가 웃기는 일이었죠. 그래서 웃기는 짓거리는 이제 그만 하고 돌아가겠습니다."

말과 함께 무대붕은 자리에서 일어났다.

"그동안 여러 가지로 고마웠습니다. 폐하 덕분에 거지 주제에 황궁에서 감투도 써보고… 그러나 좋은 기억보단 더러운 기억이 더 많네요. 부디 만수무강하십쇼."

꾸뻑 인사를 한 후 무대붕은 등을 돌렸다.

"이봐! 대붕이, 앉아. 내 얘기 아직 안 끝났네!"

영중제는 벌떡 일어나 소리쳤다. 그러나 무대붕은 영중제의 외침에도 불구하고 사라지고 있었다.

"저, 저 친구가?!"

영중제는 넋 나간 표정으로 멍하니 바라보고 서 있었다.

무대붕!

자신이 가려우면 긁어주고, 짜증이 나면 유쾌하게끔 기분을 전환시켜 주던 수족과 같은 충복이었다.

그런 그가 자신에게 등을 보이고 사라지고 있으니, 영중제의 마음은 너무도 허탈하고 안타까웠다.

털썩!

마치 어렸을 때, 벌레 먹은 이를 뽑고 났을 적에 그 잇새로 스며들던 써늘한 바람의 감촉과도 비슷한 허망함을 느끼며 영중제는 맥없이 주저앉았다.

"대, 대붕이……."

천붕전에서 나온 무대붕은 벽하가 있는 백향전으로 갔다.

벽하는 시녀 애향과 함께 탁자에 앉아 자수(刺繡)를 놓던 중, 갑작스런 방문객을 맞이하게 되었다.

"여, 영반님?"

오랜만의 만남이었기 때문일가?

애향은 자리에서 벌떡 일어나며 그 어느 때보다도 반갑게 그를 맞이했다.

"대체 그동안 어디에 가셨어요? 특사반 사람들이 영반님을 얼마나 찾으러 다녔다구요. 그리고 폐하께서도 많이 걱정하신다고 하고… 참,

폐하를 알현하셨나요?"

애향 역시 무대붕의 갑작스런 행방불명에 대해 무척 걱정했었다. 그녀에게 무대붕이 누구인가? 일개 미천한 시녀에 불과한 자신이건만 언제나 자상하게 대해주고, 비싼 보석까지 선물을 한 친오빠와 같은 존재가 아닌가!

물론 그 모든 것은 무대붕의 치밀한 잔머리였지만, 사정을 모르는 그녀는 어렸을 적에 일찍 병으로 죽은 친오빠가 무대붕을 통해 환생한 것이라는 생각까지 할 정도로 그녀에게 있어 무대붕은 너무도 각별하고 소중한 존재였다.

"애향아, 잠시 자리 좀 비켜줄 테냐?"

"예?"

"공주님과 단둘이 할 얘기가 있다."

여동생은 오빠의 행방불명에 너무도 불안했고 가슴 졸이며 오빠가 다시 돌아올 그날만을 기다렸는데, 정작 나타난 오빠는 자신에게 눈길 하나 주지 않은 채 차가운 음성으로 꺼져 달라는 것이었으니……

"아, 알았어요……"

애향은 힘없이 대답했다. 그리고 등을 돌려 걸어나왔다. 너무도 서운한 마음에 눈물이 흘러내렸다.

"잘 오셨어요. 그렇지 않아도 뵙고 싶었는데."

벽하는 애향까지 내보내며 자신의 앞에 우뚝 서 있는 무대붕을 직시하며 말을 이었다.

"그때 제가 그린 초상화를 보고 왜 그토록 놀라셨죠?"

"……"

"월랑을 알고 계신 거죠? 그런 거죠?"

"……."

"말씀해 주세요. 지금 그분이 어디에 계신지… 부탁이에요, 제발……."

'빌어먹을…….'

무대붕은 더욱 가슴이 찢어졌다. 애타게 사정하는 벽하의 음성은 마치 비수처럼 자신의 심장을 찌르고 있었다.

아무리 생각하고 또 생각을 해도 그녀의 마음속에 무대붕이란 인간이 비집고 들어갈 공간은 추호도 없었다.

탁!

무대붕은 대답 대신 품속에서 뭔가를 꺼내 탁자에 내려놓았다.

"아, 아니, 이건……?"

벽하는 눈을 크게 떴다.

금빛 호각 목걸이.

무대붕이 내려놓은 것은 잃어버린 줄 알았던, 그녀가 가장 아끼며 소중하게 여기던 바로 그 호각 목걸이였던 것이다.

"어떻게 이걸 영반님이……? 분명 그때 못 찾겠다고 하셨잖아요?"

"따지지 말고 잃어버린 걸 찾아주었으면 고맙다고나 하십쇼."

무대붕은 차가운 표정으로 그녀의 질문을 무시했다.

"뭐, 뭐라구요?"

벽하는 예상 밖의 냉랭한 응답에 어이가 없었다.

그러나 무대붕은 그녀의 표정이 어떻든 개의치 않고 계속 차가운 표정으로 말을 이었다.

"나흘 후 신시(辛時:이십사시의 스무 번째 시, 하오 6시 30분에서 7시 30분 사이의 시간)에 낙양성 서쪽 외곽에 있는 노전(蘆田:갈대밭)으로 가십쇼.

그런 후……."

무대붕.

그는 지금 찢어지는 가슴을 인내하며 억지로 말을 이어갔다. 장난처럼 꼬인 자신의 운명을 한탄하며, 피 토하는 심정으로 그렇게 말을 이어가고 있었다.

*   *   *

휘이이잉!

황량한 요동 벌판에 위치한 금마국의 군막에 뿌연 바람이 몰아치고 있었다.

이곳은 군마족의 늙은 군사인 합문아태의 처소.

부글부글.

약을 달이는 곳에선 긴장감이 감돌고 있었다. 일명 동방성의(東方聖醫)라고 불리우는 동북 변황의 최고 의원인 모용장뇌(慕容長腦)는 마치 기도하듯 약탕기 앞에서 그렇게 꿇어앉아 있었다.

약탕기에서 흰 김이 계속 솟고 있다.

여러 인물들이 모용장뇌만큼이나 긴장된 표정으로 약탕기를 바라보고 있었다.

동북 변황 최고의 강자로 우뚝 선 철패대제 야율노극과 그의 오른팔이 된 사공중필, 그리고 대장군 오록호리와 타미루 등 금마국의 수뇌급들이었다.

"……."

"……."

모두들 마른침을 삼키며 매우 긴장된 표정들이었다.

드디어 모용장뇌가 떨리는 손으로 화로에서 약탕기를 꺼내어 그 뚜껑을 열었다.

흰 김이 더욱 솟는다. 모용장뇌는 그것을 시녀가 받쳐 든 약탕 그릇에 붓는다, 아주 정성스럽게.

"폐하, 드디어 약이 다 되었사옵니다. 사흘 밤낮을 정성껏 달이고 또 달인 약이옵니다."

"약을 담았으면 어서 군사에게 가져다 올리게."

"예, 폐하."

약탕 그릇을 받쳐 든 늙은 시녀와 모용장뇌가 앞서 안으로 들어가자 야율노극과 사공중필이 그 뒤를 이었다.

"약효가 있어야 할 텐데……."

오록호리가 불안한 표정으로 입을 열었다.

"형님, 모용장뇌는 변황 최고의 명의(名醫)입니다. 그런 그가 사흘 동안 치성을 다해 달인 약이니 군사께선 분명 쾌유하실 수 있을 겁니다. 하하."

매사에 낙천적인 성격을 갖고 있는 타미루가 장담하듯 껄껄거렸다.

"글쎄… 그랬으면 좋으련만, 연세가 워낙 많으신 데다가 오래된 지병이 아닌가! 더욱이 요즘 들어선 거동은커녕 말씀조차 하기 힘드신 형편이니……."

"어허, 형님. 모용장뇌는 죽은 사람도 살린다는 명의라니까요. 소심하게 그러지 말고 저처럼 그를 철썩같이 믿어보십쇼. 그러면 마음도 편안합니다. 하하."

"알았네. 우리도 그만 들어가 보세."

"예, 형님."

"군사 어르신, 봉룡탕(鳳龍湯)이옵니다."
약탕 그릇을 들고 있는 시녀가 침상 앞에 정중히 무릎을 꿇었다.
"으으. 콜록콜록……."
합문아태는 사공중필의 부축을 받으며 힘겹게 몸을 일으켰다.
"천산에서 캔 오십 년 이상 된 산삼을 주축으로 하여 당삼, 백출, 봉령, 황기, 목탄피, 사삼, 단삼, 봉출, 진피 같은 약들을 함께 달인 것이옵니다. 쭉 들이키시면 쇠진된 기가 다시 충만해질 것입니다."
모용장뇌가 약의 효능을 설명했다.
"콜록. 쓸데없는 수고만 했군."
합문아태는 힘없이 고개를 저었다.
"내 병은 내가 아네. 콜록… 무심한 것이 세월이라더니… 이제 갈 때가 된 것 같으이. 콜록."
"어르신, 드시오소서. 어서요! 이것만 들면 나으실 수 있사옵니다!"
오랫동안 합문아태의 곁에서 잔심부름을 해왔던 늙은 시녀가 눈물을 글썽이며 소리쳤다.
"군사, 우리 모두의 치성으로 사흘 동안 달인 약일세. 그러니 고집 피우지 말고 어서 드시게."
야율노극이 착잡한 표정으로 입을 열었다. 그러자 나머지 사람들도 재촉하듯 소리를 쳤다.
"군사 어른, 어서 드시옵소서."
"나으실 수 있을 겁니다. 그러니 어서 드십시오, 어서요."
늙은 시녀가 약탕 그릇을 올려주자 합문아태는 떨리는 손으로 간신히 받아 들었다. 그러나…….

땡그랑!

사흘 동안 치성으로 달인 봉룡탕은 그의 입 안으로 넘어가질 못하고 그의 손에서 힘없이 미끄러지며 바닥에 떨어지고 말았다.

"군사!"

"군사 어르신!"

야율노극을 비롯한 모든 이들의 눈이 크게 떠졌다.

"하아… 하아……. 이보게, 사공 군사. 나를 다시 눕혀주겠나……."

합문아태는 부축을 받으며 앉아 있는 것조차 힘겨운 듯한 모습이었다.

"예."

사공중필은 침통한 표정으로 그를 다시 자리에 눕혔다.

"하아. 폐하……."

합문아태는 흐릿해지는 눈으로 야율노극을 바라보았다.

"하아… 이제 이 늙은 신하… 폐하의 곁을 떠날 때가 됐나봅니다."

"군사……."

"가기는 가야 하는데… 콜록… 업장이 두터워서 차마 눈을 감을 수가 없군요. 하아, 하아……."

합문아태의 손이 힘겹게 허공으로 솟아올랐다.

야율노극은 아무 말 없이 그의 늙고 앙상한 손을 두 손으로 꼬옥 잡아주었다.

"하아… 폐하께서 천하의 주인이 되시는 모습을 못 보고… 콜록… 이렇게 가야 한다니……. 하아……."

가쁜 숨소리와 함께 합문아태의 동공이 더욱 크게 흔들리고 있었다.

"하아… 꼭 대업을… 이루십시오……."

"……."

"하아… 그래서… 우리 오환족의 천… 천 년 한을… 풀… 어……."

스르륵!

합문아태의 고개가 천천히 옆으로 꺾어졌다. 그리고 자신의 말처럼 그는 눈을 감지 못한 채 삶의 마지막 끈을 놓았다.

"군사 어르신!"

"군사님!"

늙은 시녀를 비롯한 장내의 모든 사람들이 비통한 표정으로 소리를 치며 오열하기 시작했다.

합문아태.

변방의 보잘것없는 소수 민족에 불과하던 오환족에게 오늘과 같은 영광이 있도록 만든 야율노극의 그림자와도 같았던 인물.

'합문아태… 자네가 없었다면 우린 아직도 추운 황무지에서 매서운 삭풍을 피하며 먹을 것이나 걱정하는 짐승 같은 삶을 살았을 것이네.'

야율노극의 손은 미처 감지 못한 합문아태의 눈을 천천히 감겨주었다.

'기필코 기름진 중원 땅을 우리의 발 아래 굴복시키리라! 그래서 우리의 후손들이 추위와 식량에 대한 걱정 없이 풍요로운 삶을 영유할 수 있도록 그렇게 만들고 말 테니까… 저승에 가더라도 꼭 지켜보게나!'

철패대제 야율노극.

피도 눈물도 없는 줄 알았던 그의 눈에서도 이 순간만큼은 소리없이 뜨거운 혈루(血涙)가 흐르고 있었다.

　　　　　*　　　　　*　　　　　*

　휘이잉! 휘사사삭……..

　무성한 갈대들이 바람에 휩쓸리며 소리 내어 울고 있었다.

　이곳은 낙양성 서쪽 외곽 탄천(灘川)이라는 개천가에 위치한 둔전이다. 워낙 갈대가 높고 무성한 탓에 사람들의 발길이 거의 없는 늘 한적하고도 조용한 곳이었다.

　천천히 서쪽 하늘로 해가 기울고 있었다.

　갈대밭 사이에 홀로 서서 하늘을 물들이고 있는 석양을 바라보고 있는 쓸쓸한 여인이 있었다.

　벽하였다.

　"…….."

　꽤 오랫동안 춤을 추는 갈대 사이에 서서 붉은 노을을 바라보던 벽하의 얼굴에 영문을 알 수 없는 긴장이 스치고 있었다.

　그녀는 가슴 앞에 걸려 있는 목걸이를 천천히 만진다. 그녀가 가장 소중히 여기는 금장 호각 목걸이였다.

　그녀는 잠시 촉촉이 젖은 눈으로 호각을 바라보고는 앵두 같은 입술에 물었다. 그리고 힘차게 불었다.

　삐익! 삐이익!

　호각 소리는 갈대밭 전역으로 울려 퍼지기 시작했다.

　사내.

　언제부턴가 둔전에 한 사내가 서 있었다.

　사내는 갈대밭 속에서 귀에 매우 익숙한 뾰족한 호각 소리가 터져 나오자 자신도 모르게 눈시울이 붉어지고 말았다.

한성처럼 차가운 눈으로 뜨거운 눈물을 삼키고 있는 이 사내…

그렇다. 바로 광한이었다.

"신시(辛時)에 탄천에 있는 둔전으로 가면 호각 소리가 들릴 것이다.
누가 호각을 부는지는 굳이 말 안 해도 되겠지?"

"각하! 싫어, 난 갈 수 없어."

"없어? 왜? 이 미친놈아! 그녀를 만나기 전에는 절대 죽을 수가 없다
는 놈이 어째서 갈 수 없다는 말을 하는 거냐!"

"그래! 공주를 사랑했고, 그녀를 만나고 싶은 건 사실이야. 하지만
각하도 그녀를 사랑하고 있는데 어떻게……."

"그래서? 나한테 양보라도 하겠다는 거냐?"

"그러고 싶어. 그럴 수 있다면……."

"미친놈! 또 터지려고 헛소리를 골라 하는군. 임마, 난 남이 버린 음
식 먹지 않는다. 남이 떠넘긴 여자도 마찬가지다. 재수없어. 그러니 후
딱 꺼져, 어서!"

"각하……."

광한은 무대봉을 떠올리며 모래밭에 심장이 구르는 것 같은 싸한 통
증을 느꼈다.

지난 이 년 동안 거의 매일같이 붙어서 살았던 무대봉이다. 어찌 그
의 마음을 모르겠는가!

벽하 때문에 상사병까지 걸렸고, 그녀 때문에 만금천부가 남긴 보물
을 무려 반이나 뚝 잘라서 황궁에 상납했다.

그토록 환장하는 보물을 갖다 바치며 체질에도 맞지 않는 황궁 생활

까지 한 무대붕이라는 것을 누구보다도 잘 알고 있는 광한이다. 때문에 자신에 대한 무대붕의 배려를 어떡하든 철회하게끔 만들고 싶었다.

그러나 무대붕은 사랑보다는 자존심을 택했다. 부하인 광한의 사랑까지 막으며 비집고 들어갈 틈조차 없는 벽하의 마음을 상대로 자신의 사랑을 구걸하기엔 도저히 그의 자존심이 용납치 않았던 것이다.

삐익… 삐이익…….

벽하는 계속 호각을 불고 있었다.

그녀가 이곳에서 호각을 불고 있는 이유 또한 무대붕 때문이었다.

여기서 이렇게 호각을 불고 있으면 그자가 나타날 것이라는 무대붕의 얘기 때문에.

"공주."

어디선가 음성이 들렸다.

벽하의 표정이 딱딱하게 굳어졌다.

그러면서 그녀는 자신이 혹시 갈대밭을 스치는 바람 소리를 잘못 들은 것은 아닐까 하는 생각을 했다. 만약 고개를 돌렸다가 그가 없으면 어쩌나 하는 불안과 두려움에 몸을 떨며.

"공주."

또다시 음성이 들려왔다. 이번엔 너무도 생생하게.

'아, 이 음성은……?'

얼마나 듣고 싶었던 그 음성이던가! 어느덧 그녀의 눈가에선 눈물이 흐르고 있었다.

'그래, 오셨어. 드디어 그분이 오신 거야…….'

눈물을 뿌리며 그녀는 고개를 돌렸다.

"……!"

벽하의 젖은 눈은 기쁨으로 크게 확대되었다. 그녀의 시선이 머무는 그곳엔 자신이 꿈에서도 잊지 못했던 정인(情人)이 우뚝 서 있었다.

"공주……."

정인의 눈에서도 뜨거운 눈물이 흐르고 있었다.

'아… 월랑…….'

왜 갑자기 말문이 막혀 버린 것인가.

생사조차 모르는 채 그토록 기다리던 사람을…

이 년 만에 다시 만난 그 사람을…….

월랑… 월랑… 월랑…….

수천 번… 아니, 수만 번 되뇌이던 이름이었는데…

정작 만난 지금은 왜 그 이름조차 부르지 못하는 것인가.

"공주… 그렇소. 나요, 북궁월이오."

광한은 눈물을 흘리면서도 미소를 지었다. 그리고 두 팔을 벌렸다.

"워, 월랑……."

드디어 더듬거리며 벽하의 입이 열렸다.

"월랑… 월랑!"

그녀는 눈물을 뿌리며, 그토록 부르고 싶었던 정인의 이름을 크게 외치며 그의 넓은 가슴으로 달려들었다.

와락!

두 사람은 격하게 포옹을 했다.

헤어진 세월이 길었기 때문인가? 조금의 틈도 허락하지 않을 만큼 두 사람은 서로가 서로를 격정적으로 끌어안은 채 눈물을 흘리며 뜨거운 입술을 맞추고 있었다.

아주 오랜 시간 동안을 돌처럼 그렇게…….

　　　　　*　　　　　　*　　　　　　*

　"뭐라? 벽하가 사라져?"

　천붕전 밖으로 영중제의 음성이 터져 나왔다.

　"벽하가 사라지다니? 그게 대체 무슨 소리냐!"

　영중제는 자신의 앞에 부복하고 있는 용재출과 애향을 향해 소리쳤
다.

　'직접 말씀드려, 어서.'

　용재출은 애향의 옆구리를 쿡 찔렀다.

　"소, 송구하옵니다, 폐하. 점심나절까지 계시는 것을 확인했사온
데……."

　애향은 식은땀을 흘리며 고개조차 들지 못하고 있었다.

　"다른 곳은… 백향전에 없다면 다른 곳에라도 있을 게 아니냐!"

　"그런 줄 알고 저도 함께 궐 안을 찾아봤지만 그 어느 곳에도 안 계
셨습니다. 제가 워낙 이 잡듯이 꼼꼼하게 찾고 있으니까 중극전의 노
기팔 학사가 '뭘 찾느냐'고 하길래 '공주님을 찾는다'고 했더니 '공주
님께서 서문을 통해 빠져나가는 모습을 보았다'고 하지 뭡니까? 이나
마도 제가 워낙 열심히 찾으러 다녔기에 알아낼 수 있었습니다."

　공치사하길 밥 먹기보다도 좋아하는 용재출이 자신의 노고를 알아
줬으면 하는 표정으로 대답했다.

　"뭣이라? 그럼 우리 벽하가 몰래 궐 밖으로 나갔단 말이냐?"

　그러나 영중제에게는 노고보다 놀람이 먼저였다.

　"예, 분명 그런 줄로 사료되옵니다."

"어허! 이, 이런 변이 있나? 근 이 년 동안 단 한 번도 궐 밖으로 나간 적이 없는 벽하이거늘… 그런 아이가 갈 데가 어딨다고……."

영중제는 여동생에 대한 불안과 걱정으로 좌불안석(坐不安席)이었다.

"대체 우리 벽하가 뭣 때문에 궐 밖에 나갔단 말인가?"

"그러게 말입니다. 공주님께서 밖에 아는 사람이 있는 것도 아니고, 달리 가실 곳도 없는데 말입니다."

용재출은 조심스럽게 영중제의 표정을 살피며 어떡하든 그의 심기가 안정되길 바라는 충정으로 말을 이었다.

"너무 걱정하지 마시옵소서, 폐하. 곧 돌아오실 겁니다. 공주님이 어린애도 아닌데… 설마 납치를 당하신다거나 길을 잃어버리시겠습니까? 그러니……."

"이 멍청한 놈아! 지금 그걸 말이라고 내뱉는 거냐!"

"예?"

"쓸데없는 소리 말고 어서 사람들을 시켜 우리 벽하를 찾으라고 명하라, 어서!"

"아, 알겠습니다, 폐하……."

용재출의 눈가에 서글픈 눈물이 고였다.

황제의 불편한 심기를 진정시키기 위해 충정을 발휘했거늘 돌아온 것은 욕뿐이었으니 어찌 연약한 그의 마음이 쓰라린 서글픔을 감당할 수 있겠는가?

용재출은 눈물을 훔치며 천붕전을 빠져나왔다, 애향과 함께.

"대체 이게 무슨 날벼락인가? 궐 밖으로 나갈 이유가 전혀 없거늘……."

영중제는 여전히 자리에 앉지도 못한 채 불안한 표정으로 천붕전 안을 오락가락하고 있었다.

*　　　　*　　　　*

벽하와 광한은 탄천가에 나란히 앉아 있었다.

어느새 날은 저물고 하늘엔 수박을 정확하게 두 토막 낸 듯한 반달이 걸려 있었다.

벽하는 광한의 어깨에 머리를 기대고 흐르는 개울물을 바라보고 있었다.

쒸이잉! 쏴아아…….

갈대를 헤치는 바람 소리와 흐르는 탄천의 물소리는 여전했다.

"월랑, 이 목걸이 기억하시나요?"

벽하가 문득 목걸이를 만지작거렸다.

"물론이오."

광한은 문득 고개를 끄덕였다.

"소녀의 스무 번째 생일에 월랑께서 선물하신 것이죠. 위급한 일이 생기면 언제든 이 목걸이에 있는 호각을 불라고… 그러면 월랑께서 달려오시겠노라고 하시며…….'

"……."

"지난 이 년 동안 소녀는 월랑에 대한 그리움을 참을 수 없을 때마다 몇 번이고 이 호각을 불고 싶었지만 차마 그렇게 하지는 못했죠. 혹시 월랑이 제 앞에 나타나지 않으실까 봐… 너무도 두렵기에 차마 호각을 불 수가…….'

주르륵!

또다시 벽하의 눈에서 구슬처럼 맑은 눈물이 흐르기 시작했다.

눈물을 바라보는 광한의 가슴이 찢어졌다.

"미안하오. 나 역시 당신이 너무도 그리웠소."

"……."

"한때 전쟁 영웅으로 모든 이의 추앙을 받던 위치에서 역적의 자식으로 전락하고, 가문은 멸문지화를 당했으니 살아 있다 해도 난 죽은 목숨이었소."

"……."

"무공은커녕 제 한 몸뚱이조차 지킬 수 없는 엉망진창이 된 육신이었고 길가에 떨어진 고구마나 열무 서리로 주린 배를 채우면서도 구차한 목숨을 연명한 이유는 바로 벽하 당신 때문이었소. 죽기 전에 꼭 한 번 다시 만나고 싶은 미련 때문에……."

광한의 눈이 또다시 충혈되었다.

벽하는 그러한 그의 얼굴을 차마 보지 못하고 고개를 떨구며 어깨를 들썩였다.

"흑흑… 알아요. 소녀가 어찌 당신 마음을 모르겠어요. 미안하고 죄송한 건 오히려 소녀예요."

"공주."

"당신은 그토록 힘들 게 삶을 연명하며 저에 대한 사랑을 놓지 않고 있었는데도 전… 편안하게 생활하면서도 어서 빨리 제 앞에 나타나지 않는 당신을 원망하기도 했으니까요. 흑흑……."

"공주……."

흐느끼며 들썩거리는 벽하의 어깨 위에 광한의 손이 얹어지려는 순간,

"으허허허엉! 월랑!"

벽하는 오열하며 광한의 목을 끌어안았다.

"월랑……."

"공주……."

두 사람은 격정적으로 끌어안으며 서로의 얼굴을 비볐다. 그리고 누가 먼저라고 할 것 없이 입술을 찾았다.

뜨거운 두 입술이 부딪치며 그들은 갈대 위로 쓰러졌다.

아아…….

이 사람이 조금만 슬퍼해도 내 가슴은 오열로 가득 차고, 조금만 기뻐해도 희열로 터져 버리고 말 거야.

이 사람이 순간순간에 갖는 일말의 미세한 감정까지도…….

그것은 내 일생, 내 몸과 마음, 나의 전부를 좌지우지하는 모든 것이 돼버렸다.

눈빛만 보아도…

발소리만 들어도…

아아… 월랑…….

*   *   *

이날 밤…

무대붕은 낙양에 있었다.

낙양 제일의 기루인 야화루에서 자신의 쓰린 심정을 가장 잘 알고 있는 철면주개 무천표와 함께 술을 마시고 있었다.

벌컥벌컥.

대체 몇 병째인지도 모른다. 그리고 술 이름조차 이젠 기억 못한다. 그냥 새로 들어오는 족족 퍼마시고 있을 뿐이었다.

"젠장! 조카야, 그만 퍼마셔라. 먹고 죽을 일 있냐?"

무천표는 인상을 버럭 쓰며 짜증을 냈다. 당숙의 입장에서 무대붕의 아픈 심정을 이해 못하는 바는 아니지만 이렇게 술에 환장한 사람처럼 퍼마시는 모습을 보니 일단 성질부터 났던 것이다.

"끄윽… 당숙……."

무대붕이 초점 풀린 눈으로 무천표를 쳐다보았다.

"왜?"

"끅. 열 번 찍어 안 넘어가는 나무가 없다는데… 그녀는 정말… 그 자식밖에 모르더라구……. 끄윽……."

"그러니까 다음부턴 열 번 찍어도 될 나무를 찍어. 이번처럼 터무니없는 걸 찍지 말고."

무천표는 한 잔 들이키며 핀잔하듯 내뱉었다.

"당숙……."

"또 왜?"

"광한이 녀석… 지금쯤 많이 행복하겠지?"

"당연하지. 죽고 싶어도 죽을 수 없게 만들었던 그런 애인을 만났는데……."

"맞아, 그럴 거야……. 녀석, 좋겠군. 킄킄킄킄……."

무대붕은 고개를 숙이며 키득거렸다.

"조카, 아가씨들은 언제 부를 거야? 장모 손이라도 술은 여자가 따라야 제 맛인 법인데 사내놈들끼리 마시려니 이거 너무 술 맛이 안 나잖아.”

“당숙……."

“말해. 지금 부를까?”

“인간은 왜 가질 수 없는 것에 대해 더 큰 욕망이 생기는 것일까?”

술에 취한 탓인가?

무천표를 바라보는 무대붕의 눈은 붉게 충혈되어 있었다.

“조카?”

무천표는 당혹스러웠다.

아무리 아쉬움이 많이 남는 일일지라도 늘 뒤돌아보지 않는 게 바로 무대붕의 성격이었다. 그래서 이번에도 그냥 술 한잔 마시면 자연스럽게 훌훌 털어질 줄 알았거늘……

“이 한심한 조카야, 그렇게까지 힘들 것 같았으면 뭐 하러 광한이 녀석을 구해왔어? 내가 그냥 그 자식들한테 뒈지게 내버려 두라고 했잖아?”

무천표는 인상을 찌푸리며 신경질을 냈다.

“끄윽. 말 같지 않은 소리. 광한이는 좋은 녀석이야……."

술에 취해 흔들거리던 무대붕의 고개가 천천히 탁자로 떨어졌다.

“그놈은 내가 갖고 있는 가장 큰 재산 중 하나라구.”

주절거리며 내뱉는 음성과 함께.

“드르르릉!”

어찌할 수 없을 정도로 만취한 무대붕은 탁자 위에 얼굴을 묻고 코를 골기 시작했다.

제21장

광마불(狂魔佛)

광마불(狂魔佛)

—흑흑… 늙으면 죽어야 한다더니만,
그래도 한때 친상천하 유아독존하던 노부가 새파란
애송이에게 이런 망신을 당할 줄이야……

어느덧,

유난히도 무더웠던 여름이 지나고 아침저녁으로 서서히 한기가 느껴지는 그런 계절이 돌아왔다.

거의 모든 농가들이 추수를 마쳤으나 유례없는 흉작(凶作)인 탓에 길어지는 밤만큼이나 한숨 소리 또한 길어지는 그런 가을이었다.

스물네 해를 살아오면서 제대로 삶의 신산(辛酸)을 겪은 무대붕은 일상으로 돌아왔다.

고통이 컸으면 뭔가 달라진 모습도 있을 법한데, 불행인지 다행인지 개방각하로 복직을 한 그의 모습은 예전 그대로였다.

유행따라 날씨따라 옷과 장신구를 바꿀 정도로 여전히 멋을 부렸고, 모든 것을 철저하게 자기 위주로 생각하는 버릇도 여전했다.

"이런 한심한 인간들! 뭘 믿고 일들을 이따위로 하는 거야? 좀 똑똑하게 살면 어디가 덧나? 대체 왜들 그러는 거야?"

무대붕은 풍류전 안에 모인 개방의 간부급들을 상대로 버럭 소리를 지르고 있었다.

간부들은 회의 때마다 시어머니 같은 무대붕의 잔소리에 짜증이 나는 듯 모두 고개를 떨구고 속으로만 불만을 삼키고 있었다.

'젠장! 없을 때가 그립군.'

'그러게 말야. 광한이가 대행하던 시절이 우리에겐 봄날이었다니까.'

그들이 고개를 숙이고 딴생각을 하든 말든 한번 탄력이 붙은 무대붕의 잔소리는 그칠 줄 몰랐다.

"주 단주."

"예? 저… 말입니까?"

풍수단주 주부래는 무대붕이 자신을 부르자 당황하며 말을 더듬었다.

"여기 장부를 보니 당신이 그동안 갖다 쓴 돈이 무려 은자 오천 냥씩이나 되는데, 무슨 거지가 돈을 이렇게 함부로 막 쓰고 다니는 거야? 당신이 갑부의 아들이라도 되는 줄 아는 거야, 뭐야!"

무대붕이 글을 모르는 탓에, 개방에서 방주에게 보고되는 장부에는 주로 그림들이 많았다.

주름살은 주부래, 짧은 혀는 환규, 병아리는 상천만……

이런 식으로 각 단의 단주들의 특징으로 알 수 있는 그림을 그려놓고 거기에 숫자를 적어놓으면, 아무리 무식한 무대붕이라 할지라도 장부를 보면 지금 돌아가는 상황을 충분히 파악할 수 있었다.

게다가 돈에 워낙 집요한 탓에 자기 이름은 쓸 줄 몰라도 숫자만큼은 볼 줄 알았으니, 그가 장부를 보고 화를 내는 것은 결코 무리가 아니었다.

"그, 그건 내가 쓴 게 아니라 판공비로……."

"당신이 오천 냥씩 쓸 만큼 중요한 업무가 도대체 뭔데?"

"그건… 지난번에 우리가 공동묘지로 쓰려고 사놓은 묵걸산(墨杰山) 때문에……."

"왜? 그 산이 뭘 어쨌다고?"

"개봉 관아(官衙)가 너무 낡고 협소한 탓에 신 관아를 새로이 지을 거라는 정보를 입수하여……."

"그래서 우리가 사놓은 묵걸산 쪽으로 옮기게 하려고 관원들을 술 먹이고 돈 쥐어 주며 접대를 했다는 거야?"

무대봉의 콧구멍이 넓어지며 검미가 역팔자로 꿈틀거렸다.

"그, 그렇죠. 바로 그겁니다. 그곳으로 신 관아를 옮기면 우리가 헐 값에 사놓은 땅들이 금싸라기로 변하잖습니까? 관아로 인해 객점을 비롯한 요식업체도 들어설 것이고, 기루에 도박장, 그리고 여러 업소가 들어서게 될 거고."

"오호. 그래서 오천 냥씩 접대를 하셨다?"

"헤헤… 예, 각하님! 좀 많긴 했지만 무리를 해서라도 어떡하든 그들을 구워삶으려 했던 거죠. 신 관아만 들어서면 땅값이 백 배 이상 뛰는 건 문제도 아니니까요. 헤헤."

주부래는 썩은 이를 드러내며 히죽 웃었다.

쾅!

무대붕은 탁자를 내려치며 버럭 소리를 질렀다.

"이런 젠장! 당신 정말 풍수를 보기나 할 줄은 아는 거야!"

"각하, 무슨 말씀이신지……?"

"인간아! 세상에 어떤 미친놈이 산속에 관아를 짓는데? 산속에 지으면 어느 누구더러 그 험한 곳을 찾아오라고?"

"……?"

"그런 곳에 관아가 있다면 아마 개봉성주부터 출근이 곤란할 텐데, 성주가 그걸 허락하겠어? 허락하겠냐구!"

무대붕이 삿대질까지 하며 노발대발하자 주부래는 머리를 긁적거렸다.

"아… 듣고 보니 정말 그럴 수도 있겠네요. 개봉성주 그 인간 별명이 미륵돼지인데 그런 가파른 산속에 관아가 있다면 일단 본인부터가 출근할 수 없겠네요. 아! 그걸 내가 왜 몰랐지?"

"…몰랐지?"

무대붕은 너무도 어이가 없어 기가 막힐 지경이었다.

빤히 잔머리를 굴리고 있다는 것이 눈에 보이는데도 능청스럽게 말도 안 되는 소리만 골라서 하고 있으니 어찌 그의 심기가 편하겠는가.

"크흑! 죄송합니다, 각하. 제가 잠시 크게 착각을 했던 모양입니다. 앞으로 이와 같은 실수는 절대 반복하지 않을 테니 이번만큼은 하해와 같은 마음으로 너그러이 용서를 해주십쇼."

어느새 주부래는 뜨거운 눈물을 흘리며 용서를 빌었다.

늘 난잡한 여자 관계로 인해 공금을 횡령한 후 눈물과 콧물을 흘리며 참회하는 시늉을 하는 건 주부래만의 독창적인 위기 탈출 수법이었다.

'이 인간을 그냥……'

성질대로라면 그냥 박살을 내버리고 싶은 심정이었다. 하나 이틀 후면 개방인들의 합동 혼례식이 열리는 날이다.

자신도 모르는 사이에 광한의 생각으로 추진된 합동 결혼식은 이미 강호인들 사이에 널리 소문이 났고, 그로 인해 무대붕에 대한 강호인들의 인식이 크게 개선되었다.

물론 실제 기획자는 광한이었으나, 공(功)은 돌리고 과(過)는 자신이 감내하는 광한이었기에 모든 강호인들은 당연히 무대붕을 이번 행사의 주체자로 인식했다.

'문도들과 기쁨과 슬픔을 함께하는 젊은 방주', '문도들의 한이 무엇인지 알고 있는 진정한 방주', '무천승 전임 방주를 능가할 젊은 영웅' 등등…….

일반 강호인들은 물론 무대붕이라면 넌덜머리를 치던 타 파의 수장(首長)들까지도 그에 대한 고정관념을 모두 버릴 정도로 이번 개방인들의 합동 결혼식은 전 무림의 관심사였다.

벌써부터 무림맹주인 혜공 대사는 축하의 화환을 보냈고, 구파일방의 장문인들을 비롯한 거의 모든 정파의 수장급들이 축하 사절로 오겠다고 전갈을 보내는 등 축제 분위기가 무르익고 있는 판이다.

이런 상황에 다리와 팔이 부러지고 얼굴은 시퍼런 멍으로 도배를 한 늙은 신랑 주부래의 모습을 보게 한다는 건 그의 체면상 말이 안 되는 일이다.

'아드득! 주부래, 너 운 좋았다.'

무대붕은 어금니를 짓씹으며 치솟는 성질을 인내했다.

"주부래, 네 말대로 실수는 이번뿐이다. 또다시 이와 같은 일이 반복

되면… 그땐 내 손에 죽는다."

"……?"

주부래는 눈이 휘둥그레졌다. 무대붕의 무쇠 같은 주먹이 두려워 어떡하든 좀 덜 맞아볼까 하는 생각에 억지 눈물을 뿌렸는데, 그가 이토록 쉽게 용서를 해주리라곤 정말이지 꿈에도 생각지 못했다.

물론 나중에 '내 손에 죽는다'라는 단서가 붙긴 했지만 어찌 됐든 그건 나중의 일이다.

"가, 감사합니다, 각하! 하해와 같은 성은에 그저 눈물이 앞을 가릴 뿐입니다. 이제는 정말이지 싱싱한 생선처럼 눈 또렷하게 뜨고 살겠습니다."

주부래는 일단 죽을 고비를 넘겼다는 생각에 몇 번이고 탁자에 머리를 찧으며 절을 했다.

"다음은 광한."

무대붕은 자신의 바로 옆에 앉아 있는 광한을 쳐다보았다.

광한!

그는 벽하를 만난 이후 둘이서 멀리 도망이라도 쳐서 살자는 그녀의 간청을 뿌리쳤다.

"…공주! 다른 사람도 아닌 황제와 등을 지고 우리가 이 세상 어느 하늘 아래 숨어 살 수가 있겠소? 아무리 우리가 깊이 숨어 있을지라도 그는 우리를 찾아낼 것이오. 그렇게 하여 우리가 또다시 헤어지기보다는 내 손으로 아버님의 누명을 벗긴 후, 황제 앞에 나타나 떳떳이 당신을 데려가겠소. 그때까지만 기다려 주시오."

반드시 당당한 모습으로 황제의 앞에 나타날 것을 약속하며 광한과 그녀는 꿈같은 하룻밤을 함께한 후 다시 긴 이별로 들어간 것이었다.

광한이 돌아왔을 때 무대붕은 왜 떠나지 않고 돌아왔냐고 묻지 않았다.

아무리 빠른 샛길이 있어도 큰길을 택하여 돌아가는 인간이 광한이다.

벽하를 사랑하지만, 현실적으로 역적의 아들인 그가 벽하와 살기 위해선 그들을 찾으러 다니는 관군을 계속 피해 다니며 살 수밖에 없다.

자신이 사랑하는 여인을 그렇게까지 힘들게 고생시키면서 부부지연을 맺는다는 건 광한의 곧은 성격상 결코 용납하지 않으리라는 것을 무대붕은 이미 알고 있었다.

그렇기에 무대붕은 그 부분에 관한 그 어떤 것도 물어보지 않았고, 광한 역시 아무 얘기도 하지 않았다.

그리고 그들은 마치 아무 일도 없었다는 듯이 예전과 같은 관계를 지속했다. 무대붕은 어떡하든 각하로서의 권위를 잡으려 했고, 광한은 예우하는 척하면서 긁어대는 그 둘만의 특이한 관계는 한바탕 휩쓸고 간 태풍 속에서도 변함이 없었다.

"모레 있을 합동 혼례식에 참가하겠다는 무림인들이 대체 몇 명이나 되는 거지?"

"일단 무림맹의 구대장로인 구파일방의 장문인들과 사대세가의 가주들이 본인 또는 대리인을 보내겠다고 했고, 그 외의 여러 방파의 수장들도 모두 하객으로 참석하겠다는 연락이 왔으니… 아마 무림의 하객만 해도 일단 오백 명은 족히 될 거야."

"음… 무림의 수뇌급들이 관심을 갖는 건 매우 고무적인 일이긴 한데… 이번 행사가 사 년 후에 있을 무림맹주 선거에 과연 얼마나 영향을 끼칠 수 있을까?"

무대붕은 매우 심각한 표정으로 입을 열었다.

"각하, 지난번 그 망신을 당하고도 또 출마를 할 생각이야?"

광한은 어이없다는 듯 눈을 크게 뜨고 무대붕을 빤히 쳐다보았다.

"당연하지, 임마. 말했다시피 지난 선거는 개혁 후보인 나의 등장을 두려워하는 늙은 기득권 층의 음모 때문에 그랬을 뿐이야. 음모가 아니라면 우리 개방의 선거인단만 해도 무려 열 명인데 어떻게 단 한 표밖에 안 나올 수가 있겠냐? 안 그래?"

무대붕의 반문에 당시 선거인단으로 참여했던 인물들이 어색한 표정으로 동조를 했다.

"그… 럼요. 당… 연히 늙은이들의 음모죠. 우리 표만 해도 얼만데…….'

"그래더… 늘그면 둑어야 한다니까…….'

"보라구! 얘들도 부정 선거였다는 걸 인정하잖아!"

무대붕은 뻔뻔스런 선거인단들의 동조에 고무되어 매우 자신에 찬 얼굴로 말을 이었다.

"무림맹도 이젠 젊은 피로 수혈이 돼야 해. 곰팡내 나는 늙은 머리로는 무림의 발전을 추구할 수가 없어. 그렇기 때문에 사 년 후 선거에서만큼은 내가 되어야 하는 게 순리이자 대세야."

"암. 그러띠. 그러띠."

혀 짧은 환규가 열심히 고개를 끄덕여 주었다.

"따라서 이번 행사에서 우린 무엇보다도 각파에서 오는 하객들 중 선거권을 갖고 있는 선거인단들에게 특히 열심히 접대를 해야 돼. 돈

도 좀 찔러주고, 야래향으로 데리고 가서 기녀도 붙여주고… 모두 알 겠지?'

무림을 개혁해야 한다면서 기껏 생각한다는 게 그런 수준이었으니, 대체 뭘 어떻게 개혁하겠다는 건지…….

'쯧쯧, 저렇게 감투 욕심이 많으니 황궁 서열 십오위인 특사영반이 라는 직위도 양에 안 찼겠지.'

광한은 아무도 말릴 수 없는 무대붕의 대책없는 욕심에 그저 혀만 끌끌거릴 뿐이었다. 그 욕심은 저승에 있는 부친 무천숭이 나타난다 해도 말릴 수 없는 불가항력적인 것이라는 걸 잘 알고 있었기에 그냥 듣고 가만히 있을 수밖에.

쾅!

그때였다. 풍류각의 전담 청소원인 동팔이가 거칠게 문을 열며 다급 한 얼굴로 들어섰다.

"가, 각하, 큰일났습니다!"

"임마! 무슨 일이길래 호들갑이야?"

무대붕이 인상을 썼다.

"지, 지금 봉두난발에 인상도 더러운 어떤 노인네가 조사전(祖師殿) 앞에서 우리 개방의 식구들을 상대로 행패를 부리고 있습니다!"

"뭐, 뭐라?"

무대붕은 험악하게 인상을 구기며 자리에서 벌떡 일어났다.

외부인이 남의 문파 내에 들어와 행패를 부리는 것만 해도 도저히 용납할 수 없는 일이다. 근데 행패 부리고 있는 장소가 개방인들에겐 성역과도 같은 조사전의 바로 앞이라면……?

이건 아무리 급한 일이 있을지라도 접어두고 일단 그 인간부터 박살

내는 게 철칙이다.

"늙은이라고? 망령이 나도 유분수지 감히 어디서…….."

무대붕은 더 이상 생각하고 말고 할 것도 없다는 듯 마치 용수철처럼 자리를 박차고 튕겨 나갔다.

쾅! 콰쾅!

육중한 장력이 터졌다.

"으아악!"

"끄악!"

개방의 거지들이 미처 피하지 못한 채 장력에 추풍낙엽처럼 나뒹굴고 있었다.

"이 망할 놈들아! 여기서 술 좀 마시게 술상 좀 차려오라는데 왜들 몽둥이는 휘두르고 난리들이냐! 아무리 거지 새끼들이라지만 너희는 늙은이를 대접할 줄도 모르냐?"

봉두난발에 눈은 흰자가 보이지 않을 정도로 붉게 충혈되어 있고, 의상은 지저분한 머리칼과는 전혀 어울리지 않는 회색 승복을 입은 꽤 나이가 든 노인이었다.

그는 자신의 지시에 개방의 거지들이 순순히 복종하기는커녕 자신을 미친 늙은이 취급을 하자 마치 기다렸다는 듯 행패를 부렸다.

때리고 부수는 게 취미라도 되는 듯, 늙은 괴인은 매우 즐거운 표정으로 그에게 대항하는 개방 거지는 물론 개방 조사전 앞에 있는 역대 개방 방주의 흉상 조각까지 박살 내고 있었으니.

"야! 이 미친 늙은이야! 망령이 났으면 뒈질 자리나 곱게 알아볼 것이지, 감히 어디서 행패를 부리는 거야!"

무대붕은 나타나자마자 눈알을 부라리며 욕지거리부터 해댔다.

그러나,

"으어어… 저, 저건……?"

와르르……!

무대붕은 나타나기가 무섭게 자신의 눈앞에서 바로 부친 무천승의 흉상이 박살나고 있는 모습을 목격했다.

"으아아!! 저 영감탱이가 우리 아버지 흉상까지 박살을 내?"

무대붕은 양손으로 자신의 머리를 움켜쥐며 괴성을 질렀다.

"저, 저런 망할 놈! 연로하신 어르신께 말하는 싸가지가 왜 그 모양이야? 영감탱이라니!"

괴인은 오히려 눈을 부라렸다.

"그럼 그 짓거리를 해놓고 대접받길 바랐냐! 노망나서 살기 싫으면 그냥 강물에 풍당할 것이지 행패는 왜 부리고 난리냐! 영감탱이 눈에는 여기가 그렇게 만만히 보여? 앙!"

"저놈이? 그래도 계속 영감탱이라고 지껄이네?"

괴인은 성난 황소처럼 코를 씩씩거렸다. 그와 동시에 그의 눈에선 핏빛 안광이 섬뜩하게 번뜩였다.

"갈—!"

콰우우웅!

쩌렁한 외침과 동시에 그의 우수에서 대포알과도 같은 가공할 장력이 퍼져 나왔다.

"허걱!"

"으아아~ 피, 피해라!"

무대붕의 주위에 모여 있던 개방의 간부들이 기겁하며 황급히 몸을 날렸다.

콰콰쾅!

그러나 무대붕은 피하지 않았다. 가공할 기세로 날아오는 괴인의 장력을 우뚝 선 그 자세로 격중당했다.

"아, 아니, 각하?!"

"각하? 뭐야? 귀신같은 신법을 갖고 있으면서 왜……?"

잽싸게 몸을 피한 개방의 간부들은 모두 의아한 표정으로 무대붕을 쳐다보았다.

"얼렐레? 저 자식 제법인걸? 노부의 탄도신력장(彈鍍神力掌)에 격중당하고도 우뚝 서 있다니."

괴인은 두꺼비 같은 눈을 끔뻑거리며 고개를 갸웃거렸다.

반면 강맹한 장력에 가슴을 격중당한 채 우뚝 서 있는 무대붕의 얼굴은 너무도 괴이했다. 여유있는 미소를 짓는 것 같으면서도 어딘가 모르게 상당히 불편한 듯한 표정이 뒤엉켜 있었다.

'끄응! 젠장~ 나도 그냥 피할걸, 괜히 이까짓 노인네의 장력 따윈 그냥 맞아줘도 끄떡없다는 걸 보여주려고 피하질 않았더니…….'

그렇다.

무대붕은 비록 금강불괴(金剛不壞)까지는 못 되더라도 어린 시절 정열적으로 심삼태보횡련(心三颷步橫鍊)이라는 호신기공을 연마한 탓에 거의 수화불침(水火不侵)의 경지에까지 이르렀다고 자부하고 있었다.

그래서 개방의 성지를 난장판으로 만들고, 부친인 무천승의 흉상까지 박살 낸 괴인에게 자신의 신위를 제대로 보여주려 했던 것이었는데…….

'끙… 미치겠군. 기혈은 뒤틀리고 다리는 후들거리고… 대체 무슨 장력이길래 파괴력이 이토록 대단한 거야? 저 영감이 전력을 다한 것 같지도 않건만…….'

밀려드는 후회를 억지로 참고 있을 때, 어디선가 갑자기 무대붕의 귀를 의심스럽게 하는 단어가 터져 나왔다.

"아… 그래, 맞어! 누군가 했더니 저 노인은 바로 광마불이야, 광마불(狂魔佛)!"

'뭣이라?'

무대붕은 눈을 부릅떴다. 그리고는 소리가 터진 곳으로 신속히 고개를 돌렸다. 주부래가 덜덜 떨며 극도로 당황하고 있었다.

"주 단주, 저 영감탱이가 진짜 광마불이라고?"

"예, 각하. 봉두난발에 승복, 붉은 핏발로 가득 찬 저 눈… 그리고 무식한 무공… 맞습니다! 틀림없는 광마불입니다!"

비교적 전대 기인들에 대해 많은 정보를 갖고 있다는 주부래가 소리치며 확언을 하자 주변에 서 있던 모든 개방의 거지들의 얼굴이 일제히 사색이 돼버렸다.

광마불!

당금 무림 최고의 기인.

소림 출신인만큼 분명 백도(白道)의 인물이라 할 수 있겠으나, 하고 다니는 짓은 흑도(黑道)의 마두들과 별 차이가 없는 늙은 괴물이었다.

소림의 족보상 장문인인 혜월 대사와 현 무림맹주인 혜공 대사의 사숙(私淑)으로 법명은 전대 소림 장문인이었던 지천 대사와 같은 지 자 항렬인 지광(志光)이었다.

스물다섯에 불문 무학의 최정수라는 금강반야신공(金剛般若神功)을 대성하였고, 그로부터 십 년 뒤엔 달마 대사 이후 그 누구도 취하지 못 했다는 소림칠십이절예(少林七十二絶藝)까지 완벽하게 시전할 정도의 천재적인 무골(武骨)이었다.

하여 소림의 승려들은 물론 강호인들 모두가 그의 장문인 승계를 믿어 의심치 않았는데, 안타깝게도 심마(心魔)를 극복하지 못하고 기루나 투전판을 들락거리며 온갖 행패나 일삼는 파락호로 전락해 버렸다.

재능은 아깝지만 소림사에서도 어쩔 수 없이 그를 파문(破門)시키고 말았다. 물론 파문을 당하든 말든 그로서는 관심 밖의 일이었다. 그는 지저분하게 머리를 길렀고, 눈도 혈안(血眼)이 되는 등, 정상은 아니었으니까.

어쨌든 덕망 높았던 지광 대사에서 광마불이라는 별로 달갑지 않은 별호까지 얻게 된 그는 그 후로도 거의 십여 년 동안 온갖 기행으로 강호를 혼란스럽게 만들더니 갑작스럽게 자취를 감추었다.

하여 사람들은 광견병 걸린 개처럼 발광하다가 어느 이름 모를 산이나 사막 같은 곳에서 객사했으리라고 나름대로 추측했는데… 그랬던 그가 개방을 난장판으로 만들며 예전과 같은 모습으로 무려 오십 년 만에 다시 나타났으니 어찌 경악할 일이 아니겠는가!

'저… 저 늙은이가 광마불이라고? 끄응~ 내가 미쳤지. 광마불의 장력을 맨몸으로 받아낼 생각을 했으니……'

미친 듯이 후회가 밀려들었지만 이미 엎어진 물에 깨진 쪽박이다. 후회보다는 신속히 뒤틀린 진기를 원상 복구시키는 것이 우선이었다.

"낄낄낄! 애송이 놈, 재롱이 재밌던데 왜 계속하지 않느냐? 오랜만에 강호에 나왔더니만 노부를 마치 동네 강아지처럼 대하는 새파란 애송이도 있고. 낄낄… 이런 재미가 그리워 더 이상 은거를 하고 싶어도 못한다니까."

광마불은 기를 순환시키느라 아무 말도 못하고 식은땀만 흘리고 있는 무대붕을 보며 키득거렸다.

'이를 어쩌냐? 각하가 감히 무림 최고의 괴짜인 광마불을 향해 영감탱이 어쩌고 하며 비위를 긁어놨으니……'

'끙… 아무튼 우리 각하 똥오줌 구별 못하고 아무에게나 함부로 막말하다가 큰코다치게 생겼군.'

'불땅한 우리 각하. 데나나(제사나)… 달 디내 두어야게따(잘 지내 주어야겠다). 그래도 난 틴구니까.'

모두 안됐다는 표정으로 무대붕을 바라보았다. 아무리 무대붕의 무술이 고강하다고 할지라도 상대는 한때 정사(正邪)의 모든 인물이 주저 없이 천하제일인으로 꼽았던 광마불이다.

그를 상대해서 살아남는다는 건 낙타가 바늘구멍으로 들어가는 것보다도 더 불가능한 기적이라고 생각하고 벌써부터 개방의 거지들은 무대붕의 명복을 빌어주고 있었다.

"이런 젠장! 사내가 한번 마음을 먹었으면 목에 칼이 들어와도 먹은 대로 행동을 해야지 추접스럽게 번복하는 건 무슨 개 같은 경우요?"

기공으로 내상을 회복한 듯 비로소 무대붕의 닫혀 있던 입술이 열렸다.

"은거를 하기로 했으면 끝까지 은거를 했어야 할 것 아뇨? 아무리 죽을 날 받아놓은 노인네라지만 영감은 남자로서의 자존심도 없소?"

"뭐시기?"

예측치 못한 무대붕의 반격에 광마불의 붉은 눈이 휘둥그레졌다.

그것은 개방 거지들도 마찬가지였다.

'어. 우리 각하 왜 저래? 지금이라도 당장 무릎 꿇고 빌어야 정상 아닌가?'

'미쳤군. 단따 뒈딜려고 발악을 하는군.'

아무리 겁이 없는 무대붕이라지만 상대가 다른 사람도 아니고 광마 불이라는 걸 안 만큼 지금이라도 무조건 빌어야만 했다. 목숨이 여분 으로 몇 개 더 있다면 지금처럼 한 번쯤은 엇갈 수도 있겠지만 불행하 게도 인간의 목숨은 단 하나뿐이다.

따라서 그의 선처를 바라기 위해서라도 무조건 눈물 콧물 흘리며 비 는 것만이 최선이었거늘, 무대붕은 그가 광마불이든 말든 개의치 않고 인상을 긁으며 당당하게 따지고 있었다.

"영감의 꼴을 보니 손해 배상을 받기란 날샌 것 같으니, 지금이라도 정중히 사과만 하시오. 그러면 깔끔하게 용서해 드리리다."

"얼씨구? 노부더러 뭘 하라고?"

"사과하란 말이오! 귀까지 잡수셨소!"

자신이 누구란 것을 알면서도 전혀 위축됨없이 당당하게 소리치자 광마불은 고개를 갸웃거렸다.

'내가 너무 오래 은거를 했나? 저 망할 녀석이 내가 누군지를 알고 도 전혀 기죽는 게 없네?'

광마불은 갑자기 서글픔이 밀려왔다.

오십 년 전 그땐 자신의 얼굴만 봐도 모든 강호인이 무릎을 꿇었고, 눈썹만 꿈틀거려도 살려달라고 눈물을 흘리며 애원했다. 그런데 오십 년 만에 다시 나온 강호는 이제 불과 이십 대의 새파란 애송이가 자신더러 사과를 하라고 당당하게 요구하고 있는 것이었으니…….

"크흐윽……."

광마불은 서글픈 심정을 참을 수 없는 듯 굵은 눈물을 흘리고 말았다.

"……?"

그의 갑작스런 행동에 무대붕은 물론 개방의 모든 거지들이 뜨악한 표정을 지었다.

"흑흑… 늙으면 죽어야 한다더니만, 그래도 한때 천상천하 유아독존(天上天下唯我獨尊)하던 노부가 새파란 애송이에게 이런 망신을 당할 줄이야……."

광마불은 서글픈 표정을 지으며 흘러내리는 눈물을 팔뚝으로 훔쳤다.

"젠장! 그러기에 가만있으면 어련히 대접받을 것을 남의 문파에 쳐들어와서 왜 난장을 부리냐 이거요!"

"이 썩을 놈아! 이틀 후에 이곳에서 합동 혼례식인지 뭔지를 한다길래 먹을 것 좀 있겠다 싶어 찾아왔는데, 인심 사납게 술상도 안 봐주고 내쫓으려 하니 성질이 나서 그랬다!"

'거지 가랑이에서 콩나물이라도 빼먹을 영감탱이군. 다른 곳도 아닌 개방에서 술을 찾다니…….'

무대붕은 문득 광마불의 뇌 구조가 어떻게 생겼는지 머리 속을 갈라서 해부해 보고 싶은 생각이 들었다.

"좌우지간 긴 얘기하고 싶지 않소. 어서 사과하시오."

"임마! 내가 왜 그랬는지 그 당위성에 대해 기껏 얘기했거늘 뭘 사과하라는 거야? 용서를 비는 건 하늘 같은 강호의 선배도 몰라본 네놈들

몫이다. 난 전혀 사과할 게 없어!"

"이 정신 나간 영감탱이야! 남의 아버지 흉상을 박살 내놓고도 사과할 게 없단 말이냐!"

무대붕은 당장에라도 광마불을 향해 짓쳐들 기세로 눈을 부라렸다.

하룻강아지 범 무서운 줄 몰라도 유분수지 천하의 광마불을 상대로 무대붕이 이처럼 겁없이 날뛰는 것은 바로 무천승의 흉상 때문이었다.

'각하가 흥분할 만도 하지. 다른 것도 아니고 전임 방주의 흉상이 아들인 자신이 보는 앞에서 박살나 버렸으니……'

광한은 무대붕의 상태를 이해라도 하듯 고개를 끄덕였다.

무대붕이 결코 효자는 아니다.

그것은 개방인들이라면 거의 모두가 알고 있는 공인된 사실이다.

일례로, 무대붕을 낳다가 모친이 일찍 세상을 뜨는 바람에 매우 옆구리가 허전했던 무천승이 마침 기품있고 미모도 뛰어난 어느 중년 여인에게 마음을 둔 적이 있었다.

구 년 전이었다.

"대붕아, 너도 이제 어느 정도 컸으니 이 아비의 심정을 이해하리라 믿고 말을 하마."

"무슨 얘기길래 그렇게 심각해? 평소 무 방주답지 않게."

"이놈아! 그냥 아버지라고 할 것이지 버르장머리없이 무 방주가 뭐냐?"

"신경 꺼. 내가 무 방주라고 해도 남들은 무 방주가 내 아버지인 줄 다 알고 있으니까."

"망할 녀석… 아무튼 버르장머리하곤……."

"새삼스럽게 왜 그래? 나 버릇없는 거 어제오늘 일도 아닌데. 그나저나 무슨 얘긴데?"

"실은……."

"뜸 들이지 말고 후딱 말해 봐. 그렇지 않아도 무 방주 얘기는 재미가 없어 짜증이 나는데 뜸까지 들이면 나 아마 미칠지도 몰라."

"실은 내가 말이다……."

"내참! 뜸 들이지 말고 후딱 얘기하라니까!!"

"마음에 두고 있는 여인이 하나 있는데… 네 생각은 어떤지 알고 싶구나."

"그러니까 뭐야? 재혼하고 싶은 상대가 있다는 얘기잖아?"

"그, 그렇지 뭐~ 웬만하면 고생만 하다가 일찍 떠난 네 엄마를 생각해서라도 혼자 살려고 했는데 마침 괜찮은 여인도 생겼고, 그리고 너를 봐서라도 새엄마가 있어야 할 것 같기에……."

"얼어죽을! 그냥 무 방주가 좋아서 그런다고 솔직히 얘기해. 치사하게 내 핑계대지 말고."

"이놈아, 핑계는 무슨……."

"무 방주가 좋다면 재혼해야지 뭐. 힘없는 내가 뭐 어쩔 수 있나."

"대붕아, 그럼 너도 동의하는 거지? 그런 거지?"

"무 방주를 봐서 동의는 해주는데 이거 하나는 각오해야 할 거야. 재혼하면 그 여자 죽고 나도 죽을 거라는걸."

"끄으응~!!"

결국 무천승은 열다섯 살의 버르장머리없는 아들 때문에 맘에 두고 있던 그 여인과 재혼도 못하고 계속 홀아비로 썩다가 삼 년 전에 세상을 뜨고 말았다.

때문에 무천승이 오십 대의 나이에 세상을 뜬 건, 불효막심한 아들 녀석이 재혼을 반대했기 때문에 속이 시커멓게 탄 나머지 그렇게 일찍 죽었다는 소문까지 생길 정도였다.

그렇듯 검증된 불효 자식 무대붕이 지금 박살난 아버지의 흉상 때문에 천하제일의 절대고수라 불리우는 광마불을 상대로 일전을 겨루려 하고 있다. 생명까지 내걸고.

'각하는 전임 방주를 존경한다. 그가 불효 자식처럼 보이는 건 단지 말투 때문일 뿐… 전임 방주에 대한 각하의 존경과 사랑은 절대적이다. 각하가 전임 방주의 재혼을 반대한 것은 부친의 사랑을 나누고 싶지 않았기 때문이다. 그걸 갖고 천하에 둘도 없는 불효 자식이라는 건 가당치 않은 표현이다.'

광한은 무거운 표정으로 일촉즉발의 장내 상황을 바라보고 있었다.

'때문에 아무리 천하의 광마불이라 할지라도 사과를 하지 않는 한 어느 누구도 각하의 분노를 막을 수는 없다.'

사과를 받아야만 용서해 주겠다는 무대붕.

하늘이 두 쪽 나도 사과할 인간이 못 되는 광마불.

세상 무서운 줄 모르는 하룻강아지와 세상을 우습게 취급하는 늙은 호랑이의 시선이 불꽃을 튀기며 부딪치고 있었다.

이윽고 무대붕의 입술 사이로 싸늘한 음성이 새어 나왔다.

"영감, 정말 사과 안 할 거지? 그럼 아무리 썩은 영감이라 할지라도 절대 용서 안 한다."

"끙~ 꼬마야, 네가 지금 뭔가 대단히 착각하고 있는 모양인데… 노부는 광마불이야. 그리고 용서란 힘있는 쪽이 하는 거란다."

광마불은 오히려 어이없다는 표정으로 빈정거렸다.

"흥! 한때 천하제일인이란 소릴 들었다고 세상 사람을 모두 발 아래로 보는 모양인데, 영감, 착각하지 말어. 그땐 내가 없던 시절이었고 지금은 내가 천하 최강이야. 알겠어!"

차가운 냉소와 함께.

파앗!

광마불을 향하여 무대붕의 신형이 움직였다. 마치 화살과 같은 속도로. 그리고 굳건하게 주먹을 쭉 뻗었다.

콰아아앙!

거대한 압력이 마치 수레바퀴가 구르듯 광마불을 향해 밀려가고 있었다. 개방 역대 방주 중 최고의 무인(武人)으로 꼽혔던 무천승까지도 감탄했던 무(武)의 기재인 무대붕이 드디어 자신의 일신 무학을 제대로 펼치는 순간이었다.

'우와! 권풍(拳風)이 저토록 가공하다니……! 역시 우리 각하가 인간성은 더러워도 무공만큼은 어마어마하다니까.'

'아무리 광마불이라 해도 저걸 막기란 만만치가 않겠는걸?'

개방인들은 광마불이란 이름에도 절대 주눅 들지 않는 무대붕의 행동에 감탄했고, 거침없이 펼쳐 나가는 그의 현란한 무공에 또다시 감탄했다. 그러면서 그들은 세월이 무려 오십 년이나 지난 만큼 어쩌면 무대붕이 승리할 수도 있지 않을까 하는 기대를 갖기 시작했다.

그러나 아무리 많은 세월이 흘렀다 해도 상대는 광마불이다.

한때 정사(正邪)의 모든 인물이 인정했던 천하제일인이자, 소림 역사상 최고의 무골이었다는 바로 그 인물.

무대붕의 굉렬한 공세 따윈 전혀 안중에도 없는지 광마불은 호방한 웃음을 터뜨렸다.

"푸헐헐! 개방 거지의 절기인 거력개왕권(巨力丏王拳)이로구만. 좋은 무공이지. 하지만 꼬마야, 노부는 천하제일인이라니까."

광마불은 기쾌하게 발을 움직였다. 그는 일 보 앞으로 내디디며 오른손을 기묘하게 틀며 힘들이지 않는 동작으로 무대붕의 권강을 쳐냈다.

권(拳) 같기도 하고, 장(掌) 같기도 하며, 조공(爪功) 같기도 한 기묘한 동작이었지만 어찌 보면 그 모든 것과는 아무런 상관이 없는 것 같기도 했다.

뒤이어 그의 장심에서 기묘한 붉은 기류가 비단실처럼 풀어지며 앞으로 쏟아져 나왔다.

'혈영불강수(血影佛崗手)!'

무대붕은 놀라움을 삼켰다. 광마불이 시전한 것은 무대붕도 알고 있는 무공이었다.

"자, 보거라. 이것이 소림의 절기 중 하나인 혈영불강수다. 역천비류신공을 바탕을 둔 장풍이지. 속도와 파괴력인 측면으로 본다면 능히 무림 삼대장풍에 꼽힐 만한 무학이지만, 장(掌)보다는 권(拳)을 중시하는 소림의 특성상 그리 크게 알려지지 않은 장풍이지."

워낙 천하 각처에 산재한 모든 무학에 대해 관심이 많던 부친 무천승이 어떤 경로로 이 무공을 습득하게 되었는지는 모르지만, 그는 장풍에 대해 전혀 관심이 없던 아들 무대붕에게 전수시켜 줄 요량으로 몇 번 펼쳐 보인 적이 있었다.

그러나 광마불의 혈영불강수는 무천승이 시전하는 것보다 몇 곱절의 위력이 있었다.

무대붕은 황급히 진기를 끌어올리며 묵강파황신권(墨罡破荒神拳)을 펼쳤다.

콰쾅!

거대한 폭음이 울려 퍼졌다.

무대붕과 광마불이라는 두 명의 초절정 고수가 토해내는 두 줄기의 암경이 정면으로 충돌한 것이다.

흙먼지 기둥이 일 장이나 치솟았으며 잠시간 아무것도 보이지 않았다.

"……!"

그러나 광한은 똑똑히 볼 수 있었다, 자욱한 흙먼지 속에서 세월을 초월한 두 절대 강자의 치열한 혈전을.

무대붕과 광마불은 어느새 권강과 장력의 겨룸에서 벗어나 각기 각(脚)과 지(指), 그리고 조(爪) 등 병기가 아닌 신체의 일부를 이용한 절기들을 펼치며 격돌하고 있었다.

그러나 아무리 심후한 안력(眼力)을 갖고 있는 광한이었지만 흙먼지가 숨이 막힐 정도로 자욱했고, 두 사람의 행동이 너무도 빠른 탓에 누가 어떤 식으로 우세를 점하고 있는지는 알 길이 없었다. 단지 매우 팽팽한 접전이 벌어지고 있다는 느낌밖에는.

'하악! 썩어도 준치라더니만, 저승 갈 날이 멀지 않은 노인네의 무공이 정말 어마어마하군! 하아, 한때 천하제일인이었다는 얘기가 결코 허언은 아니었어. 하아.'

무대붕은 가쁜 숨을 몰아쉬며 넌덜머리를 치고 있었다.

그러나 그건 광마불도 같은 상황이었다.

'얼렐레? 뭐야, 이건? 이 자식 이거 혹시 반로환동(返老還童:극강의 무공 연마를 하다가 외모가 젊게 돌아간 현상)을 한 기인이 아닐까? 그게 아니고서야 이제 겨우 이십 대밖에 안 된 놈의 무공이 어찌 이토록 가공할 수 있는가!'

놀람은 광마불이 더 심했다.

'서른다섯 때 소림칠십이절예를 대성한 나를 보고 수많은 무림인들이 소림 최고의 기재, 무림 최고의 무골이라 했다. 한데 이 자식은 이제 갓 스물이 넘은 나이에 벌써 이 정도 경지라니?!'

슈슉! 슈파팡!

무대붕이 손을 흔들 때마다 강력한 기운이 발출되어 광마불을 숨 막히게 했다.

'헉… 헉… 이놈, 버르장머리가 없을 만하군. 정말 엄청난 무골야. 이십 대의 나를 능가할 정도로……'

광마불은 무대붕의 강맹한 연속 공격을 급급히 피하며 숨을 헐떡거렸다.

"킥킥! 영감, 이제 뼈마디가 쑤시고 숨이 차는 모양이구만. 그래서 내가 얘기했잖아. 영감이 오십 년 전에 천하제일인 소리를 들었던 건 내가 없었기 때문이라고!"

무대붕은 마치 승기라도 잡은 듯 득의만만한 표정으로 이죽거리며 손끝에 기를 모았다.

"타앗!"

낭랑한 기합성과 함께 무대붕은 엄지와 새끼손가락을 제외한 나머지 세 손가락을 곧게 펴며 광마불의 심장을 겨눴다.

파파파팟!

지강이 마치 시차를 두고 쏘아대는 화살처럼 광마불을 심장을 향해 짓쳐들었다.

'아, 아니! 놈이 태, 태극회선지(太極廻旋指)까지?!'

광마불은 무대붕이 펼치는 지강에 경악을 삼켰다.

태극회선지.

인지, 중지, 약지의 세 손가락으로 지강을 격출시키는 지공 중 하나다. 태극회선지는 세 개의 손가락에서 한꺼번에 똑같이 지강이 발출되지 않고 시간차로 연쇄 공세가 펼쳐지는 탓에 막아내기가 거의 불가능하다는 지공 중 최고의 무학이었다.

그러나 워낙 수련이 난해하고 내공 또한 심후해야만 연마가 가능한 탓에 태극회선지를 제대로 시전하는 인물은 거의 없었다.

'그것을 이토록 자유자재로 펼칠 수 있다는 건 곧 이 녀석의 내공이 이 갑자 이상이라는 얘긴데……. 맙소사! 이 어린 녀석의 무공 경지가 어떻게 벌써……?!'

광마불은 이 놀라운 현실이 믿어지지 않았다. 하나 그렇다고 그대로 당할 수만은 없는 일.

"오냐, 이놈아! 그래, 우리 끝장을 내자!"

광마불은 자신을 향해 쏘아오는 지강을 일단 소림칠십이절예의 제삼신법인 법륜묘보(法輪妙步)로 황급히 피했다.

그리곤 가부좌를 틀며 털썩 주저앉았다.

"여, 영감?"

너무도 갑작스런 광마불의 행동에 무대붕은 공세를 펼치다 말고 의아한 표정을 지었다.

광마불이 두 눈을 감으며 두 손을 하나로 모았다. 그러자 그의 몸에서는 잿빛 연기가 뭉게구름처럼 일어나기 시작했다.

후우우웅!

'어라? 이건 또 뭐야? 사술(邪術) 같지는 않은데?'

무대붕의 얼굴에 당황의 빛이 스치는 순간, 광마불의 몸에서 발산된 회색 빛 연기는 실로 눈 깜짝할 사이에 무대붕의 몸을 휘감기 시작했다.

"헉!"

무대붕은 다급한 신음을 토하며 자신을 휘감고 있는 검은 연기를 떨쳐 내고자 휘광조(輝光爪)의 수법을 사용했다. 휘광조는 휘장을 걷듯 짙은 안개로 인해 시야가 가릴 때 사용하는 조공이었다.

"타앗! 타아앗!"

그러나 아무리 휘광조의 수법을 펼쳐도 무대붕의 몸을 휘감고 있는 잿빛 연기는 걷혀지지가 않았다. 오히려 끈적거리며 무대붕의 신형을 바싹 옥죄어왔다.

"끼오오옷!"

광마불이 괴성을 지르며 벌떡 일어났다. 동시에 그의 양수에서 짙은 어둠이 무시무시한 기세로 쏟아져 나왔다.

마치 어둠을 꽁꽁 묶어두었다가 일시에 풀어내는 것 같은 광경이었다.

콰아아아……!

자신을 향해 엄청난 장력이 쏟아지고 있으나, 자신을 휘감고 있는 잿빛 연기로 인해 시야가 가려진 무대붕은 피할 생각조차 하지 못하고 있었으니…….

"타— 아— 앗!"

바로 그 순간, 우렁찬 기합 소리와 함께 광마불을 향해 벼락같은 장력을 쏟으며 달려드는 사내가 있었다.

바로 광한이었다.

"허걱!"

광마불은 적안을 부릅뜨며 크게 당황했다.

자신의 전 공력을 끌어올려 소림칠십이절에 중 제이장법인 자하천강(紫霞天罡)을 격출하고 있는 상황에서 난데없는 훼방꾼이 출현했으니 어찌 당황하지 않을 텐가!

게다가 그 훼방꾼은 그냥 단순히 나타나는 정도가 아니라 자신을 향해 마치 거대한 해일이 밀려드는 것처럼 놀랍고도 강맹한 장력을 쏟으며 짓쳐드는 것이었다.

'저, 저 자식은 또 뭐야?! 뭐 하는 놈이길래 백옥탄강(白玉彈罡)이란 절초를 펼치는 거야? 이 역시 족히 이 갑자 내공은 갖춰야 시전할 수 있는 초절정의 무공이거늘……!'

광마불은 도무지 믿어지지가 않았다.

그가 활동하던 시절엔 무대붕이나 광한 같은 젊은 절정고수가 있다는 얘기는 아예 들어보질 못했다.

무예에 재능이 있어 습득 과정이 남보다 훨씬 빨랐다 해도 그들이 취할 수 있는 내공은 아무리 높이 잡아봐야 일 갑자 정도였고, 일 갑자의 내공이 허락하는 범위 내의 무공만을 펼칠 수밖에 없는 한계를 갖고 있었다.

그런데 믿을 수 없게도 지금 자신의 눈앞에 있는 젊은 두 놈은 태극회선지라든가 백옥탄강이라는 고도로 높은 극강의 내공이 있어야만 펼칠 수 있는 어마어마한 무공을 거리낌없이 펼치고 있었으니…….

후아아아아!

말 그대로 백옥처럼 하얀 강기가 광마불의 몸통을 향해 맹렬히 파고 들자 광마불은 무대붕을 향한 장력을 광한에게로 급선회시켰다.

콰콰쾅!

광한의 백옥탄광과 광마불의 자하천강이 일진굉음을 울리며 허공에서 격하게 부딪쳤다.

"커허억!"

광한의 입에서 붉은 선혈이 흘러나왔다.

그와 동시에 그의 신형은 뒤로 곤두박질을 쳤다. 광한이 내쏟은 백옥탄강이 초절정의 무공이긴 했으나 광마불의 자하천강에게는 밀리고 만 것이다.

그러나 광한의 개입으로 인해 광마불의 공격 진로가 바뀐 탓에 무대붕을 휘감고 있던 잿빛 안개도 자연스럽게 걷혀져 있었다.

"과, 광한아!"

무대붕은 나가떨어진 광한을 보며 크게 당황했다. 자신을 구하려다 당했다고 생각하자 그는 이글거리는 눈으로 광마불을 쳐다보았다.

"끄윽……."

광마불은 비칠비칠 물러났다. 무대붕을 향해 전력을 퍼붓던 중 갑자기 공세를 선회한 탓에 그의 기혈은 뒤틀릴 대로 뒤틀려 버렸다.

'젠장… 오십 년 공백이 크긴 크군. 싸움이란 순간적인 감각과 임기응변이거늘……. 일단 수비를 갖춘 후 공세를 펼쳤어야 했는데… 너무 조급했어.'

광마불이 예전에 비해 확연히 떨어진 전투 감각에 대한 짙은 아쉬움을 느끼고 있는 바로 그 순간,

"으아아! 영감탱이! 그래, 누가 죽든 우리 끝장을 내보자!"

무대붕은 분노의 괴성을 지르며 개구리처럼 허공으로 튀어 올랐다. 그리고는 광마불을 향해 우측 다리를 쭈욱 내밀며 돌진했다.

츄우우웅!

쇠기둥과 같은 강기가 일직선으로 광마불의 머리를 향해 맹렬히 달려들었다.

'헉! 철영각(鐵影脚)?!'

광마불은 개방 최고의 각법인 철영각이 자신을 향해 파고들자 크게 당황했다. 그러나 그의 눈빛은 이내 얼음처럼 차갑게 식었다.

"오냐! 이 버르장머리없는 놈아. 그래, 와라! 아예 끝장을 내버리자!"

싸늘한 냉갈과 함께 광마불의 신형이 허공으로 솟았다. 그리고는 무대붕처럼 똑같이 우측 다리를 쭉 뻗으며 맞공세를 펼쳤다.

쿠와아앙……!

높은 폭포에서 떨어지는 물기둥과 같은 강기가 그의 발끝에서 폭사되었다. 소림 최고의 각법인 대진각(大震脚)이었다.

철영각과 대진각!

개방과 소림의 최고 각법들이 엄청난 강기를 폭사하며 허공에서 부딪쳤다.

콰콰콰쾅!

두 개의 각기 다른 강기가 부딪치며 폭발음을 터뜨렸다.

그리고…

"으아악!"

"꺼억!"

두 사람은 각기 다른 신음성을 토하며 허공에서 추락했다.

"가, 각하!"

"각하!"

개방의 거지들은 걱정스런 표정으로 바닥에 쓰러져 있는 무대붕을 향해 일제히 몰려갔다.

"끄… 으……."

무대붕은 혼절한 듯 미미한 신음 소리만 간헐적으로 흘릴 뿐 그 어떤 움직임도 없었다.

그리고 그건 광마불도 마찬가지였다.

"아이고… 아이고……."

신음 소리만 다를 뿐.

"뭐야? 이렇게 되면 우리 각하가 천하의 광마불과 비겼다는 얘기잖아?"

"비겼다고 하기엔 좀 그렇지. 중간에 광한이 함께 싸웠으니까."

"아무리 그래도 그렇지, 천하의 광마불을 상대로 이 대 일로 싸워서 비길 수 있는 인간이 얼마나 있겠어?"

"없을걸, 아마."

개방 거지들은 자신들의 각하가 기절해서 끙끙거리고 있건만, 의원을 불러 어서 빨리 무대붕을 치료해야 한다는 사실도 잊은 채 싸움 결과를 놓고 분석하고 있었다.

그것도 매우 열심히…….

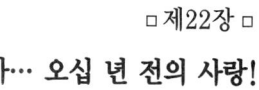

아… 오십 년 전의 사랑!

아… 오십 년 전의 사랑!

—끄응… 천하의 망나니가 대가리에
피도 안 마른 애송이에게 이 무슨 꼴이냐!
젠장, 이렇게까지 하며 그녀를 꼭 찾아야만 하는 걸까?

여름이 끝나갈 무렵이던 바로 운명의 그날.

갑작스런 행방불명으로 황궁을 발칵 뒤집어놓은 벽하는 다음날 오후가 돼서야 돌아왔다.

다 큰 처자가, 그것도 공주라는 신분을 갖고 있는 여인이 궐 밖에서 외박을 하고 들어왔다는 건 엄청난 사건이다. 그렇기에 영중제는 그 사실을 알고 있는 궐내의 모든 이에게 함구령을 내렸다. 발설 시에는 가혹한 처벌이 있을 것이라는 엄포까지 내릴 정도로 영중제는 매우 민감하게 반응했다.

그러면서 그는 벽하를 따로 불러 궐 밖으로 나가 외박까지 하고 들어온 일에 관하여 엄중히 추궁하였으나 벽하로부터 그 어떤 대답도 들을 수는 없었다.

만약 광한을 만났다고 한다면 절대 가만히 있지 않을 영중제라는 것을 익히 알고 있기에 차라리 자신이 크게 벌을 받을지라도 그 얘기만큼은 할 수 없었다.

영중제는 여동생 벽하의 고집에 어쩔 수 없이 추궁을 중단했다. 그러면서 그는 '다시 또 그런 일이 발생하면 널 동생으로 생각지 않겠다'라는 경고를 던지고, 두 번 다시 그날에 대한 이야기를 꺼내지 않았다.

비록 오라버니인 영중제에게 야단맞기는 했으나 생사조차 확인할 길이 없었던 광한을 만난 이후 벽하의 얼굴은 확연히 달라져 있었다.

시녀 애향이 아무리 재미있는 이야기를 해도 그늘진 표정은 전혀 변화가 없었던 그녀가 지금은 연못가의 개구리가 뛰는 모습만 봐도 '까르르' 소리를 내어 웃을 정도였다.

애향은 지난번의 행방불명 사건 이후 갑작스럽게 달라진 벽하의 태도가 의아했으나 밝고 긍정적인 쪽으로 달라진 것인만큼 그녀 역시도 덩달아 기분이 좋았다.

"빈대도 낯짝이 있고 이쑤시개도 몸매가 있다고? 호호호. 애향아, 무슨 말을 그렇게 재밌게 하니? 호호호."

평소 같으면 별로 웃기지도 않는 얘기였건만 벽하는 배를 잡고 깔깔거렸다.

"호호. 공주님, 그건 잠시 특사영반으로 계셨던 무 영반님께서 자주 쓰시던 표현이었어요."

"어머~ 그랬니? 아, 맞다, 맞아. 그러고 보니 그분이 말을 매우 재밌게 하셨어."

벽하는 동조하듯 고개를 끄덕였다.

"참 좋으신 분이었는데, 정도 많으셨고……."

애향은 불현듯 무대붕이 그리워졌다.

'언제나 친오빠처럼 자상하게 나를 챙겨주시던 분이었지. 비록 마지막엔 좀 섭섭하긴 했지만, 그래도 내게 그렇게까지 잘해주신 분은 없었

는데……'

"맞아. 좋은 분이었어."

벽하도 씁쓸한 표정을 지으며 잠시 무대붕의 얼굴을 떠올렸다.

손금을 봐준다며 그녀의 손을 자신의 얼굴에 비비적거리고, 잃어버린 물건을 찾아주겠다며 그녀의 속옷에 코를 들이박고 쿵쿵거리는 등, 하는 짓이 좀 괴팍하긴 했어도 어쨌든 그녀와 광한이 재회할 수 있도록 다리를 놓아준 바로 그 장본인.

무대붕을 떠올리는 벽하의 얼굴에 미소가 번졌다.

"나도 그분을 영원히 잊지 못할 거야."

*　　　　*　　　　*

"영감… 영감탱이—!"

악에 받친 소리를 지르며 무대붕은 침상에서 벌떡 일어났다.

그러자 이곳저곳에서 음성이 터져 나왔다.

"각하! 이제 정신이 든 거야?"

"하하! 그럼 그러띠. 우리 각하는 덜대 요덜할 다람이 아니라고 햇단아."

눈을 뜬 무대붕의 주변에 광한과 환규를 비롯한 개방의 간부들이 매우 다행스런 표정을 지으며 서 있었다.

"어… 뭐야? 너희들이 왜 여기에 있는 거야?"

무대붕이 휘둥그런 표정으로 그들을 바라보는 순간,

"허허… 각하, 이제야 정신이 돌아오신 모양입니다."

한 켠에 서 있던 맥없이 생긴 노인이 입을 열었다.

"어라? 허 의원 아니쇼? 허 의원이 왜……?"

"허허… 그렇습니다. 개방제일의 명의라 불리우는 허주운입니다."

명의 허주운은 흡족한 표정을 지으며 말을 이었다.

"각하께선 구미, 중완, 신궐이 거의 막히고 뒤틀리는 바람에 기(氣)가 기경팔맥(奇經八脈)을 운행하지 못하는 매우 심각한 상태였습니다. 다른 의원들 같았으면 엄두도 못 낼 것을 바로 제가 원상 복귀시켰습죠. 허허허."

허주운은 껄껄거리면서도 열심히 공치사를 하고 있었다.

'내가 위험한 상태였다고?'

무대붕은 중얼거리듯 뇌까리면서 광마불과의 혈투를 떠올렸다. 그러면서 벼락처럼 소리쳤다.

"그 영감탱이는?"

"광마불 노선배 말야?"

"노망난 늙은이한테 노선배는 무슨……!"

무대붕은 반문하는 광한을 못마땅한 투로 쳐다보았다.

"좌우지간 그 노인네는 어떻게 됐냐? 내가 그 지경까지 됐다면 그 영감탱이는 지금쯤 염라대왕 앞에서 면접 보고 있겠지?"

"아닌데……."

환규가 끼어 들며 대답했다.

"아니라니?"

"더기… 더똑에……."

환규는 턱으로 어느 한곳을 가리켰다.

"……!"

무대붕의 눈이 부릅떠졌다.

환규가 가리키는 그곳에 가부좌를 틀고 조용히 운기조식을 하고 있는 광마불이 있었다.

"어, 어떻게 된 거야? 난 그렇게 심한 중상을 입었는데 저 영감탱이는 왜 저렇게 멀쩡한 거야!"

무대붕은 신경질적으로 소리쳤다. 광마불보다도 자신이 더 큰 상처를 입었다는 게 자존심이 상한 듯.

"그리고… 광한이 이 녀석은 또 왜 이렇게 팔팔한 거야? 영감탱이의 장력에 피를 토하며 나가떨어졌는데."

"글쎄요. 각하님과 학사님이 위급하다는 전갈을 받고 달려올 때만 해도 학사님의 상태가 오히려 더 심각하게 보였는데, 어찌 된 일인지 학사님은 저의 별다른 치료 없이도 스스로 알아서 치유하고 자생하지 뭡니까? 정말 특이한 신체더라니까요."

명의 허주운도 그 부분에 대해서만큼은 이해할 수 없다는 표정으로 고개를 갸웃거렸다.

"내상을 자기 몸이 알아서 치료를 했다고?"

"예, 그렇다니까요."

"……?"

무대붕이 벙찐 표정으로 광한을 쳐다보자 그는 미소를 지었다.

"임마, 왜 웃어? 특이하고 좋은 체질이라고 자랑이라도 하고 싶은 거냐?"

무대붕은 인상을 구겼다.

"모두 각하 덕이지."

"내 덕이라니?"

"만년지극혈보와 공청석유."

광한이 의미심장한 미소를 지으며 짧게 대답을 하는 순간,

"그, 그럼 그때 내가 준··· 그 영약들 때문에······?"

무대붕 입을 쩍 벌리며 황당한 표정을 지었다.

그렇다.

이 년 전 죽어가는 광한을 살린 만년지극혈보와 공청석유.

그것은 강호인들이 꿈에서라도 한 번 구경해 보고 싶은 천하의 영약들이 아니었던가!

지정이 엄청난 압력과 고온으로 만년에 걸쳐 녹아 형성된 영약이라는 만년지극혈보는 탈태환골과 생사현관, 세 맥의 타통을 가져오는 공능을 갖고 있다고 알려졌고, 천지간의 특별한 조화가 서린 동굴에서 지정이 응집하여 우윳빛 액체의 형상으로 고인다는 공청석유 또한 무공을 익힌 자는 내공을 속성으로 높여주고 내상까지도 체내에서 자생적으로 치유할 수 있도록 하는 천하의 영약이었으니··· 광한이 무대붕보다 훨씬 빠르게 회복한 건 너무도 당연할 수밖에 없는 일이었다.

'끄으··· 젠장! 또다시 속에서 신물이 나는군.'

무대붕은 고개를 떨군 상태로 온갖 인상을 잔뜩 찌푸렸다.

기실 그때 눈에 뭐가 씌었는지 평소 같으면 어림없었던 어마어마한 선심을 베푼 후 무대붕은 너무도 아쉬웠던 탓에 속병까지 났었다, 거의 한 달 동안을.

그가 주고 나서도 그토록 후회가 물결쳤던 만년지극혈보와 공청석유였는데 그 효능을 광한이 톡톡히 보고 있으니 어찌 속이 쓰리지 않겠는가.

"꼬마야, 이제 제정신으로 돌아왔나?"

무대붕이 쓰린 속을 억지로 진정시키고 있을 때, 걸걸한 노인의 음

성이 귓전으로 파고들었다.

어느새 운기조식을 끝냈는지 광마불이 그의 앞에 서 있었다.

"영감, 운 좋았는 줄 아쇼. 만약 내게 타구봉만 있었어도 영감은 지금쯤 북망산(北邙山)에 누워 있을 거요."

무대붕은 자신의 주특기인 제마건곤무적절예를 사용하지 않았기 때문에 결과가 어중간하게 되었다는 것을 강조했다.

"정말 하늘 높은 줄 모르고 한없이 까부는 애송이구만. 이놈아, 그거야말로 노부가 할 소리다. 만약 내가 여의묵봉(如意墨棒)을 썼으면 네놈은 병풍 뒤에서 향내나 맡으며 뻗어 있었을 게다."

여의묵봉은 광마불이 들고 다니는 검은빛의 철봉이었다.

"네놈뿐만 아니라 이 녀석까지 함께."

광마불은 곁에 서 있는 광한을 손짓으로 가리켰다.

"영감. 그래서? 다시 해보자는 거요?"

무대붕은 당장에라도 붙어볼 기세로 벌떡 일어났다.

"오냐, 이 천둥벌거숭이 놈아! 그래, 끝을 보자!"

광마불 역시 발끈하며 험악하게 인상을 썼다.

'끄응… 그렇게 싸우고도 또 붙으려 하잖아?'

'둘 다 둑는(죽는) 게 도원(소원)인가 보네.'

개방의 간부들은 서로 잡아먹을 듯 험악하게 인상을 쓰고 있는 두 인물을 보며 어이없는 표정을 지었다.

"하하, 이제 그만들 하십쇼. 그 정도면 충분했습니다."

광한이 미소를 지으며 두 사람 사이에 끼어들었다. 그대로 뒀다가는 대형 사고가 터질 게 자명했기 때문이다.

"노선배님, 아무리 술이 고프셨어도 그렇지 개방의 성역 앞에서 난

동을 피우신 건 너무하셨습니다."

"그럼. 당연히 저 영감탱이가 잘못을 해도 한참 잘못했지."

"각하도 잘한 거 없어. 무림 최고의 배분인 하늘 같은 노선배님께 너무 함부로 굴었다구."

"뭐?"

"한번 그런 식으로 생명을 걸고 겨뤘으면 됐지, 철천지원수도 아닌데 몸이 회복되자마자 또다시 혈투를 벌일 까닭이 없잖습니까?"

"이, 임마! 저 영감탱이가 우리 무 방주 흉상을 박살 냈는데 그럼 가만있으란 말야!"

"이놈아! 네놈은 넌 네 아버지의 아버지보다도 늙은 노부에게 동네 강아지 부르듯 '영감탱이, 영감탱이' 한 건 잘한 줄 알어?"

"하하, 그러니까 두 분 모두 잘한 게 없으시다니까요."

광한은 또다시 으르렁거리는 무대붕과 광마불을 서둘러 진정시키며 실내에 모여 있는 개방의 간부들 중 가장 나이가 어린 상천만을 쳐다보았다.

"상 단주, 후딱 술상 좀 차려오라고 해라. 그것도 최대한 거하게."

돼지 껍데기, 닭발, 번데기, 지렁이 무침, 미꾸라지 볶음, 그리고 개방인들이 자체 내에서 만들어 마시는 밀주(密酒)가 항아리째로 나오는 등, 한상 가득하게 술과 안주가 차려져 들어왔다.

아마 다른 곳에서 이런 식의 대접을 받는다면 불쾌할 수도 있을 것이다. 안주라고 나온 것들이 일반 서민들 가정에서도 취급하지 않는 그런 음식들이었기 때문이다. 그러나 이곳은 개방이다. 거지 방파인 이곳에서 이 정도의 안주가 나왔다면 그건 최고의 귀빈 대접을 의미한다.

물론 여자 보는 눈만큼이나 입맛도 까다로운 무대붕은 개방의 음식들이 늘 이러한 탓에 웬만하면 외식으로 하루 세 끼를 다 해결하지만, 그 외의 모든 개방인들은 굶지 않고 이나마도 먹을 수 있다는 것을 흡족하게 생각했다. 심지어 광한까지도.

"노선배님, 제 잔 한잔 받으십쇼."

광한은 항아리 속의 밀주를 뜬 후 정중히 건네주었다.

벌컥!

광마불은 시원하게 술잔을 들이켰다.

"크으… 좋구나. 맹물 같으면 절대 이런 식으로 안 넘어가거든. 낄낄."

한 잔 술에 광마불은 불쾌했던 모든 감정이 사라진 듯 입가에 흡족한 미소까지 흘리며 낄낄거렸다. 그리고는 고춧가루가 몇 개 붙어 있는 꿈틀거리는 지렁이를 손가락으로 집은 후 붕어처럼 넙죽 삼켰다.

"쩝쩝… 지렁이 무침이라고? 낄낄, 이것도 별미인걸?"

"쯧쯧쯧… 저렇게 술과 남의 살을 좋아하니 소림에서 쫓겨난 거겠지."

무대붕은 입을 삐쭉이며 빈정거렸다. 광마불과 달리 그는 아직도 기분이 안 풀어진 모양이었다.

"푸헐헐, 오냐. 맞어. 내가 요런 맛에 입이 길들여지니까 도저히 절에 있기가 싫더라구."

광마불은 무대붕이 빈정거리든 말든 연신 술을 퍼마시고 있었다.

"영감 하는 걸 보니 여자도 엄청 밝히고 다녔을 것 같은데?"

"암! 노부가 젊었을 때 여자들에게 인기가 엄청 좋았지. 노부 때문

에 사천(四川)에 있는 홍월루와 청와루란 기루의 계집들이 패싸움까지
할 정도였지. 낄낄."

"인기가 아니라 외상 술값 때문이겠지. 세상에 어느 정신 나간 것들
이 영감을 좋아하겠수?"

"이놈이? 노부가 이래 뵈도 젊었을 땐 송옥이니 반안이니 하는 소리
를 들을 만큼 외모가 끝내줬다구."

광마불은 짐짓 인상을 쓰다가 문득 광한을 쳐다보았다.

"그래, 내가 바로 저렇게 생겼었지. 꼬마야, 저 친구 얼굴이 나의 젊
은 시절 얼굴이었다고 생각하면 돼. 푸헐헐."

"흥! 비교할 걸 비교하쇼. 영감과 광한의 얼굴은 크기부터가 다른데
무슨 얼어죽을… 게다가 코도 찌그러졌으면서."

"꼬마야! 머리통 크기는 달라도 이목구비는 저 녀석이랑 똑같았다니
까. 특히 맑고 투명한 눈빛이 바로 저랬다구. 코는… 술 먹고 잘못 넘
어지는 바람에 찌그러진 거고."

"끙… 술이나 드슈. 말 같지도 않은 영감의 얘기를 들으려니 귀가
하품을 다 하네."

"꼬마야! 근데 너 계속 '영감, 영감' 할래?"

"그러는 영감은 왜 말끝마다 나한테 꼬마라고 하슈?"

"이놈아! 그건 네놈이 노부더러 자꾸 영감이라고 하니까……."

"나도 영감이 나더러 자꾸 꼬마라고 하길래 영감이라는 거요."

"또 왜들 이러십니까."

두 사람이 또다시 인상을 쓰며 티격거리자 광한이 나서지 않을 수가
없었다.

"노선배님, 근데 이곳에 무슨 일로 오셨습니까?"

광한은 광마불을 바라보며 아까부터 하고 싶었던 질문을 하기 시작했다.

"술 생각이 나셨다면 거지 방파인 개방을 찾지는 않으셨을 터. 무슨 일입니까? 분명 다른 용건이 있을 듯한데……."

"……."

문득 광마불의 표정이 딱딱하게 굳어졌다.

벌컥!

광마불은 다시 술 한 잔을 들이켰다.

"크으… 인물 좋고 성격 좋은 놈이 눈치까지 빠르군. 너같이 괜찮은 녀석이 어찌 저런 인간 망종 밑에 있는 게냐? 쯧쯧. 사람만 잘 만나면 능히 승천할 수 있는 잠룡(潛龍)이 주인을 잘못 만나 미꾸라지 신세를 못 면하고 있구만."

광마불은 광한을 바라보며 매우 애석한 표정을 지었다.

'윽! 인간 망종에 뭘 잘못 만나? 저… 저 영감탱이가!'

무대붕의 콧구멍에서 뜨거운 김이 씩씩 소리를 내며 발산되었다.

그러나 광마불은 무대붕의 넓어진 콧구멍에서 김이 나오는지 왕건이가 떨어지는지 관심조차 두지 않고 계속 광한을 바라보고 있었다.

"자네… 이름이 뭔가?"

"광한(狂漢)이라고 합니다."

"광한? 그 기품있는 외모에 예의와 교양까지 갖춘 친구의 이름이 미친놈이란 의미인 광한이란 말인가?"

"어쩌다 보니… 그리 불리게 되었습니다."

광한은 씁쓸히 미소를 지으며 화답했다.

"에이~ 말도 안 돼. 저 자식 이름이 광한이라면 몰라도."

광마불은 힐끔 무대붕을 쳐다보며 말했다.

'꿍~ 영감! 계속 내 머리 뚜껑 열리게 하는데… 좋수! 어디 계속해 보슈.'

무대붕의 넓어진 콧구멍에선 더욱 더운 김이 뭉실뭉실 피어오르고 있었다.

"그러나 원래 외호든 이름이든 광(狂) 자가 들어가는 인간치고 탁월하지 않은 얼굴이 없지. 나만 해도 남들이 광마불이라고 하지 않더냐. 푸화화화홧!"

광마불은 뭐가 그리 흐뭇한지 고개까지 젖히며 크게 웃었다.

"흥! 술 먹고 여자들 뒤꽁무니나 쫓아다니다가 파계나 당한 노인네가 멋은 얼어죽을……."

드디어 더 이상은 못 들어주겠는지 무대붕은 콧방귀를 뀌며 비아냥거리기 시작했다.

"영감! 이제 술 다 마셨으면 사라지슈! 도저히 영감의 헛소리를 못 들어주겠는지 내 귀가 계속 방귀를 뀌고 있수다."

"생긴 게 특이해서 그런가 신체 구조도 아주 황당한 놈이군. 내 나이 구십에 귀로 방귀 뀐다는 놈은 네 녀석이 처음이다."

"특이하다니! 영감은 눈도 썩었수? 야래향의 기녀들은 물론 낙양의 기녀들까지 인정한 강호제일의 쾌남아요! 사람 얼굴을 평가하려면 뭘 좀 제대로 알고 얘기하슈. 영감 수준으로 하지 말고!"

"강호제일의 쾌남아? 푸화화홧! 쾌남들이 모두 벼락맞아 죽었나 보군. 메주에 누룩곰팡이가 핀 것 같은 저 꼴상이 쾌남이라니."

"으아아아!"

무대붕은 더 이상 견딜 수가 없는 듯, 머리칼을 움켜쥐며 비명을 질렸다.

"영감탱이! 더 이상은 못 참겠다! 나와! 나가서 진짜 누가 죽든 결판을 내자!"

외모에 관한 한 어느 누구보다도 자부심이 강했던 무대붕이다.

반듯한 이목구비에 어떤 의상도 멋지게 소화할 수 있는 체형, 그리고 얼굴과 체형을 더욱 돋보이게 하는 화려한 의상과 장신구들로 무장한 완벽한 외모의 소유자라고 철석같이 믿고 있었다.

그런데 메주에 누룩곰팡이 핀 꼴상이라니!

자신의 인격을 모독하는 건 참을 수 있다.

자신의 짧은 학식을 빈정거리는 것도 그냥 넘길 수 있다.

하지만 스스로도 감탄하는 자신의 외모를 트집 잡는 건 도저히 참을 수가 없었다.

"이 영감탱이야! 뭐 해, 어서 나오라니까!"

바락바락 소리치는 무대붕을 광한이 만류하였다.

"또 왜 이래? 흥분하지 말고 앉아. 술 한잔하면서 훌훌 털기로 했잖아!"

"임마! 도저히 흠잡을 데가 없는 내 외모를 갖고 억지를 쓰는데 그걸 참으란 말야? 너 같으면 참을 수 있어? 참을 수 있겠냐구!"

광한 같으면 당연히 참는다. 그리고 웬만한 사람들도 구순이나 된 노인의 얘기라면 불쾌해도 그냥 넘어간다.

그만한 일에 목숨을 걸고 한판 붙자며 광란하는 건 아마도 무대붕뿐일 텐데도 그는 세상 사람들이 모두 자신 같은 줄로 알고 있었다.

"나원 참, 사소한 일에 목숨 거는 정말 딱한 놈이군. 쯧쯧. 좁쌀 같은 놈."

"그래! 나 좁쌀 같은 놈이다! 그러니 나와! 나가서 붙자구, 이 영감탱이야! 어서 나와! 왜 겁나냐?"

계속 목에 핏대까지 세우며 대책없이 흥분하는 무대붕을 보며 광한은 난감한 표정을 지었다.

'끄응~ 그게 목숨을 걸 정도로 견딜 수 없는 일일까? 어쩜 이렇게 아무 생각이 없지? 광마불 노선배의 무공 수위가 자신보다 높다는 걸 충분히 깨달았을 텐데……'

흥분했는데 그런 것을 생각할 겨를이 어딨겠는가? 그럴 정도로 생각이 깊다면 그건 무대붕이 아닐 것이다.

광한은 광마불까지 덩달아 흥분하면 그땐 정말 돌이킬 수 없는 불상사가 벌어질 수도 있다는 생각에 무대붕이 흥분하든 말든 그냥 방치하고 광마불에게 술을 퍼주었다.

"노선배님, 쭈욱 드시고 이제 말씀해 주시죠? 무슨 일로 이곳에 오셨는지를."

어떡하든 광마불까지 흥분하지 않도록 분위기를 돌리려 하는 광한의 보이지 않는 안간힘이 안쓰럽다.

"야, 얌마! 뭐가 예쁘다고 그 영감한테 술을 줘? 그리고 넌 지금 내가 흥분한 것도 안 뵈냐?"

무대붕은 어처구니가 없다는 듯 멍하니 쳐다보았다.

그러나 광한은 더 이상 무대붕에게 관심을 두지 않았다. 이런 상황에선 무관심이 최선이다. 무대붕은 그냥 그렇게 내버려 두고 분위기를 전환시켜야만 한다. 그래야만 무대붕의 흥분도 제풀에 꺾일 테니까.

"광한이라 했지?"

광마불은 광한을 물끄러미 쳐다보았다.

"그렇습니다, 노선배님."

"정말… 여러 가지로 출중한 젊은이로구만. 심기까지 그리 깊다니…….."

광마불이 의미심장한 얼굴로 술잔을 들이키자 광한은 미소로 화답했다.

"이해해 주셔서 감사합니다."

"알았네. 자넬 봐서라도 쥐약 먹은 하룻강아지에 대한 신경을 끊고 얘기함세."

"어서 말씀해 보십쇼."

"실은 사람을 좀 찾았으면 해서 이곳에 들렀네."

"……!"

순간, 무대붕은 광마불의 눈가에 전혀 어울리지 않는 물기를 발견했다. 갑자기 듣고 싶은 호기심이 구름처럼 피어올랐다.

무대붕은 술상을 사이에 놓고 진지하게 얘기를 나누고 있는 두 사람의 곁에 멀뚱한 모습으로 자신이 서 있다는 것도 잊은 채 광마불의 얼굴을 유심히 쳐다보고 있었다.

"개방은 강호제일의 정보망을 갖고 있는 곳으로 알고 있네."

"예, 어느 정도는 맞는 얘기일 겁니다. 천하 각지로 흩어져 활동하고 있는 문도의 수만 육만여 명이니까요. 만약 어르신께서 찾고자 하시는 분이 생존하기만 한다면 시간이 문제일 뿐, 찾아내는 것은 그리 어렵지 않을 겁니다."

"그래서 이곳을 찾았네, 체면 불구하고."

"어느 분이옵니까, 노선배님께서 찾고자 하시는 분이?"

"혹시… 예군영이라는 이름 들어봤는가?"

광마불이 쓸쓸한 얼굴로 입을 열자 그때까지 멀뚱히 서 있던 무대붕이 눈을 크게 뜨며 술상 앞에 바짝 앉았다.

"여, 영감! 예, 예군영이라니? 설마 독화(毒花) 예군영을 찾는다는 거야?"

"오냐. 바로 그녀를 찾고자 해서 왔다."

광마불이 쓸쓸히 고개를 끄덕이자 무대붕은 눈을 휘둥그렇게 떴다.

"영감이 독화를 왜……?"

독화 예군영!

독공과 암기술에 관한 한 전통의 명가인 사천당가(四川唐家)에서도 가장 뛰어난 인재로 꼽혔던 여인이었다.

그녀는 열여덟에 당시 사천당가의 큰아들이었던 당세룡에게 시집을 왔다가 당세룡의 갑작스런 죽음으로 한 달 만에 과부가 된 박복한 팔자의 여인이었다.

꽃다운 열여덟에 시집을 와서 한 달 만에 과부가 됐다고 명가의 며느리가 재혼할 입장도 아니고, 그렇다고 자식이라도 있다면 그 자식에게 모든 것을 걸고 키우겠지만 자식이 있는 것도 아니었으니, 그녀가 당가의 여인으로서 할 수 있는 게 무엇이었겠는가.

그녀의 딱한 처지를 안쓰럽게 여긴 어른들의 허락으로, 그녀는 딸이 아닌 며느리로 당가의 무공을 연마한 최초의 여인이 되었다.

그때부터 예군영은 천재적인 자질로 당가의 모든 독공과 암기술을 터득하고 당가의 어떤 사내도 연마하지 못했다는 혼천현무공독(混天玄霧毒功), 대라십칠절(大羅十七絶), 그리고 최고의 암기술이라는 비류비환(飛流飛環)까지 완벽하게 대성한 최초의 인물이 되었다.

그런 탓에 당가 제자들의 전폭적인 신뢰와 지지로 그녀는 당씨 성을 갖지 않은 여인으로서 최초의 가주로 옹립될 뻔했으나, 그녀 스스로가 거부하고 당가에서 뛰쳐나왔다고 한다.

이미 오십여 년이 지난 매우 오래된 이야기였으나 워낙 뛰어났던 여협(女俠)이었던지라 그녀의 이름은 전설이 되어 강호인들의 뇌리 속에 남아 있었다.

"내참… 아무리 우리 개방의 정보망이 출중하다지만 사라진 지 오십 년이나 된 독화를 우리가 무슨 재주로 찾을 수 있겠수? 게다가 이미 죽어 있을지도 모르는 여자를."

무대붕은 구시렁거렸다.

"강호에서 증발한 게 오십 년 전이니 살아 있다면 도대체 지금 나이가 몇이야?"

"여든여덟이지. 노부보다 두 살 어렸으니까."

광마불이 씁쓸한 표정으로 입을 열자 무대붕과 광한은 동시에 놀라는 표정을 지었다.

"아니, 영감이 어찌 독화의 나이를 그렇게 잘 아슈?"

"……."

"여든여덟? 에이, 그 정도 나이면 이미 한참 전에 땅속에 묻혀 있겠구만. 광한아! 더 들을 것도 없다. 그 할망구 이미 저승에 가 있다."

무대붕이 광한을 향해 난감한 표정을 지으며 손을 저을 때,

빠악!

경쾌한 타격음이 무대붕의 머리통에서 터져 나왔다.

"우와왁!"

무대붕은 눈앞에서 번쩍거리는 별들을 보며 비명을 질렀다. 광마불이 마시던 술 그릇으로 무대붕의 머리통을 후려친 것이었다.

"이런 씨앙~ 이 영감탱이가 벌써 술에 취했나!"

무대붕은 머리에 복숭아 크기만큼 불쑥 솟아오른 혹을 만지며 광마불을 향해 눈을 부라렸다.

"그녀는 아직 죽지 않았다, 절대!"

광마불은 단호한 표정으로 입을 열었다.

"내미럴… 안 죽었으면 그만이지 남의 소중한 머리통엔 왜 혹을 만드는 거요?"

"이놈아! 멀쩡한 네놈 애인더러 누가 이미 뒈졌다고 하면 네놈이 가만있겠냐?"

"그건 이 자식한테 물어보슈! 애인은 이놈이나 있지 난 없으니까."

무대붕은 엄지손가락으로 광한을 가리키다가 갑자기 눈을 휘둥그렇게 떴다.

"애, 애인?! 영감 지금 애인이라고 했수?"

움찔.

광마불은 순간적으로 흠칫했으나 이내 표정을 바꾸며 어색하게 웃었다.

"허허허… 꼬마야, 말이 그렇다는 거지 뭐 다른 뜻은 없으니 오해 말거라."

"에이~ 그게 아닌 것 같은데?"

무대붕은 당혹스러워하는 광마불에게 얼굴을 들이대며 빤히 쳐다보았다.

"이, 이놈아… 뭐 하는 거냐?"

"얼래? 얼굴도 빨개지고… 정말 독화가 영감의 애인이었나 본데?"

"이놈이 감히 어른을 놀려! 아니라고 했잖아!"

"아닌데 그럼 왜 찾아? 그것도 오십 년씩이나 지난 할망구를?"

"그, 그건……."

"영감, 우리 개방 애들이 어째서 날 두려워하는지 가르쳐 줄까? 그건 내가 독수리 육감보다도 더 날카로운 육감을 갖고 있는 탓에 내 앞에선 거짓말이 안 통하기 때문이라구."

"흠흠……."

무대붕이 얼굴을 들이댄 상태로 집요하게 추궁하자 아무리 천하의 광마불이지만 곤혹스러울 수밖에 없었다.

'젠장. 늙으면 죽어야 한다더니만. 이 싸가지없는 놈 앞에서 그런 실언을 하다니…….'

"영감, 사실대로 얘기해. 그래야 우리도 찾든 말든 할 거 아냐? 만약 독화가 영감의 애인이 아니라면 난 절대 찾으라는 명령을 안 내릴 거야."

무대붕은 마치 칼자루라도 잡은 듯 팔짱을 끼고 여유를 부리기 시작했다.

"끄으응~"

광마불의 입에서 앓는 신음성이 새어 나왔다.

노인이라고 해서 결코 예절 같은 걸 기대하기 힘든 무대붕이다. 게다가 죽는 것도 겁을 안 내는 똥 배짱 때문에 협박도 먹히지가 않는다. 이런 인간의 도움을 받기 위해선 사실을 까발리는 것밖에는 방법이 없다.

"오, 오냐! 한때 서로… 호감을 가졌던 사이였다……."

광마불이 쑥스러운 듯 얼굴을 붉히며 말까지 더듬거렸다.

"호감? 그 정도 표현으론 가슴에 와 닿지 않는걸? 겨우 호감 정도 갖

고 있는 할망구를 그렇게 애타게 찾을 이유는 없잖아?'

'썩을 놈… 그래, 나를 손바닥 위에 올려놓고 한없이 까불어라.'

광마불의 얼굴이 붉으락푸르락거리며 수시로 변하고 있었다.

"좀 더 확실하게 표현해 보라구, 내가 이해할 수 있도록."

"오냐. 서로 사랑하던 사이였다! 이제 됐냐?"

"히야! 과부와 파계승의 사랑이라? 그거 정말 볼 만했겠는걸?"

'끙~ 끄으으응~'

"근데 왜 찢어졌지?"

무대붕은 마치 범인을 취조하는 포두(捕頭)처럼 집요하게 추궁했다.

"그, 그것까지 말할 이유는 없잖아?"

광마불은 황당한 표정으로 쳐다보았다.

"찾기 싫어? 그럼 그만둬. 나도 바쁜 우리 애들한테 그런 심부름시키기 싫으니까."

무대붕은 배짱을 튕기듯 돌아 앉아버렸다.

'끄응… 천하의 광마불이 대가리에 피도 안 마른 애송이에게 이 무슨 꼴이냐! 젠장. 이렇게까지 하며 그녀를 꼭 찾아야만 하는 걸까?'

심기가 참담해지는 광마불이었다.

"에휴휴~"

그는 길게 한숨을 내쉬며 무대붕에게 자신의 아픈 추억을 일일이 털어놓느냐, 아니면 성질대로 엎어버리느냐 하는 두 가지의 선택을 놓고 장고를 하기 시작했다.

*   *   *

왕팔객점(王八客店).

하북성(河北省)의 신악현(新樂縣)에 위치한 삼층 객점이었다.

일층은 식사를 할 수 있는 음식점으로 되어 있었고, 이층과 삼층은 사람들이 투숙할 수 있도록 무려 서른다섯 개의 방이 꾸며져 있는 신악현 내 최대의 객점이었다.

술과 식사가 가능한 객점 일층 입구에 있는 식탁에서 한쪽 눈에 금빛 안대를 하고 있는 사내가 신경질적으로 술을 들이켰다.

"크으~ 빌어먹을!"

애꾸의 사내는 험악하게 인상을 일그러뜨리며 술잔을 거칠게 내려놓았다.

"막부산 산채에 있는 부하들까지 제가 그 어린 핏덩이에게 제가 묵사발이 났다는 걸 어떻게 알았는지, 저같이 무능한 왕초를 모시고 있느니 차라리 다른 왕초를 알아보겠다며 모두 뿔뿔이 흩어졌다고 합니다. 형님들, 이래도 제가 계속 숨을 쉬고 살아야 합니까! 가만히들 있지만 말고 대답 좀 해주십쇼!"

애꾸의 사내, 다름 아닌 녹림적룡 갈포악의 한쪽뿐인 외눈에선 분노와 회한의 광망이 복잡하게 뒤엉킨 상태로 쏟아져 나오고 있었다.

"음. 아우야, 울고 싶은 건 너뿐이 아니다."

성성이처럼 털로 얼굴을 뒤덮은 비무기가 오랜 침묵 끝에 말을 받았다.

"우리 잡방의 제자들 역시 모두 나를 버리고 떠나 버렸다. 나도 살고 싶은 생각이 뚝 떨어졌다. 더욱이 싸가지없는 그 어린 자식한테 복날 개새끼처럼 죽도록 얻어터졌으니… 정말이지, 난 지금 살아도 살아 있는 게 아니다."

주루룩.

나직한 음성과 함께 비무기의 눈에선 짐승 같은 인상과는 너무도 어울리지 않는 눈물이 흘러내렸다.

그러나 아는 사람은 안다, 무대붕에 대한 비무기의 한이 어느 정도인지를.

자신의 모든 꿈과 야망이 무대붕으로 인해 양자강 오리알이 되었고, 그 때문에 잡방이란 문파까지 개관하며 무대붕의 벽을 넘고 싶었거늘……

그렇게 철천지원수와도 같은 무대붕을 짓밟을 수 있는 절호의 기회에서 오히려 떡이 되도록 정신없이 얻어터지고, 그 소식이 자신의 부하들 귀에까지 들어갔으니 아무리 얼굴 가죽이 두꺼운 비무기라 할지라도 지금은 그저 죽고만 싶을 뿐이었다.

"아우들아, 너희들까지 이러면 이 늙은이는 어찌하겠냐?"

묵묵히 고개를 떨군 채 듣기만 하던 마인귀가 처음으로 음성을 발했다.

"그놈들 때문에 눈앞에서 장보도도 잃고 친구인 혈인귀까지 잃었다. 그리고 이 나이에 손자 같은 그놈에게 게거품을 흘릴 만큼 터지고 또 터졌다. 에휴~ 사는 게 치욕스럽고 절망스러울 뿐이다."

침통한 음성으로 크게 한숨을 내쉬는 마인귀.

그 역시 살고 싶은 기분은 아니라는 것을 충분히 느낄 수 있었다.

"형님들, 그러니 우리 함께 죽어버립시다. 이미 망신당할 대로 당해버린 더러운 인생, 살아서 뭣 하겠습니까?"

성질 급한 갈포악이 동반 자살을 선동하고 나섰다.

"아우야, 이 형도 정말 죽고 싶다. 하지만 막내의 생사만큼은 확인한 후 죽든 말든 해야 할 게 아니겠냐?"

막내란 천애탄 급류에 휘말려 내려간 요수련을 칭하는 단어였다.

이들은 무대붕에게 얻어터져 의식이 오락가락하던 상황에서 비명을 지르며 물살에 떠내려가던 요수련의 마지막 모습을 보았다.

하여 그동안 그녀를 찾기 위해서 천애탄 물살의 흐름을 따라서 요수련의 행방을 추적하였으나 안타깝게도 그녀를 발견하지 못했던 것이다.

"뜨거운 중사의 햇살 아래에서 우리는 맹세했었다. 태어난 것은 비록 제각각 태어났지만 죽는 것만큼은 함께하겠노라고!"

"……."

"그랬던 우리가 막내의 생사도 확인하지 않은 채 의리없이 우리끼리만 죽는다면 막내는 물론이고 후세의 사가(史家)들이 과연 우리를 어떻게 생각하겠느냐!"

죽고 싶은 걸 죽지 못하고 살아 있는 것보다 역사에 비겁한 인물로 기록되는 것이 더 수치스러운 일이라며 비무기는 열변을 토했다.

"음… 백 번 옳은 얘기다. 사내의 인생에서 신의와 명예를 뺀다면 그건 사나이가 아니다."

비무기의 열변에 동의한다는 듯 마인귀가 고개를 끄덕였다.

중사 사인조 가운데 첫째인 마인귀와 둘째 비무기의 특징은 너무도 명예를 중요시한다는 것이다. 후세의 사가들이 자신들을 어떻게 기록할지 늘 궁금해하면서, 그들은 틈만 나면 명예를 강조했다. 하는 짓은 명예와는 상관없이 치졸하고 간교했음에도 불구하고 생각만큼은 늘 그랬다. 그러니 형제의 연을 맺었겠지만.

"젠장! 죽었는지 살았는지도 모를 막내 때문에 그런 치욕스런 과거를 갖고도 계속 악착같이 버티자는 말입니까? 형님들은 모르지만 난 그러기 싫습니다!"

갈포악이 자살하고 싶어 환장한 사람처럼 단호하게 소리쳤다.

"셋째야, 죽는 건 언제든지 할 수 있어. 그러나 지금은 절대 죽을 때가 아냐."

비무기는 철부지 동생을 교육하듯 갈포악을 타일렀다.

"어찌하면 실추된 우리의 명예를 다시 회복할 수 있는지, 그리고 어떻게 하면 그 버르장머리없는 놈에게 복수를 할 수 있는지 생각하는 게 먼저다. 그리고 막내도 찾고."

"작은형님, 그렇게 당하고도 모르십니까? 저 역시 미치도록 염통이 끓지만 그 자식은 우리가 복수할 수 있는 그런 만만한 놈이 절대 아닙니다."

"안다. 그러니까 좀 더 깊이 생각하자는 것 아니냐? 이대로 죽으면 우리의 이름은 '개방각하라는 어린 핏덩이에게 얻어터진 게 억울해서 동반 자살했'고 역사에 기록될 텐데, 사나이로 태어나서 어찌 그런 수모를 남기려 하느냐? 그건 사나이가 취할 선택이 아니다."

시종일관 명예를 거론하는 비무기.

그러나 그에 대해서 잘 아는 사람이 있다면 아마도 크게 콧방귀를 뀌며 이렇게 비웃었을 것이다.

추접스럽게 명예 운운하지 말고 그냥 죽기 싫으면 싫다고 까발리라고.

'젠장! 살아 있어봐야 얼굴 팔릴 일만 남았는데도 무슨 미련이 있어 죽지 않겠다는 건지……'

비교적 사내다운 갈포악이 인상을 찌푸리며 구시렁거릴 때,

탁!

탁자 밖으로 나와 있는 그의 무릎을 건드리는 물체가 있었다.

도집이었다.

똑같이 검은 무복을 입고 있는 건장한 네 명의 삼십 대 사내가 객점 안으로 들어섰다가 빈자리를 찾던 중 본의 아니게 허리춤에 채워져 있는 도집이 갈포악의 무릎을 건드리게 된 것이다.

"뭐야?"

갈포악이 얼굴을 찌그러뜨리며 검집의 주인을 올려보았다.

"이런. 죄송하게 되었소."

입가에 호두만한 점이 있는 사내가 미안하다는 표시로 손을 들었다. 그리고는 이내 일행 쪽으로 몸을 돌렸다.

그러나 그 사내는 일행에게로 가지 못했다.

콱!

갈포악이 벌떡 일어서며 사내의 뒷덜미를 움켜잡은 것이다.

"임마! 죄송한 짓을 했으면 무릎을 꿇고 정중히 사과를 해야지 싸가지없이 손만 까딱하고 그냥 가?"

"뭐라구?"

사내가 고개를 돌리며 기가 막히다는 표정을 지었다.

그러자 점소이가 급히 달려왔다.

"저… 손님! 제가 대신 사과드릴 테니 이번만 그냥 참고 넘어가 주십쇼."

점소이는 갈포악이 아닌 사내에게 손바닥을 싹싹 빌며 애원을 했다.

"임마! 잘못한 놈은 저 자식인데, 왜 거기다가 사과를 하고 지랄이야? 사과받을 분은 나라구!"

갈포악이 어이없다는 표정을 짓자 점소이는 급히 갈포악의 귀에 대고 속닥거렸다.

"손님, 크게 다치지 말고 가만 계세요. 저분들은 하북팽가(河北彭家)의 호가단(護家團) 무사님들이에요."

하북팽가!

강호 사대세가(四大世家)의 하나로 꼽히는 전통의 명가.

체구가 크고 신력(神力)을 지닌 호걸(豪傑)들을 많이 배출시켰으며, 특히 도법(刀法)과 장법(掌法)은 너무도 실전적인 탓에 웬만한 강호인들은 하북팽가 출신들과 충돌하는 것을 두려워했다.

그중에서도 철혈적성도법(鐵血摘星刀法)과 혼원벽력장법(混元霹靂掌法)이 팽가의 대표적 절기로 알려져 있다.

"호가단이라면 가주인 미허일도(彌虛一刀) 팽염(彭炎)을 호위하는 것들이라는 얘긴데?"

갈포악이 다소 의외라는 표정으로 반문을 했다.

"그럼요. 가주에 대한 충성심이 대단한 것은 물론이고, 무공 또한 팽가 내에 서열 백위 안에 드는 고수들만이 들어갈 수 있는 곳이죠. 그러니 괜히 소란 피우지 마시고 그냥 앉으세요. 그러면 팽가의 무사님들도 한 번쯤은 봐주실 거예요."

그들의 강맹한 무공 솜씨를 알고 있는 점소이는 어떻게 하든 객점 내에서 혈겁이 벌어지는 일만은 막으려고 안간힘을 다해 갈포악을 설득했다.

점 있는 사내는 미소를 지며 갈포악의 어깨에 손을 얹었다.

"모르고 한 일이니 이번만큼은 그냥 넘어가 주겠네. 앞으론 조심하라구. 알겠나?"

"잘됐군. 그렇지 않아도 그냥 죽기에는 좀 허전하던 참이었는데."

갈포악은 말을 내뱉는 것과 동시에 자신의 어깨 위에 얹혀 있는 사내의 손목을 비틀었다.

뿌드드득!

"끄와악!"

뼈가 돌아가는 섬뜩한 음향과 함께 사내의 입에서 고통스런 비명이 터져 나왔다.

점소이가 그러했듯 점 있는 사내 역시 몰라도 너무 몰랐다, 갈포악이 하남성 최고의 비적인 녹림흑맹단의 수괴라는 사실을.

"아, 아니, 저놈이?!"

나머지 세 명의 동료가 눈을 휘둥그렇게 뜨며 황당한 표정을 지었다.

이날까지 살아오면서 자신들 앞에서 이런 식으로 겁없이 날뛰는 인간은 보질 못했으니 그들이 당황하는 것도 무리는 아니었다.

더욱이 자신들의 신분에 대해서 점소이가 친절하게 설명까지 해주었건만 이렇게 호전적으로 나온다는 건, 필경 간이 배 밖으로 나온 인간이 아니면 정신 나간 인간일 것이라고 그들은 생각했다.

"네놈이 죽고 싶어 환장한 게로구나! 좋다, 그게 소원이라면……."

한쪽 볼에 화상이 있는 사내가 도를 뽑아 들며 갈포악을 향해 지체없이 쏘아갔다.

조금의 인정도 없는, 반드시 상대를 죽이고야 말겠다는 살기 어린 도초(刀招)였다.

"아앗!"

점소이는 손으로 눈을 가리며 비명을 질렀다. 아무리 갈포악의 완력이 뛰어나도 하북팽가 내에서도 서열 백위 안에 드는 호가단 무사의 일도(一刀)만큼은 절대 피할 수 없다고 점소이는 철석같이 믿고 있었다.

하지만 결과는 점소이가 믿고 있는 상식과는 너무도 차이가 컸다.

"이런 젠장! 겨우 이깟 재주로 날 어떻게 해주겠다고?"

갈포악은 냉소를 치며 서 있는 그 상태에서 발을 들어 쭉 뻗었다. 그리고 그 발은 사내의 도가 그의 머리에 닿기 전, 정확하게 사내의 가슴에 꽂혔다.

"꺼어억!"

사내는 외마디 비명을 지르더니 입에서 피를 뿜으며 스르르 주저앉았다. 방금 전 그가 보여주었던 섬뜩한 기세와는 딴판인 너무도 어이없는 결과였다.

"아, 아니? 이 자식 보통 놈이 아니다!"

놀라는 것도 잠시, 동료가 너무도 간단하게 피를 뿌리며 꼬꾸라지자 나머지 일행의 눈에서 일제히 섬뜩한 살기가 뿌려졌다.

"봐줄 것 없다! 총공세다!"

남은 두 명의 사내와 팔이 꺾인 사내는 세 방향으로 흩어지더니만 이내 합공을 펼치기 시작했다.

쉭! 쐐애액!

갈포악을 향해 동시에 세 곳에서 쏟아지는 현란하면서도 살기 가득한 도강(刀罡)들.

갈포악은 입술을 질끈 깨물었다.

그와 동시에 언제부턴가 그의 우수에 쥐어져 있는 막가마도가 대기를 가르며 찬란한 빛을 뿌렸다.

번—쩍!

"으아아악!"

"크아악!"

이어 폐부를 쥐어짜는 듯한 각기 다른 비명 소리들.

그걸로 끝이었다.

"……."

점소이는 하북팽가의 일급고수들이 너무도 간단하게 황천길로 떠났다는 게 도무지 믿어지지가 않았다.

'세상은 넓고 고수는 많다더니만… 이 애꾸가 어쩌면 천하제일인이 아닐지……'

점소이의 눈에는 갈포악이 천하제일인처럼 느껴졌다.

그러나 아는 사람은 안다, 갈포악도 임자를 잘못 만나면 복날 개 꼴을 면치 못한다는 사실을.

"그만 가자."

마인귀와 비무기가 자리에서 일어났다.

"가자니? 어디로 말입니까?"

"여기는 하북팽가의 세력권이다. 팽가의 세력권에서 팽가의 식솔들을 죽였으니 그놈들이 가만있겠냐? 일단 튀고 그 다음을 생각해야지."

명예 때문에 죽고 싶어도 죽을 수 없다는 비무기와 마인귀가 계산도 안 하고 황급히 객점을 빠져나갔다.

"형님들, 동반 자살 안 하고 계속 그런 식으로 살 겁니까?"

"어허! 명예 때문에 지금은 죽을 수가 없다니까."

비무기는 뒤도 돌아보지 않고 신속히 도망치면서 대답했다.

명예 때문에 죽고 싶어도 죽을 수 없다는 비무기와 마인귀.

그리고 결의형제인만큼 어떻게 하든 형들과 함께 동반 자살을 하고 싶은 갈포악.

중사 사남매에서 삼형제가 된 이들 삼 인은 무대붕에게 박살이 난 이후에도 여전히 굳건하게 살아가고 있었다.

□ 제23장 □

합동 혼례식

합동 혼례식

—신랑 신부는 듣거라! 앞으로 부디 잘 먹고 잘살아라.
그리고 만약 헤어지는 놈이 있다면 내가 박살을 내버릴 것이다

무림사 초유의 합동 혼례식이 벌어지는 날,

구대문파를 비롯하여 무림 전역에 흩어진 각파의 수뇌급 인사들이 개방인들의 잔치를 축하하기 위해 기꺼이 하객으로 참여하였다.

뿐만 아니라 개봉성 안의 일반 백성들까지도 여지껏 한 번도 볼 수 없었던 합동 결혼식을 구경하기 위해 모여드는 바람에 개방 총단은 그야말로 인산인해(人山人海)를 이루게 되었다.

일천팔백 쌍이나 되는 오늘의 주인공들!

가장 연장자인 여든두 살의 노인에서부터 열여섯 살의 철부지 소년까지 모두 똑같이 예복을 곱게 차려입은 상태로 팔짱을 끼고 마냥 행복한 모습으로 넓은 개방의 연무장에 십 열 종대로 서 있었다.

그리고 한쪽에는 일주일 동안 호흡을 맞춘 개방의 특별 풍

악단이 징과 꽹과리, 목고, 죽고, 비파 등의 악기를 앞에 놓고 서서히 분위기를 띄우고 있었고, 임시로 세워진 천막 안에 앉아 있는 구대문파를 비롯한 각파에서 참석한 귀빈들과 바깥에 서 있는 일반 구경꾼들은 예식이 시작하기 전부터 연무장 안에 빽빽이 들어차 있었다.

"정오에 시작할 거라고 해놓고 뭐 하는 거지?"

"아직 주관(周官)이 안 나왔잖아."

"주관이 누군데?"

"개방 내의 행사니 당연히 무대붕이겠지."

"에이~ 말도 안 돼. 아무리 개방각하라지만 이제 겨우 스물이 갓 넘은 젊은 친구가 무슨 주관을?"

"이 친구 참 한가한 소리 하는군. 개방에서 벌어지는 일치고 언제 말이 되는 일이 있었나? 특히 무대붕이 방주 직을 승계한 이후에."

"그런가?"

구경꾼들은 시간이 지나도 시작하지 않는 혼례식장을 쳐다보며 서서히 따분한 표정을 짓기 시작했다.

"영감! 뭔 소리야? 왜 내가 주관을 할 수 없다는 거야?"

무대붕이 인상을 쓰며 버럭 소리를 질렀다.

역사적인 합동 혼례식을 맞이하여 고가의 옷만 취급한다는 개봉제일의 의복점(衣服店)인 화화포(華華鋪) 최고급 화의를 한 벌 맞춰 입은 오늘 그의 얼굴에선 더욱 개기름이 번드르르 하게 흐르고 있었다.

한데 무슨 일이 있기에 그는 아직도 혼례식장에 참석하지 못하고 풍류각 안에서 고함을 치고 있는 것인가?

"쯧쯧… 아무리 머리통에 든 게 없어도 그렇지, 이 녀석아, 아직 장가도 못 간 새파란 철부지가 무슨 얼어죽을 주관이냐? 택도 없는 소리 집어치우고 다른 사람에게 넘겨. 괜히 혼례식을 웃음거리로 만들지 말고."

광마불이 기가 막히다는 표정으로 혀를 찼다.

"영감! 이번 일은 개방 식구들의 행사야. 그리고 개방에선 내가 제일 큰어른이고. 직위가 중요하지 나이가 문제가 아니라구. 알겠수?"

"직위가 높으면 뭘 해? 하는 짓이 개차반인데."

"뭐가 어째? 영감, 말 다 했어?"

"이놈아! 아무리 아버지 잘 만난 덕분에 방주 노릇을 하고 있다지만 제발 좀 염치라는 걸 갖고 살아라. 너보다도 나이 많은 신랑 신부가 태반인데 거기서 이제 겨우 스물네 살밖에 안 처먹은 놈이 '부부란 서로 참고 인내하며 어쩌고~' 하는 소리를 하고 싶냐?"

"이… 영감탱이가! 오갈 데가 없다길래 기껏 먹여주고 재워줬더니만 은혜를 원수로 갚아도 유분수지 감히 이런 식으로 날 배신 때려?"

무대붕은 뜨거운 콧김까지 내뿜으며 씩씩거렸다.

"꼬마야, 모두 다 널 위해서 하는 얘기다. 세상 경험 풍부한 어르신네 말씀 잘 들으면 절대 후회할 일이 없다니까."

"영감이나 후회하지 말고 살어! 괜히 애인 삐치게 만든 후, 오십 년 후에 찾아보겠다고 젊은 사람한테 사정이나 하지 말고."

'끄으응~'

그 한마디로 광마불은 더 이상 어떤 말도 하지 못했다.

무슨 말을 하겠는가!

무대붕에게 지난날 자신의 아픈 과거까지 털어놓으며 꼭 독화를 찾아야만 한다고 애원한 입장이니 말이다.

무대붕은 옆으로 고개를 돌렸다.

"광한아, 시간 늦었지?"

"응. 조금……."

"괜히 저 영감 때문에~"

무대붕은 신경질적으로 광마불을 향해 인상을 긁고는 급히 문을 열고 나가기 시작했다.

"노선배님도 어서 가시죠?"

광한은 맥없는 표정으로 한숨을 내쉬고 있는 광마불을 바라보았다.

"에휴~ 생각없다. 저 버르장머리없는 놈 때문에."

괜히 나섰다가 어린 놈에게 망신만 당했다는 후회와 허탈감만 밀려올 뿐이었다.

"하하. 그래도 중원 초유의 대행사인데 강호 최고의 노선배님께서 참석하여 자리를 빛내주셔야죠."

"그건 그렇긴 한데……."

"그럼 어서 일어나십쇼."

광한은 속이 편찮은 광마불의 손을 잡고 먼저 앞장섰다.

'어쩜… 인물도 좋고 머리에 든 것도 많은 녀석이 생각까지 이렇게 깊누? 손녀만 있으면 당장 손녀 사위를 삼고 싶은 녀석이라니까.'

광마불은 세세한 곳까지 신경 써주는 광한이 기특하기 그지없었다. 그러면서 동시에 무대붕과 술 마시며 티격태격거리던 당시를 떠올렸다.

"쯧쯧. 정말 돼지 목에 진주구만. 이런 무식하고 버르장머리없는 녀석에게 똑똑하고 예의 바른 수하라니, 게다가 인물도 더 좋고."

"영감! 눈곱이나 떼고 다시 봐! 다른 건 몰라도 인물은 내가 훨씬 더 낫다구."

"끙~ 오냐. 그래, 인물은 네가 더 좋다. 근데 예의는 왜 그 따구냐? 인물도 좋은 놈이."

"원래 조직의 우두머리는 신위가 있어야 하기 때문에 상대가 아무리 나이가 많든 지위가 높든 그런 거 다 배려해서 대접해 줄 수가 없어. 그렇게 되면 체통이 떨어지거든. 그래서 이럴 수밖에 없는 거라구. 이제 이해할 수 있겠지? 영감은 강호에서 경험이 많으니까."

"도저히 이해 못하겠다, 이놈아!"

"쯧쯧, 하긴 나이만 많으면 뭐 해? 조직을 이끌어본 경험이 없으니……. 그럼 그냥 그런 줄 알고 있으면 돼."

아무리 나이가 많아도 자신의 지위와 체면이 있기 때문에 절대 예의를 차릴 수가 없다는 무대붕인 반면, 어느 상황에서든 올바른 예의로서 자신을 대하는 광한이었으니.

'나도 정말 비교하기가 싫다. 하지만 보라구! 비교를 안 하려 해도 도저히 안 할 수가 없잖아! 이 천둥벌거숭이 같은 놈아!'

광마불은 매우 짜증스런 표정으로 구시렁거리며 광한을 따라가고 있었다.

드디어 무대붕이 위풍당당한 모습으로 단상에 섰다.

"와아아아!"

"각하! 각하! 각하!"

그러자 우레와 같은 함성과 함께 개방의 거지들이 연호하기 시작했다.

'젠장! 뭘 하다가 이제야 나타난 거야? 다리 아파 죽겠거늘.'

'얼씨구? 이번엔 아주 반짝반짝거리는 화의로 한 벌 해 입으셨구만. 자기가 장가가나?'

속마음이야 이러했지만 어쨌든 표정만큼은 밝고 경쾌하게 환호하고 있었다.

'흥! 어림없지. 이런 뿌듯한 기분을 누구에게 넘기라고?'

무대붕은 만면에 미소를 띠며 손을 흔들어 화답했다.

"에~ 그럼 지금부터 이번 합동 혼례식의 주관이시자 우리 개방의 영원한 등불이며 지도자이신 무대붕 각하님의 축사가……."

독신주의를 고집한 정통단(情通團) 단주 신문팔이 사회를 진행하려는 순간,

임시 천막을 친 귀빈석이 웅성거리며 소란스러워지기 시작했다.

귀빈석에 광마불이 나타났기 때문이었다.

"으헉! 과, 광마불이잖아?"

"마, 맞아! 폭삭 늙긴 했어도 광마불이 틀림없어! 저 시뻘건 눈을 보라구!"

귀빈석 내에 앉아 있던 많은 각파의 수뇌들이 웅성거리며 당혹스러워하고 있었다.

"아, 아니, 지광 사숙님?!"

소림을 대표하여 참석한 혜초 대사(慧草大師)가 당황하며 급히 일어나 예를 갖췄다.

"허허… 혜초, 오랜만이구만. 소림엔 별일없겠지?"

"예, 사숙님 덕분에……. 근데 지광 사숙께서 어떻게 이곳에……?"

"지광은 무슨, 난 파문 당한 땡초일 뿐이네. 자네도 다른 친구들처럼

그냥 광마불이라고 하게. 난 그게 더 듣기 편하니까."

"대사님, 소인을 기억하시겠습니까?"

"선배님, 예전에 저희 아버님 생존해 계실 때 한번 찾아오신 적이 있었죠? 철기보의 장남인 철자숭입니다."

"어르신, 소생은 귀주 정무문의 기세출입니다. 전설과도 같으신 어르신을 이렇듯 다시 뵐 수 있다니… 이건 정말 가문의 영광입니다!"

칠팔십 대의 명문정파의 수뇌급 인물들이 자리에서 벌떡 일어나며 인사를 하였고, 비교적 젊은 사오십 대의 인물들은 아예 큰절까지 올리는 등 모두가 그를 향해 최대한의 예를 갖추느라 정신이 없었다.

광마불!

이름 석 자만으로도 이렇듯 각파의 수뇌들은 그의 앞에서 오금을 제대로 펼 수가 없었던 것이다.

'이런 씨이~ 뭐야? 맥빠지게!'

무대붕은 인상을 구기며 귀빈석에서 일어나는 소란을 쳐다보고 있었으나, 불행하게도 축하를 위해 찾아온 귀빈들의 관심사는 이제 혼례가 아닌 광마불뿐이었다.

"사숙님, 이쪽으로 앉으시지요."

"선배님, 그동안 어디에 계셨습니까?"

"허허. 강호에 어른이 없으니까 요즘 젊은 아이들의 버르장머리가 정말 엉망입니다."

"이젠 강호의 진정한 원로로서 후배들을 많이 이끌어주십쇼."

"어르신, 이것 좀 드서보십쇼. 저희 감숙의 명차인 냉록차(冷綠茶)입니다. 시원하면서도 피를 맑게 해주는 진짜 명차 중의 명차죠. 하하."

자리도 양보하고, 마실 차도 갖다 바치는 등 광마불에게 아부하느라

정신이 없는 상황이었다.

쾅!

"대체 뭣들 하자는 거요!"

더 이상 참을 수가 없다는 듯 무대붕이 단상을 내려치며 고함을 질렀다.

"……?"

하객으로 온 무림의 수뇌들은 단상을 치며 신경질적인 표정으로 자신들을 노려보는 무대붕의 행동에 어이가 없었다.

"축하해 주러 왔으면 조용히 앉아서 축하나 해줄 것이지, 이제 막 혼례식을 주관하려고 하는데 모여서 웅성거리고 소란 피우는 건 대체 무슨 개 같은 경우요? 그런 식으로 축하할 거라면 받고 싶지 않으니까 모두 꺼져 버리쇼!"

무대붕은 무림의 수뇌들이 황당한 표정을 짓든 말든 여전히 눈알을 부라리며 노성을 질렀다.

"윽! 개, 개 같은 경우? 저, 저 친구가 지금 우리더러 뭐라고 한 거야?"

"그리고 뭐… 꺼지라구?"

"버르장머리가 없다는 건 애초부터 알고 있었지만, 저 정도로 막돼먹은 녀석일 줄이야……. 감히 어다다 대고 눈알을 까뒤집고 막말을 지껄이는 거냐!"

각파의 수뇌들은 험악하게 인상을 구기며 당장에라도 무대붕을 향해 튀어 나갈 기세였다.

"허허. 진정하라구. 축하해 주러 왔으면 축하를 해줘야지 싸우면 되겠어?"

광마불은 너털웃음을 지으며 귀빈들의 흥분을 자제시켰다.

"무, 물론 그렇기는 합니다만, 저 젊은 친구가 저희더러 개같이 굴지 말고 꺼지라고 하는데 어찌 참을 수 있겠습니까?"

"그렇습니다. 이건 여기 하객으로 모인 개인들에 대한 모욕이라기보다는 백도무림 전체에 대한 명백한 도전입니다!"

"말씀드렸다시피 요즘 강호의 젊은 것들이 저렇게 버르장머리가 없습니다. 마침 노선배님도 재출도를 하신 만큼 이번 기회에 따끔하게 혼내서 버르장머리를 발본색원(拔本塞源)하여야 합니다."

버르장머리를 발본색원해야 한다는 얘기까지 나올 정도로 이들과 무대붕 간에 전혀 예상할 수 없었던 일촉즉발의 상황이 벌어지고 있었다.

"어허! 노납이 분명 그만들 하라고 했을 텐데."

나직했으나 절대 항거할 수 없는 음성이 광마불의 입술 사이로 흘러나왔다.

"……."

"……."

그러자 장내는 찬물이라도 끼얹은 듯 일순간에 조용해지고 말았다.

그들은 알고 있다, 광마불이 분노하면 세상이 어떻게 변하는지를.

이들 중에는 광마불의 그런 모습을 소문으로 전해 들은 사람도 있겠지만 직접 목격한 사람들도 여럿 있었다.

'끙! 아무도 대꾸를 안 하네? 난 누가 대꾸하면 그때 동조하려고 했는데.'

'광마불 심기 건드려서 목숨 보존한 인간이 없다지 아마.'

'괜히 지광 대사에서 광마불이 됐겠어? 젊은 거지 왕초 놈을 혼내고는 싶지만 광마불이 참으라고 하니 참을 수밖에.'

그들은 이내 하나둘씩 자리에 앉기 시작했다. 내심으론 못마땅하고 떫은 것도 있지만 광마불의 얘기를 거절할 만한 용기는 그 누구에게도 없었다.

'여기 모인 이들 중 거의 모두가 각파의 수장이거늘, 노선배의 명성에 이토록 압도당하다니… 정말 대단한 위명이다!'

귀빈석 내에 함께 앉아 있던 광한은 미소를 지으며 감탄했다.

"자! 젊은 각하, 어서 시작하라구."

광마불은 귀빈석의 상황이 진정되자 단상을 향해 소리쳤다.

'영감탱이가 밥값은 하는군.'

무대붕은 자신도 모르게 흐뭇한 표정을 지었다.

태생적으로 기분 나쁜 것을 참지 못하는 욱하는 성질 탓에 귀빈석을 향해 소리를 질렀으나 그 이후에 일어날 사태에 대해서는 전혀 생각하지 못한 무대붕이었다.

그들이 만약 흥분하여 시비가 벌어졌다면 합동 혼례식장이 혈겁의 현장으로 바뀌는 것은 자명했고, 누가 이기든 그건 무대붕으로선 치명적인 상처가 남는 싸움이었다. 구대문파와 사대세가를 비롯한 모든 백도무림 문파들과 원수가 되는 판이 아닌가!

게다가 그에겐 절대 싸워선 안 될 이유가 또 하나 있었다.

'휴~ 하마터면 무림맹주 자리가 날아가 버릴 뻔했네.'

무대붕은 안도의 한숨을 내쉬었다.

이들 모두와 적이 되면 차기 선거에서 무림맹주가 되는 게 곤란하다는 생각을 하면서.

"푸하하하! 사랑하는 천팔백 쌍의 신랑 신부 여러분과 우리 개방 식구 여러분, 그리고 친애하는 백도무림 동지님들과 개봉 성민 여러분,

오늘 무림사 초유의 합동 혼례식의 주관을 맡게 된 개방각하 무대붕이 올시다."

"와아아아!"

깡깡깡깡!

신랑 신부들의 우렁찬 함성과 함께 풍악단에선 징과 꽹과리 등을 요란스럽게 두들기기 시작했다. 이 역시 무대붕의 지시에 의한 것이다. 자신의 말이 끝날 때마다 무조건 환호를 하라고 한.

존경심 따윈 눈곱만치도 없지만 그래도 시키면 시키는 대로 순응하는 게 개방인들의 특징이었다.

"본인은 한때 무림맹주 선거에 출마를 했다가 아슬아슬하게 낙선을 한 적이 있었습니다."

'아슬아슬하게 낙선?'

'한 표밖에 안 나왔는데 뭔 뚱딴지지?'

하객으로 참석한 무림의 귀빈들은 물론 신랑 신부들의 얼굴에도 황당한 빛이 흘렀다.

그러나 남들이 어떠한 표정을 짓든 말든 무대붕은 관심조차 없었다.

"웬만한 사람들은 쓰라린 패배에 절망한 나머지 술과 계집질로 자신의 인생을 망가뜨리며 결국 폐인이 되지만, 의지가 강한 본인은 시련은 있을지언정 실패는 없다는 신념으로 약해지는 나의 의지를 꽉 움켜잡았고, 결국 이와 같은 역사적인 개방인들의 합동 혼례식까지 주관할 정도로 완벽하게 재기를 하게 되었습니다. 음하하하핫!"

"와아아아!"

"여러분! 이렇듯 젊고 강인한 의지의 소유자인 본인이 단지 개방의 발전만을 꾀한다는 건 너무 이기적인 발상이라고 생각지 않으십니까?

예, 맞습니다. 그 탁월한 능력을 오로지 개방만을 위해 사용한다는 건 윤리적으로나 도덕적으로 옳지 못한 일입니다."

깡깡깡깡!

단상 위에서 혼자 묻고 혼자 열심히 대답하고 있는 무대붕.

혼례와는 전혀 상관없는 얘기를 지껄이고 있는데도 아무 생각 없는 풍악단은 열심히 꽹과리를 두들기고 있었다.

"하여 본인은 이 초인적인 의지와 탁월한 능력을 반드시 더 큰 곳에서 펼치기 위해서라도 무림맹주가 되려고 하니, 여러분께서도 이 젊은 후보, 능력있는 개혁 후보 무대붕이를 전폭적으로 지원해 주십쇼! 움하하하핫!"

무대붕의 피 끓는 열변이 그의 특이한 웃음소리와 함께 장내에 쩌렁하게 울려 퍼졌다.

"와아아아!"

깡깡깡!

생각없는 개방인들은 한두 번 겪어온 무대붕이 아닌 탓에 형식적으로 환호를 했고, 형식적으로 꽹과리를 두들겼다.

그러나 불행하게도 다른 사람들은 그렇질 못했다. 박수를 치고 싶어도, 환호를 해주고 싶어도 도저히 그럴 수가 없다는 표정들이었다.

"저, 저것도 주관사입니까?"

"쯧쯧. 지난번 무림맹주 선거 때의 충격이 상당히 컸던 모양입니다. 단 한 표였잖습니까?"

"아무리 충격이 커도 그렇지, 세상에 자기 자랑만 열심히 하는 주관이 어딨습니까?"

"저 나이에 주관하겠다고 나섰다는 자체가 졸도할 일이죠. 아무리 우리가 축하해 주러 온 하객이라지만 저런 말 같지 않은 얘기를 계속 들어줄 필요가 있을까요? 그만 일어납시다."

귀빈들이 일제히 황당한 표정으로 웅성거릴 때, 비교적 젊고 성질 급한 정무문의 기세출 문주가 벌떡 일어났다.

"그럽시다! 더 듣고 말고 할 것도 없소이다."

"부하들을 위해 합동 혼례식을 벌인다길래 이젠 정신 차린 줄 알았더니만… 쯧쯧, 영원히 못 고칠 병이었구만."

귀빈들도 더 이상 앉아 있기 싫다는 듯 하나둘씩 자리에서 일어나기 시작했다.

그렇지 않아도 시작 전부터 혼례식장이고 뭐고 한바탕 혈겁을 일으키고 싶을 정도로 매우 괘씸했던 무대붕이었다. 때문에 앉아서 개방인들의 잔치를 축하해 줄 기분이 결코 아닌 상황이었는데, 주관을 한답시고 말 같지 않은 소리만 남발하고 있으니 이보다 더 좋은 건수가 어디 있겠는가!

그때였다.

"뭣들 하는 짓이냐!"

귀빈들이 웅성거리며 퇴장하려는 순간 광마불의 쩌렁한 일갈이 터졌다.

"어르신도 일어나십쇼. 더 앉아 계셔봐야 화병만 나실 겁니다."

기세출이 위한답시고 여전히 굳건히 앉아 있는 광마불의 팔을 잡고 일으켜 주려 했다.

쫘!

"으악!"

광마불의 손바닥이 허공을 가르는 것과 동시에 기세출은 비명을 지르며 곤두박질쳤다.

너무도 갑작스런 광마불의 행동에 귀빈들을 당황하기 시작했다.

"꺼어어… 어……."

게다가 광마불에게 따귀를 얻어맞고 나가떨어진 기세출은 눈을 허옇게 뜨고 게거품까지 흘리며 계속 뻗어 있었으니…….

'맙소사! 따귀 한 대에 귀주의 삼대고수 중의 하나인 기세출 문주가 저 꼴이 되다니!'

'턱은 돌아가고 정신까지 완전히 나가 버렸어! 맙소사! 역시 광마불이야, 아무리 늙었어도!'

귀빈들은 혹시 자신에게까지 불똥이 튀지 않을까 하는 두려움에 퇴장하지도 못하고, 그렇다고 다시 앉지도 못하는 엉거주춤한 자세로 서 있었다.

"사숙님, 왜 그러시는지요?"

소림의 장로인 혜초 대사가 조심스럽게 말을 걸었다. 광마불이 흥분하면 그 누구도 말릴 수 없다는 것을 오십여 넌 전에 직접 목격했던 혜초였다. 그런 탓에 광마불에게 말을 거는 그의 얼굴은 지나친 긴장으로 식은땀이 흐르고 있었다.

"혜초, 모두 앉으라고 해라. 하객으로 왔으면 식이 끝날 때까지는 앉아서 축하를 보내줘야지. 안 그러냐?"

뜻밖에도 광마불은 흥분 상태가 아니었다. 무심할 정도로 표정과 음성 모두가 차분했다.

"지당한 말씀이십니다. 그러나… 사숙께서도 들으셨다시피 저건 주관이 아닙니다. 온갖 자화자찬에 터무니없는 감투 욕심… 그리고……."

"혜초, 지금 감히 나를 가르치려고 하는 게냐?"

덜컥!

나직한 음성과 함께 붉은 혈안을 치켜뜨며 광마불이 쳐다보는 순간, 혜초는 자신의 간이 떨어지는 소리를 들었다.

"다, 당치않으신… 말씀이옵니다. 빈승이 가, 감히 어떻게 사숙께 그런 생각을… 가질 수 있겠습니까……?"

어찌나 당황하고 있는지 혜초는 식은땀조차 흘리지 못했다. 밀랍처럼 창백한 얼굴로 더듬더듬거린 후 급히 고개를 돌려 귀빈들을 향해 소리쳤다.

"모… 모두 앉으십시다! 하객으로 온 이상 끝까지 자리는 지켜주어야지요. 허허허……!"

그의 어색한 웃음소리를 들으며 귀빈들은 마치 아무 일도 없었던 것처럼 자신들의 자리로 돌아갔다.

'역시…….'

광마불의 옆에 앉아 모든 상황을 지켜보던 광한은 감탄을 금치 못했다. 단지 인상 한 번만 써도 이 많은 수뇌들의 얼굴을 사색으로 만들 수 있는 절대적인 신위는 그로선 처음 대하는 경이로움이었다.

'워낙 자기 색채가 강한 탓에 자신들의 손으로 뽑은 무림맹주에게도 이처럼 절대적인 복종은 기대할 수 없는 사람들이거늘…….'

광한은 감탄과 함께 대책없이 사고만 남발하는 무대붕을 위해서라도 광마불이 오랫동안 자신들과 함께 있어주기를 내심 바라고 있었다.

귀빈석의 한바탕 소란으로 행사는 잠시 멈춰져 있었다.

이날을 위해 많은 시간 동안 연설 준비를 해왔던 무대붕은 자신의 얘기는 듣지 않고 뻑 하면 자리에서 일어나 소란을 피우는 귀빈들이 괘씸했다.

'망할 인간들. 도대체 기본이 안 돼 있다니까. 저런 인간들 때문이라도 내가 꼭 무림맹주가 되어 무림을 개혁해야만 한다는 거라구.'

불만스러웠지만 귀빈 중에 투표권을 갖고 있는 여러 인물들을 생각해서라도 조금 전처럼 성질대로 할 수도 없는 입장이었다.

이러지도 저러지도 못하고 성질만 나던 차에 광마불이 또다시 그들을 자리에 앉혀놓은 것은 정말 고마운 일이긴 했는데……

"어이, 주관. 뭐 하나? 어서 신랑 신부를 위해 좋은 얘기를 해주어야지?"

광마불이 단상 위에 우두커니 서 있는 무대붕을 향해 계속하라는 신호를 보냈다.

'젠장! 김이 빠져 도저히 주관이고 뭐고 할 기분이 안 나는군.'

연설도 탄력이 붙었을 때 해야 주옥 같은 명언이 나오고 하는 법이다.

한바탕의 소란으로 김이 빠져 버릴 대로 빠진 상황에선 아무리 얼굴가죽이 두꺼운 무대붕이라지만 도저히 명언을 남길 자신이 없었다. 하고 싶은 기분도 뚝 떨어졌고, 오랫동안 머리 속에 준비했던 말들도 모두 증발해 버렸다.

그러나 어쨌든 주관으로 천팔백 쌍의 신랑 신부 앞에 섰으니 뭔가 말을 하긴 해야 한다.

"에… 그전부터 부부였던 사람들도 있고, 이번에 짝을 맺는 사람도 있을 것이다. 중요한 것은 어쨌든 이제부터 제대로 된 부부가 되었다는 것이다. 에… 그리고 또……"

무대붕은 이미 하얗게 증발해 버린 준비된 축사를 떠올리려 했으나 불행하게도 한번 떠난 기억은 다시 돌아오지 않았다.

'끙… 환장하겠군. 이 부분에서 모두가 감동의 눈물을 펑펑 흘릴 수 있는 얘기를 준비했었는데……'

"에… 또……"

표정은 구겨지고 입에선 똑같은 소리만 반복되고 있었다.

'젠장~ 저놈의 '에, 또…' 소리만 언제까지 할 건가?'

'다리 아파 죽겠네, 아무튼 골고루 고생시킨다니까.'

신랑 신부는 더 이상 못 견디겠다는 듯 다리를 만지거나 주저앉는 등 갑자기 전열이 흐트러지기 시작했다.

무대봉도 아무리 생각이 안 난다고 '에, 또…' 소리만 반복할 수 없었다.

"신랑 신부는 듣거라! 앞으로 부디 잘 먹고 잘살아라. 그리고 만약 헤어지는 놈이 있다면 내가 박살을 내버릴 것이다. 각오하고 부부가 서로 벽에 똥칠하는 그 순간까지 헤어지지 말고 악착같이 살아라. 이상!"

그의 단호하고도 비정한 주관사가 끝나는 순간,

"우와아아아!"

꽹! 꽹! 쿵더덩! 쿵덕!

너무 오래도록 지속되는 행사에 미칠 것처럼 짜증스러워했던 신랑 신부들이 엄청난 환호성을 지르며 허공으로 꽃을 집어 던지거나, 신부를 안아 들고 흥겹게 춤을 추었다.

동시에 풍악단 역시 악기를 두들기며 신나게 흥을 돋우기 시작했다.

'끄응~ 잘 먹고 잘살아라? 벽에 똥칠할 때까지?'

'헤어지면 내 손에 박살난다? 내참, 저게 협박이지 무슨 주관사냐?'

'그래도 좋다고 춤추고 난리치는 저것들은 대체 생각이나 갖고 사는 인간들인지……. 쯧쯧.'

귀빈들은 물론 구경 온 개봉 성민들조차 너무도 어처구니없는 주관사에 기가 막힐 뿐이었다.

짝짝짝!

한데 그 순간 자리에서 일어나서 박수를 치는 사람도 있었으니…….

"푸화화홧! 구십 평생에 가장 멋들어진 주관사였다! 벽에 똥칠할 때까지 함께 열심히 살라는 것보다 감동적인 말이 어딨겠나! 좋았어! 아주 명 주관사였어!"

광마불은 무엇이 그리도 흐뭇한지 박수를 치며 앙천광소를 토했다. 그리고 그의 곁에서 광한 역시 미소를 지으며 벼랑 위에서 물구나무를 선 것처럼 아슬아슬하던 무대붕의 주관사가 무사히 끝난 것을 축하하듯 광마불과 함께 박수를 보내주고 있었다.

'암~ 난 무슨 얘길 해도 다 명언이지. 저 영감이 뭘 알긴 안다니까.'

잠시 구겨졌던 무대붕의 표정은 광마불과 광한의 박수로 인해 의기양양한 본래의 모습으로 돌아갔다.

아무튼 말 많고 탈 많은 무림사 초유의 합동 결혼식은 이렇게 막을 내렸다. 하마터면 혈겁의 현장이 될 수 있었던 위기를 몇 번씩 넘기며…….

*　　　　*　　　　*

갓밝이였다.

때는 시월 초순이었지만 추위가 일찍 찾아오는 요동의 새벽은 벌써 서리가 내리기 시작했다.

서서히 어둠이 걷히며 요동 벌판 위에 세워진 금마국 군영들의 모습이 나타났다. 각 군막과 군영들 사이로 횃불을 든 군사들이 보였고, 망루마다 이곳이 금마국의 군영임을 알리는 깃발들이 펄럭이고 있었다.

사내.

화려한 곤복(袞服)을 입고 있는 사내가 수없이 펼쳐진 군막 사이에 우뚝 서서 먼 지평선을 바라보고 있었다.

새로운 동북 변황의 강자이자 금마국의 태양인 바로 철패대제 야율노극이었다.

"……."

한동안 긴 침묵으로 묵묵히 바라보고 있는 그의 눈에는 결연한 빛이 스치며 지나갔다.

"폐하."

어느새 그의 등 뒤로 기마대장군인 오록호리를 비롯한 여러 장군들과 사공중필이 다가왔다.

"말하라."

"드디어 군량미가 바닥이 났사옵니다."

"……."

"속히 진군의 명을 내려주시옵소서. 그 길밖에는 선택의 여지가 없사옵니다."

"군사의 생각은 어떤가?"

야율노극은 대답 대신 사공중필을 바라보며 반문을 했다.

"선택이 하나밖에 남지 않았을 때 결단은 자연스레 이루어지는 것이지요. 이제 우리의 선택은 싸워서 이기는 것뿐입니다, 폐하."

"그 말은 곧 지금이 그때라는 것인가?"

"지면 죽는 것이고 끝이지요. 누구나 죽는 것은 싫을 것입니다. 때문에 중원의 관문인 산해문을 뚫고 진황도(秦皇島)를 취해야만 합니다. 살아서 대화성 안에 들어가야지요."

"중원이 그처럼 쉽게 우리에게 진황도를 내줄까? 중원은 그동안 우리가 취해온 땅들과는 달리 결코 호락호락한 곳이 아닐세. 이날까지 그들은 고양이였고 우리는 쥐에 불과했네. 그런데도 우리가 이길 수 있겠나?"

야율노극은 사공중필의 눈을 뚫어지게 응시하였다.

"고양이가 아무리 세다 한들 독이 오른 쥐를 이기지는 못합니다. 폐하께서도 그 점 때문에 군량미가 바닥이 날 때까지 진격을 유보하신 것은 아니신지요?"

"하하하핫! 역시 재갈수재로구만. 그래, 맞아. 바로 그 이유였지."

사공중필이 미소를 지으며 대답하자 야율노극은 고개를 젖히며 크게 웃기 시작했다.

"그동안 연전연승을 하면서 장군들은 물론 병사들까지 지나친 자만에 빠져 있었지. 거대한 중원조차도 우습게 알 정도로."

"……."

"하나 우리에게 쉽게 길을 내줄 만큼 중원은 만만한 곳이 아냐. 상대를 두려워하는 것도 문제지만 상대를 우습게 아는 것도 큰 문제지. 하여 난 이곳에서 오랫동안 때를 기다린 것이네. 다시 한 번 우리의 투사들이 독기를 품을 수 있는 그 때를."

"바로 지금이 그때이옵니다!"

"그래, 진격이다. 진격! 어서 진격의 나팔을 울려라! 으하하하핫!"

야율노극은 광할한 요동의 벌판 끝까지 울려 퍼질 것 같은 앙천광소를 토했다.

드디어…

중원을 향한 야율노극의 야망은 그 막을 열기 시작하였으니……

제24장

풍운! 시작되다

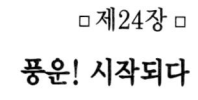

풍운! 시작 되다

—맙소사! 그렇기 때문에 진황도가 중요한 군사적 의미를
지니는 요처였는데 그토록 쉽게 굴복되다니…….

진황도(秦皇島).

하북성 발해만에 위치한 고도(古都)로 동쪽으로는 산해관을
떠받치고 서쪽으로는 복대하를 누르고 있다고 해서 예로부터
군사 요지로 중요시되던 곳이다.

이 섬의 유래는 진의 시황제가 성을 쌓을 때 쓰는 벽돌로
만든 섬이라 하여 진황도란 이름이 붙었다고 한다.

지평선이다.

땅과 하늘이 맞닿은 듯한 그곳에 먹장구름이 가득하게 몰려
오고 있었다.

콰우우웅!

엄청난 바람이 해안의 모래밭을 휩쓸며 몰려드는 것과 동시
에, 저 멀리로 마치 하늘을 가득 메운 메뚜기 떼처럼 그 수를
헤아릴 수 없는 무수한 군마가 백사장을 덮으며 달려오고 있

었다.

콰두두두……!

'금마국(金瑪國)'이라 씌어진 깃발을 펄럭이며.

오환족의 천 년 한을 풀기 위해 생존한다는 야율노극과 그를 추종하는 무적의 용사들이 무서운 속도로 달려오고 있었다.

*　　　*　　　*

진황도의 도성(島城).

굳게 닫혀 있는 성문을 미친 듯이 두들기는 젊은 병사가 있었다.

쾅! 쾅!

젊은 병사는 등에 꽂혀 있는 깃발을 뽑아 흔들며 목이 터져라 외쳤다.

"성문을 열어! 급전이다! 어서! 급하다구! 급해!!"

그그긍!

육중한 굉음과 함께 성문이 열리는 것과 동시에 병사는 그 안으로 쏜살같이 달려들었다.

"뭐라? 금마국의 패거리들이 몰려오고 있다고?!"

진황도의 성주인 계철상(桂鐵翔)은 자리에서 벌떡 일어났다.

진황성주 계철상!

그가 나이 삼십삼 세에 군사 요충지인 진황도의 성주가 될 수 있었던 데엔 황비(皇妃)인 계태후의 배려가 있었다.

계철상은 한때 무(武)에 뜻을 두고 화산파의 속가제자로 입문한 적이 있었는데, 너무도 뛰어난 재질을 보인 나머지 화산파에서 그를 정식 제자로 받아들인 후 그에게 보다 큰 임무를 맡기려고까지 했었다.

계철상 역시 거대 명문인 화산파에서 훗날 장로도 되고 장문인도 되고 싶은 욕심에 정식 제자가 되고 싶었지만, 갑작스런 계태후의 호출로 그 뜻을 이루지 못했다.

그는 계태후의 인척이었다.

영중제가 어느 날 문득 군사적 요충지인 진황도를 다른 사람보다는 황실에 대해 어느 누구보다도 충성이 깊은 인척을 기용하고 싶다는 뜻을 비친 적이 있었는데, 그때 계태후는 자신의 육촌 동생인 계철상을 적극 추천하였고, 그로 인해 그는 젊은 나이에 진황성주가 되었던 것이다.

"그렇사옵니다, 성주님. 혁혁… 십수만의 적도가 산해관을 뚫고 이미 이곳 진황도의 백사장으로 몰려오고 있사옵니다."

급히 성문을 열고 성주전으로 뛰어들어 온 병사는 아직도 숨이 찬 듯 헐떡이며 대답했다.

"시, 십수만이라고 했느냐?"

계철상의 곁에 있는 장수복 차림의 사십 대 사내가 놀라는 표정을 지었다.

전위장군 당문도.

실전 경험이 풍부한 인물로 계철상의 오른팔과도 같은 인물이었다.

"그렇사옵니다. 어쩌면 그보다도 훨씬 더 될지도 모르겠습니다. 적도들의 수는 정말이지 끝이 보이질 않을 정도로 어마어마했습니다."

"이, 이런… 미개한 오랑캐 놈들이 감히 중원을 침공하다니!"

계철상의 얼굴은 흥분과 분노로 달아오르고 있었다.

그 순간, 계철상과 성주전 안에 있는 모든 장수들의 고막을 파고드는 소리가 있었다.

둥… 둥… 둥……!

진군을 알리는 북소리였다. 처음엔 미약했으나 갈수록 커지는 것으로 미루어 금마국의 군사들이 지척까지 다가왔음을 본능적으로 느낄 수 있었다.

둥… 둥… 둥… 둥…….

어느덧 금마국의 병사들은 진황성 앞에 펼쳐져 있는 광활한 벌판 위에 전열을 가다듬은 상태로 멈춰 있었다.

중앙에는 급조된 단이 쌓여 있었고, 사방에는 이들이 금마국의 군사임을 알리는 금마국이라 적힌 수많은 깃발과 백모(白旄:얼룩소의 꼬리로 장식한 지휘기), 황월(黃鉞:금으로 장식한 도끼, 역시 지휘권을 상징), 병부(兵符), 장인(將印) 등이 있는 깃발들이 세찬 바닷바람을 맞으며 펄럭이고 있었다.

서서히 단 위로 야율노극이 올라섰다.

"금마국의 용사들은 들어라!"

그는 드넓은 벌판을 가득 메운 군사들을 향해 소리치기 시작했다.

"우리가 칼을 든 것은 우리도 인간답게 살기 위함이다! 추위와 굶주림, 그리고 절망뿐인 척박한 동토(凍土)에서 벗어나 그대들의 처자와 그대들의 자식이 기름진 대지 위에서 풍요로운 삶을 살아갈 수 있는 낙원을 건설하기 위함이다!"

"……."

"중원인들은 자신들과 피가 다른 민족들은 철저하게 짓밟았고, 변방으로 내몰았다. 지난 오랜 세월 동안 그들은 자신들이 갖고 있는 힘을 무기로 이 땅의 주인처럼 행동했고, 우리 오환족이 그러했던 것처럼 그들의 위세에 짓눌린 수많은 이민족들이 중원인들의 압제에 피눈물을 흘리며 이 땅을 떠나야 했다. 어째서 그들은 이 땅 위에서 주인처럼 군림한 것이며, 어째서 이 기름진 대지가 그들만의 것이란 말인가!"

"……."

"이제 본좌는 되찾을 것이다, 본좌와 그대들의 것을! 그리하여 그대들의 처자와 그대들의 후손들에게 춥고 굶주림이 없는 이 기름진 대지를 반드시 물려주고야 말 것이다! 반드시!"

"와아아아! 와아아……!"

지축이 떠나갈 듯한 군사들의 함성이 울려 퍼졌다.

야율노극의 연설을 들으며 군사들의 심장은 동화되었고, 그들의 몸속에 흐르는 혈맥은 뜨겁게 달아올랐다.

"와아아!"

뜨거운 눈물까지 흘리며 열광하는 함성, 함성들…….

영원한 충복인 오록호리 대장군을 비롯하여 타미루, 합문아태와 같은 대장군들, 그리고 군사인 사공중필까지도 격정에 휩싸인 표정으로 단상에 서 있는 야율노극을 바라보고 있었다.

절대적인 신위와 위압감을 발산하고 있는 야율노극을.

"그대들인 흘린 피는 결코 헛되지 않을 것이다! 그대들의 생과 사는 본좌가 맡았으며, 본좌 역시 그대들을 위해 죽을 것이며, 그대들을 영원한 낙원으로 이끌 것이다! 진군하라! 진군하라!! 모든 두려움 떨쳐 버리고 싸워 승리하라!"

야율노극이 명령이 떨어지는 순간,

"와아아아!"

콰두두두두두……

제일 선발대인 오록호리의 철갑 기마대가 우레와 같은 함성과 함께 지축을 울리며 진격하기 시작했다.

성루에 우뚝 서 있는 계철상의 시야에 무서운 속도로 질주해 오고 있는 철갑 기마대의 모습이 들어왔다.

'드디어 오는군. 그래, 어서 와라. 오랑캐 놈들아. 네놈들을 몽땅 이 진황도 앞바다에 수장시켜 버릴 테다!'

계철상은 입술을 질끈 깨물며, 허리춤에 채워져 있는 그의 애검인 매화묵검(梅花墨劍)을 힘차게 뽑아 들었다.

"각자 자기 위치를 사수하라! 화병들은 불을 준비하라! 궁병들은 화살을 쏘아라!"

그는 직접 병사들에게 전투를 독려하였다.

팽! 패앵!

성루에 선 궁병들이 파도처럼 밀려드는 오록호리의 철갑 기마대를 향해 장대비처럼 화살을 퍼붓기 시작했다.

그러나 그들이 누구인가? 이미 수많은 전투에서 단 한 번의 패배도 인정치 않았던 무적의 철갑 기마대가 아닌가!

파파팟!

슈콰가각!

간혹 한두 명이 화살에 맞고 말에서 떨어지기는 했으나, 말의 앞부분과 함께 전신을 철갑으로 무장한 기마대는 장대처럼 쏟아지는 화살을 헤치며 성문을 향해 계속 돌진해 들었다.

"뭣들 하느냐! 놈들이 근접하지 못하도록 불을 던져! 어서!"

궁병의 화살쯤은 우습게 취급하며 맹렬히 달려드는 철갑 기마대의 기세에 놀란 계철상이 다급하게 소리쳤다.

화병들은 성벽 바로 앞까지 달려드는 철갑 기마대를 향해 준비한 횃불을 집어 던지려 몸을 일으켰다.

그 순간, 성루 쪽으로 철궁(鐵弓)들이 우박처럼 날아들었다.

"크악"

"으아악!"

심장과 목, 어깨, 심지어는 눈까지 철궁이 파고들자 화병들은 미처 횃불을 던지지도 못하고, 일부는 성안으로 일부는 비틀거리다가 성 밖으로 떨어지고 말았다.

금마국의 제이진(第二鎭)인 철궁대가 어느새 철갑 기마대의 후위를 따라붙으며 성루를 향해 철궁을 퍼부어댔다.

'이, 이런! 아무리 유효사거리가 긴 철궁이라지만, 저 정도의 거리에서 이처럼 정확히 화병들을 맞히다니! 놈들은 일반 궁사들이 아니다. 상당 수준의 내공 수련을 쌓은 놈들이야! 그렇지 않고선 철궁을 이곳까지 정확히 날릴 수가 없어, 절대!'

성루에 올라올 때까지만 해도 계철상은 자신이 있었다.

제아무리 연전연승을 하며 변황의 신흥 강자로 우뚝 선 금마국이라 할지라도 결국은 약한 놈들끼리 싸워서 이긴 것에 불과할 뿐이라고 대수롭지 않게 취급했다.

또한 아무리 엄청난 군사들을 이끌고 왔다고 해도 월등히 유리한 위치를 점령하고 있는 만큼, 그는 이번 전투를 멋지게 승리하여 육촌 누이 부부인 계태후와 영중제에게 자신의 신위를 확실하게 각인시켜 주겠다는 생각까지 하고 있었다.

그런데 장대비처럼 퍼붓는 화살 속에서도 거침없이 질주해 들어오는 철갑 기마대와 도저히 화살이 날아들 수 없는 거리임에도 불구하고 정확히 쏘아대는 금마국의 궁수대를 보며 그는 처음으로 패배라는 단어를 생각하게 되었다.

콰앙!

그러나 안타깝게도 그에겐 상념에 잠길 시간조차 허락되질 않았다.

"이, 이건……?"

성루에 서 있는 그의 다리가 진동에 의해 흔들거리고, 눈은 경악으로 크게 확대되어야만 하는 사건이 너무도 쉽게 벌어졌다.

콰쩌쩌쩍!

앞쪽을 뾰족하게 깎은 엄청나게 큰 나무 기둥을 여덟 개의 수레 위에 올려놓고 돌진해 들어오는 금마국의 제삼진(第三鎭)에 의해 굳건히 닫혀져 있던 성문이 박살나며 열린 것이었으니……

그와 동시에 야율노극의 쩌렁한 음성이 울려 퍼졌다.

"전군은 성을 함락하라!"

"우와아아!"

"와아! 와—!"

천지를 뒤엎을 듯한 기세로 그때까지 벌판 위에 남아 있던 금마국의 전 병력들이 일제히 부서진 성문을 향해 질주해 오기 시작했다.

차앙! 창!

"캐액!"

피와 살이 튄다.

파파파팟!

"크아악!"

폐부를 쥐어짜는 듯한 단말마의 비명이 꼬리에 꼬리를 물고 퍼져 나간다.

이날까지 단 한 번도 외적의 침입을 허락치 않았던 진황성 내에선 지금 죽고 죽이는 처절한 백병전이 벌어졌다.

곳곳에선 불길이 치솟고… 성안을 지키던 병사들의 전열은 무너져 갔다.

카카각!

기마대장군 오록호리의 방천화극이 눈부신 빛을 폭사하며 허공을 갈랐다. 그때마다 병사들의 머리가 마치 공처럼 바닥에 굴러 떨어졌다.

일방적인 싸움이었다.

특히 전투할 때가 가장 살맛이 난다는 타미루는 마치 좌충우돌하듯 쌍 도끼를 휘둘러 댔고, 상대의 병사들이 분수 같은 피를 뿌리며 추풍 낙엽처럼 쓰러져 갔다.

"으아아! 이, 이 오랑캐 놈들! 용서치 않겠다!"

자신의 눈앞에서 너무도 허망하게 죽어가는 부하들의 모습에 전위장군 당문도의 눈은 뒤집히고 입에서는 피 끓는 절규가 터졌다.

쐐애애액!

그는 비화도(飛火刀)를 움켜쥐고 살판난 듯이 자신의 부하들을 도살하고 있는 타미루를 향해 짓쳐들었다.

강맹한 도기가 타미루의 목젖까지 파고들었다.

"어라? 이 자식이 다른 장군도 많은데 굳이 나를 택하네? 그러니까 뭐야? 네놈 눈엔 내가 가장 만만히 보이는 모양인데?"

파라락!

타미루는 생김새와는 달리 공중제비를 돌며 가볍게 당문도의 비화도를 피하며 좌수에 있는 도끼를 마치 땅을 긁듯 밑에서부터 위로 걸어 올렸다.

파츠츠츳!

당문도는 자신의 앞에서 대기가 양단되는 듯한 착각을 느끼며 황급히 후진일벽(後進一壁)이란 초식을 펼쳐 방어했다.

이름대로 뒤로 물러서면서 도강으로 앞에 벽을 쌓는, 완벽한 수비를 요할 때 사용되는 초식이다.

콰콰콱!

또 하나의 도끼가 측면에서 날아들며 그의 관자놀이 쪽을 찍어대는 것이었으니…

"끄으윽… 허초(虛招)에 속았군……."

갈라진 관자놀이 사이로 엄청난 피 화살을 뿌리며 당문도의 신형은 바닥에 꼬꾸라지고 말았다.

"킥킥. 왜 허초에 겁을 먹고 수비를 하냐고. 그래서 공격이 최선의 방어라니까."

타미루는 쓰러진 당문도의 시체를 보며 득의만만하게 키득거렸다. 상대의 처참한 시신 앞에서도 혀를 내보이며 키득거릴 수 있는 타미루. 전쟁은 역시 그에게 최고의 놀이였다.

"물러서지 마라! 절대 물러서지 말고 적도들을 궤멸하라!"

계철상은 몰려드는 적들을 막으며 목이 터져라 부하들을 독려했다. 그러나 이미 전열이 붕괴된 그의 부하들은 물밀듯이 밀려드는 금마국 군사들을 막아내기엔 역부족이었다.

"으악!"

"크아악!"

오록호리와 합문아태는 방천화극과 유엽도를 휘두르며 거침없이 성의 병사들을 베어 나갔다. 어느덧 그들을 필두로 금마국의 군사들은 장대까지 몰려들었다.

'빌어먹을!'

계철상의 눈에 분노의 광망이 이글거렸다. 어차피 기울어진 승부다. 그러나 이대로 쓰러지기엔 도저히 자존심이 허락치를 않았다.

'변방의 오랑캐들에게 대중화인이 이렇게 굴복할 수는 없다! 어차피 전세를 만회할 수 없다면… 오냐, 네놈들만큼이라도 저승으로 가는 길동무로 삼겠다!'

입술은 질끈 깨물며 그는 화산파를 떠나면서 장문인인 뇌정신협 구양무에게 직접 하사받은 매화묵검을 움켜쥐었다.

"타― 앗!"

오록호리를 향하여 계철상의 몸이 치솟는 순간, 그의 검에서 눈부신 검화(劍花)가 꽃을 피웠다. 화산파의 절기인 이십사수 매화검법이 저무는 노을 속에 찬연하게 폭사되었다.

파츠츠츳!

예고도 없이 쏟아지는 계철상의 절예에 오록호리는 일순 당혹한 표정을 지었다.

"호오~ 최후의 발악인가?"

하나 이내 오록호리는 입가에 비릿한 미소를 띠며 계철상의 공세를 지체없이 맞받아 쳤다.

까까깡! 카각!

검과 방천화극이 맹렬히 부딪치며 허공에 불꽃을 날렸다.

'빠르다! 한때 화산에서 가장 촉망받던 후기지수였다더니만 과연 놀라운 무예의 소유자로다.'

수많은 전투에 참여했고, 그때마다 승리로 장식했던 역전의 용장인 오록호리의 눈에 잠시 감탄의 빛이 스쳤다.

"크큭! 오랑캐의 무공 따위는 하찮아서 쳐다보지도 않았는데 오늘 보니 제법 쓸 만한 게 있었군. 하나… 그래 봤자 중원 무술의 명가인 화산파에 비하면 조족지혈에 불과할 뿐이다."

계철상은 냉소를 치며 더욱 강맹한 공세를 펼쳐 댔다.

계철상의 매화묵검은 마치 흑사(黑蛇)처럼 오록호리의 방천화극을 타고 들며 그의 심장을 노렸다.

오록호리는 방천화극을 재빨리 눕혀 계철상의 검이 자신의 방천화극에서 떨어지는 틈을 이용해 크게 두 걸음 물러났다.

"흥! 어림없는 수작!"

계철상은 마치 도끼로 내리찍듯 오록호리의 옆구리를 노렸다.

오록호리는 방천화극을 옆구리에 세워 매화묵검을 튕겨내고는 그 기세로 밑에서 위로 계철상의 가슴을 그어갔다.

하지만 계철상은 눈앞에 오록호리의 방천화극이 날아오는데도 개의치 않고 오록호리의 옆구리를 재차 찍었다.

"크큭… 저승길 같이 가자구."

동귀어진도 불사하겠다는 수법이었다.

"최후의 발악치고는 너무 유치하군."

오록호리는 매화검법의 격식까지 망각한 계철상의 무자비한 검세를 막으며 문득 그의 얼굴을 보았다.

계철상의 얼굴은 분노로 이글이글 타오르고 있었다.

'자칫하면 오히려 내가 말려들겠군.'

오록호리는 일 장을 물러나며 호흡을 가다듬었다. 그는 방천화극을 몸에 붙이더니 이내 양손으로 방천화극을 굳게 잡고 십자로 허공을 갈랐다.

파츠츳! 츠츳츳!

섬뜩한 파공성과 함께 동공을 파열시킬 것 같은 광휘가 폭사되었다.

'헉!'

다급히 헛바람을 삼키며 계철상이 뒤로 물러서며 휘청거리는 순간 방천화극이 더욱 강맹하게 공간을 수직으로 갈라 버렸다.

"커어억! 컥!"

창졸간에 방천화극에 의해 인후가 잘려 나간 계철상은 치미는 비명까지 참으며 어떡하든 자세를 갖추려고 몸부림쳤다.

"크큭. 고통스럽겠군."

오록호리의 입가에 번지는 비릿한 냉소에 함께,

푸욱!

그의 방천화극은 일말의 망설임조차 없이 계철상의 심장을 뚫었다.

고통을 줄여주는 것 또한 패자에 대한 예우로 생각했기에.

뎅그렁!

계철상의 우수로부터 검이 떨어졌다. 그리고 그의 몸은 마치 썩은 통나무처럼 천천히, 아주 천천히 쓰러져 갔다.

쿵!

차가운 바닥에 그의 몸이 쓰러지며 피로 물들이는 것과 동시에, 진황성 안의 모든 병사들이 검과 창을 버리며 땅에 엎드렸다.

따각… 따각……

그들의 투항하는 그 순간, 부서진 성문 사이로 백마를 탄 야율노극을 비롯한 사공중필 등 금마국의 수뇌들이 입성하기 시작했다.

"와아아아! 금마국 만세!"

"와아! 철패대제님 만세!"

금마국의 용사들은 들어선 야율노극을 향해 일제히 환호하였다.

중원 진출의 교두보이자 이들의 일차 목표인 연경 함락의 교두보인 진황도는 이렇듯 야율노극 앞에 성문을 열어주고 말았다.

허망할 정도로 너무도 쉽게.

*　　　　*　　　　*

"그러니까 뭐야? 사천 쪽에는 없다 이거냐?"

풍류각 안.

무대붕은 중원 각처에 흩어져 있는 개방 분타들의 정보를 담당하고 있는 정통단(情通團) 단주인 통달개(通達丐) 신문팔(申門八)과 얘기를 나누고 있었고, 그의 옆에는 광마불이 다소 긴장된 표정으로 두 사람 사이의 얘기에 귀 기울이고 있었다.

"예, 사천 지역 정보 총책인 태골개 단주가 보낸 비합전서구에 적힌 보고서에 의하면 그렇게 되어 있습니다."

눈썹과 눈이 절묘한 역팔자의 형상을 하고 있는 신문팔이 표정과는 어울리지 않는 진지한 모습으로 대답했다.

"영감, 어쩌지? 사천에 그 할망구가 없다는데?"

무대붕은 고개 돌려 광마불을 쳐다보았다.

"나도 들었어, 이놈아."

"그래? 그럼 이제 그만 영감 갈 길을 가시지? 더 이상 이곳에 있을 이유가 없어졌으니까."

무대붕은 몸이 나른한 듯 찢어지게 하품을 하며 탁자에서 일어섰다.

"아함… 점심때 오향장육과 오리 혓바닥 요리에 반주로 술 몇 잔을 했더니만 졸려 미치겠네. 영감 가는 거 굳이 배웅 안 해줘도 되지? 잘 가라구. 그리고 웬만하면 우리 서로 다시 보는 일은 없도록 하자구. 안녕."

무대붕은 졸음을 참지 못하겠다는 듯, 풍류각 내에 마련된 간이 침상에 누우며 연신 하품을 해댔다.

"헹! 장백산 흑곰 발바닥 긁는 소리 하덜 마라, 이놈아. 독화의 행방을 알아내지도 못했는데 내가 여길 왜 떠나?"

"……!"

광마불이 콧방귀를 뀌자 아주 편안한 자세로 누워 있던 무대붕은 눈을 번쩍 뜨며 용수철처럼 침상에서 몸을 일으켰다.

"여… 여, 영감… 왜… 왜 떠나느냐니……?"

그 얘기가 그토록 충격적이었던가? 무대붕은 말까지 더듬거렸다.

"팔자눈썹! 정말 사천을 샅샅이 뒤져 보기나 했다는 거냐?"

그러나 광마불은 더듬거리는 무대붕에겐 관심조차 없다는 듯 신문팔을 상대로 질문을 하고 있었다.

"그럼요. 각하의 특별 지시였던 만큼 사천에 있는 저희 개방 식구들이 거의 모두 나서서 집중 조사를 한 결과, 그분이 사천에 안 계시다는 건 확실합니다."

"어떤 식으로 조사를 했는데?"

"일단 사천 최대의 도성인 성도(成都)에서부터, 혹시 불가에 귀의할 수도 있다는 생각에 아미파(峨嵋派)와 아미산 일대를 샅샅이 뒤졌을 뿐만 아니라, 심지어는 서역(西域)의 접경 지역인 백옥현에 있는 버려진 노인들의 부락이라는 기노촌(棄老村)까지 모두 훑었으나 그 어디에서도 독화 예군영에 관한 소식은 들을 수가 없었다고 합니다."

"에라~ 이놈들아! 믿을 소리를 해라! 시간이 겨우 삼 주 정도밖에 안 됐는데 그 넓은 사천 땅을 전부 그렇게 뒤졌단 말야?"

뻑!

광마불은 농담하지 말고 똑바로 말하라는 의미로 단지 가볍게 꿀밤 한 대를 쥐어박았을 뿐이다.

"어이구우~"

그러나 당하는 신문팔은 절대 가볍지가 않았다. 그는 마치 벼락이 자신의 머리통을 내리친 것과 같은 엄청난 충격에 숨도 못 쉴 만큼 고통스러워했다.

"이런 씨! 기껏 열과 성을 다해 잃어버린 영감의 옛 애인을 찾으러 다녀줬더니만 이게 뭐 하는 행패야! 영감은 고마운 것도 몰라?"

무대붕은 어느새 가까이 다가오며 눈알을 부라렸다.

"겨우 알밤 한 대 쥐어박았을 뿐이다. 그것도 아주 가볍게."

"영감은 장난처럼 그랬을지 몰라도 막상 당하는 사람은 그게 얼마나 고통스러운지 생각도 안 해봤어? 애들은 장난 삼아 개구리에게 돌을 던지지만 정작 당하는 개구리에겐 생사가 달린 일이라구!"

무대붕의 입에서 '개구리론'이 나오자 광마불은 황당한 표정을 지었다.

"얼씨구~ 네 입에서도 말 같은 소리가 나올 때도 다 있고? 꼬마야, 이게 어쩐 일이냐?"

"내 입에서 나오는 건 원래 모두 명언이야. 듣는 영감 귀가 시원치 않아서 그렇지. 영감도 내가 주관을 볼 때 인정했잖아? 구십 평생 최고의 명주관사를 들었다고."

'끙~ 괜히 박수를 쳐줬군. 이놈이 그것을 평생의 자랑거리로 삼을 줄 알았다면……'

광마불은 문득 '그때 합동 혼례장이 개판이 되든 말든 내버려 둘걸' 하는 후회를 했다. 그러나 광마불이 땅을 치며 후회하든 통곡을 하든 무대붕의 관심은 그를 내쫓는 것밖에 없었다.

"영감, 쓸데없는 핑계로 은근슬쩍 여기서 뭉그적거릴 생각 말고 어서 보따리 챙겨서 떠나. 우리 애들이 독화 할망구를 도저히 찾을 수 없다잖아!"

"이놈아! 찾지도 못했는데 내가 왜 떠나? 찾으면 떠난다고 했지, 못 찾았을 때도 떠난다는 소린 안 했다."

"세상에! 이젠 억지까지 부리네? 그러니까 뭐야? 진드기처럼 나한테 붙어서 기생하겠다는 거야? 벽에 똥칠할 때까지?"

"내가 보기 싫으면 어서 독화를 찾아내. 어디 있는지 찾기만 하면 그 즉시 떠나줄 테니까."

광마불은 더 이상 무대붕의 잔소리가 귀찮다는 듯 돌아앉아 버렸다.

"영감, 그런 억지가 어딨어? 없는 할망구를 무슨 재주로 찾아내라는 거야? 영감 눈에 내가 그렇게 만만히 보여?"

"네놈은 누가 봐도 만만하게 보인다, 꼬마야."

"영감, 뭐가 어째? 말 다했어? 그럼 한판 다시 붙을까!"

"이놈아! 사천에 없으면 다른 곳에서라도 찾아야지, 왜 사천만 달랑 뒤지고 없다고 단정하는 거야?"

"그거야 영감이 그랬잖아? 사천에서 헤어졌고, 분명 아직도 사천의 하늘 아래 있을 거라고."

"그, 그거야… 단지 추측이었을 뿐이니, 정말 그녀가 그곳에 없다면 그냥 다른 지역도 찾아보라구."

"남육성 북칠성을 몽땅 다 뒤지라고?"

무대붕은 기가 찬 듯 입을 쩍 벌렸다.

"그렇게 해서라도 찾아야지. 네놈 말대로 늙은이가 벽에 똥칠하는 모습을 보기 싫으면."

"으아아! 도저히… 도저히 영감이랑 한 하늘 아래에선 같이 못살겠다! 영감, 나와! 우리 끝장을 내자!"

무대붕은 미칠 것 같은 표정으로 자신의 머리칼을 쥐어뜯으며 소리를 쳤다.

"그 녀석, 뻑 하면 목숨 내걸고 발광을 하네? 찾아내면 간단한 일을 갖고. 아무튼 특이한 놈이라니까."

광마불은 무대붕이 아무리 펄쩍 뛰며 난리를 쳐도 눈썹 하나 까딱하지 않았다. 하긴 하룻강아지가 날뛸 때마다 일일이 다 상대해 준다면 그것 또한 늙은 호랑이의 체면이 아닐 것이다.

"이거 의자에 오래 앉아 있었더니 괄약근에 또 이상 징조가 오는 모양인데."

광마불은 문득 고개를 갸웃거리더니만 상당히 불편한 자세로 엉기적거리면서 자리에서 일어났다.

"괄약근의 이상 징조라니? 영감, 설마… 벌써……?"

무대붕은 눈을 크게 뜨며 불안한 표정을 지었다.

"이놈아, 나이 구십인데 무슨 벌써냐? 이미 칠할 때가 지났지. 어이구, 죽겠다. 아무래도 변소까지 가기 전에 모두 쏟을 것 같다. 꼬마야, 이해 좀 해라."

말과 함께 광마불은 도저히 못 참겠다는 듯 그 자리에서 바지를 훌랑 벗고 작은 것도 아닌 큰 것을 보기 위한 자세로 돌입했다.

"으아아! 안 돼. 영감! 누구 미쳐 죽는 꼴보고 싶어! 냉큼 일어나 어서!"

무대붕의 입에서 절규와도 같은 외침을 터져 나왔다. 그러나…….

뿌지직… 지직…….

나이 탓에 다른 건 몰라도 괄약근 조절만큼은 잘 안 된다는 구순 노인의 큰일은 이미 시작되고 말았다.

'끄으으… 다른 곳도 아니고 나의 집무처인 이곳에서 저 짓거리를 하다니……!'

무대붕은 어찌나 기가 막힌지 눈물까지 흘러내렸다.

"강항, 냉생강… 엄청 징독항뎅… 계송 긍렁공 있을 경닝깡(각하, 냄새가 엄청 지독한데 계속 그러고 있을 겁니까)?"

신문팔이 코를 막은 상태로 억지로 입을 열자, 무대붕은 그동안 흥분으로 인해 잠시 잊고 있었던 가공할 악취가 자신의 콧구멍 안으로 스멀스멀 기어들어 오고 있음을 깨달았다.

"우와아악!"

비명과 함께 무대붕은 쏜살같이 풍류전 밖으로 뛰쳐나갔다.

나가자마자 그는 매우 고통스런 표정으로 점심 때 먹었다던 오향장육과 오리 혓바닥의 잔해들을 모두 땅바닥에 토하고 말았다.

"우웩! 우웨엑~!"

'겨우 이만한 일에 토악질을 하다니… 그놈, 어울리지 않게 꽤 민감한걸?'

광마불은 무대붕의 '웩, 웩' 소리를 들으며 의아한 표정을 짓더니만 이내 주변을 두리번거렸다.

'이제 볼일은 다 봤는데… 뭘로 뒤처리를 하지?'

아무리 둘러봐도 해결할 수 있는 부드러운 것이 없었는데.

'그래! 저게 좋겠군.'

그의 눈이 어느 한곳에 머물며 반짝거렸다.

광마불의 시선이 멈춰 있는 곳.

그곳엔 바로 무대붕이 지난 합동 혼례식을 위해 특별히 맞춘 번쩍이는 화의가 걸려 있었다.

"임마! 거기에 집중적으로 물을 뿌리고 닦으라구! 아직도 냄새가 계속 나고 있잖아!"

무대붕은 풍류각 전속 청소원인 동팔에게 소리를 질렀다.

'끄응~ 씨이… 이게 뭐야? 편한 맛에 무술 배우는 것도 때려치우고 전속 청소원이 됐거늘, 늙은이 똥까지 치워야 하다니……. 보직을 옮기던가 해야지 이거야 원 더러워서…….'

동팔은 시종일관 구시렁거리며 광마불이 볼일을 본 그 지역을 치우고 쓸고 걸레질하고 있었다.

"영감탱이! 대체 점심때 뭘 먹었길래 냄새가 이렇게 지독한 거야?"

무대붕은 광마불을 쳐다보며 씩씩거렸다.

"지렁이 무침을 돼지 껍데기에 싸서 먹은 것은 기억나는데… 글쎄, 뭘 또 먹었더라?"

광마불은 자신이 먹었던 것을 기억하기 위해 매우 진지하고도 심각한 표정을 지었다.

"영감. 아냐, 생각할 것 없어. 관심도 없으니까."

무대붕은 광마불의 얼굴조차 보는 것이 역겨운지 손을 저으며 고개를 외면했다.

"저… 각하, 이 옷은 어떻게 할까요?"

동팔은 광마불이 뒤처리용으로 사용한 화의를 내밀며 조심스럽게 물었다.

"똥 묻은 곳만 닦아낼까요? 아니면 그냥 빨아버릴까요?"

"끙! 임마, 그걸 어디다 들이미는 거야? 그냥 내다 버려, 지금 당장!"

무대붕은 고개를 돌리며 버럭 성질을 부렸다.

"어… 그냥 살짝 닦기만 하면 충분히 다시 입을 수 있는데 아깝게 왜 버려? 더욱이 비싼 옷이라면서?"

광마불은 이해가 안 되는 듯 고개를 갸웃거렸다.

"빠득! 비싼 걸 아는 영감이 거기다가 똥칠을 해?"

무대붕은 이까지 갈며 험악하게 인상을 구겼다.

"그럼 어떻게 하냐? 아무리 훑어봐도 닦을 게 없는데."

"그렇다고 은자 삼십 냥씩이나 주고 새로 맞춘 최고급 원단에 최고급 재단쟁이에게 맞춘 화의로 뒤를 닦아? 영감, 제정신이야?"

"말했잖아? 닦고 싶어서 닦은 게 아니라 닦을 게 없어서 어쩔 수 없이 그걸로 닦았다고."

"영감, 사실대로 말해 봐. 일부러 그런 거지? 나한테 맺힌 억하심정 때문에."

무대붕이 얼굴을 가까이 들이대며 취조하듯 추궁했다.

"에이… 노부도 양심이 있는데 어찌 먹여주고 재워주고, 게다가 사람까지 찾아주려는 너에게 일부러 그런 짓을 하겠냐? 노부는 그렇게까지 악질이 아니라구."

"어떻게 고의가 아닐 수가 있지? 나이야 썩을 대로 썩은 구십이라지만 그래도 내공이 있고 고도의 무술 연마까지 했던 영감이 어찌 그깟 볼일 하나 못 참고 아무 데서나 바지를 까고 똥칠을 할 수가 있지? 더욱이 딱 한 번밖에 입지 않은 내 화의로 뒤처리까지 했다는 건 계획적인 똥칠이지 결코 우발적인 똥칠이 아냐. 대답해 봐. 양심에 손을 얹고!"

광마불은 마치 순진한 어린애처럼 무대붕이 시키는 대로 가슴에 손을 얹었다. 그리고는 고개를 저었다.

"양심이 아니라는데?"

"영감, 계속 그런 식으로 장난할 거야? 나 지금 영감이랑 농담할 기분이 아니라구!"

"꼬마야, 내가 어쩌다 보니 네 앞에서 정말 큰 결례를 한 것 같다. 하지만 절대 고의는 아냐."

갑자기 광마불이 심각한 표정으로 탁자에 앉았다. 그리고 이마에 팔을 괴며 길게 한숨을 내쉬었다.

"에휴… 내가 그때 죽었어야지 왜 이날까지 살아서 이런 망신을 당하누……."

한숨 소리가 너무도 애처로웠던 탓일까?

무대붕은 흥분을 가라앉히며 광마불의 앞에 앉았다.

"영감, 왜 그래? 무슨 일인데 한숨까지 내쉬는 거야?"

"노부는 그때 죽었어야 했다……."

보는 이로 하여금 가슴을 아리게 만들 정도의 참담한 표정이었다. 아무리 싹수없는 무대붕이라지만 구순의 노인이 이처럼 침통한 얼굴로 울먹거리니 그의 마음도 덩달아 약해지기 시작했다.

"영감, 뭔데? 무슨 일인지 나한테 얘기해 봐. 혹시 모르잖아, 내가 도와줄 수 있을지도."

"꼬마야, 이거 잘난 척하는 것 같아서 내가 웬만한 사람들한테는 얘기 안 하는 건데 네가 워낙 궁금해하니 너에게만 특별히 얘기해 주마."

광마불은 쓸쓸한 표정으로 말을 이었다.

"노부가 소림 역사상 최초로 칠십이절예를 대성했거든. 달마 대사도 완벽하게 연성하지 못했다는 바로 그 무공을."

"별로 특별한 게 아닌데? 그 정도는 웬만한 강호인이라면 모두 알고 있는 얘기 아닌가?"

무대붕은 고개를 갸웃거렸다.

"아, 그러냐? 그게 이미 그렇게 소문이 다 났구나. 내가 쑥스럽다고 소문 내지 말라고 했는데."

"영감, 서론이 너무 길어. 어서 본론으로 넘어가자구. 그래서 뭐가 어떻게 되었다는 건데?"

"오냐, 알았다. 노부가 그 칠십이절예를 완벽하게 십이성까지 대성하긴 했는데, 안타깝게도 운기조식을 잘못 운행하는 바람에 치욕적인 내상을 입었지 뭐냐."

"치명적인 내상도 아니고 치욕적인 내상은 귓구멍 뚫리고 처음 들어 보는군. 그게 뭔데?"

"크흑! 바로 괄약근 조절이 내 뜻대로 안 된다는 것이다. 그때의 내상 때문에……."

광마불은 양손으로 머리를 감싸며 괴로워했다.

"당시 노부의 나이 서른다섯이거늘, 그 팔팔한 나이에 그 꼴이 됐으니 내가 어찌 정상적인 구도 생활을 할 수 있었겠느냐?"

"그래서 술도 마시고 계집질을 하는 등 땡초가 되었다는 얘기구만."

"그렇지. 바로 그런 절망 때문이었지. 역시 꼬마 넌……."

"그럼, 그 정도 직관과 예지력을 갖췄으니 육만이 넘는 거대 방파의 각하가 되었지 괜히 됐겠어?"

무대붕은 뿌듯한 표정으로 어깨를 으쓱였다.

"그나저나 영감, 재주도 좋수. 아무 데서나 똥칠을 하면서도 당시 사천당가의 수절하는 과부를 꼬시기도 하고."

당가의 수절 과부란 독화 예군영을 가리키는 소리였다.

'꼬, 꼬셔? 임마, 내가 네놈 친구냐? 아무튼 싸가지하곤…….'

광마불은 무대붕의 머리통을 한 방 쥐어박고 싶은 충동이 일었으나 억지로 인내했다. 지금은 흥분할 때가 아니기에.

"큭큭. 정말 볼 만했겠는걸, 독화와 은밀하게 뭔가 역사를 이뤄보려는 찰나에 괄약근이 활짝 열려 버리면?"

무대붕은 뭐가 그리 좋은지 열심히 키득거렸다.

"영감, 그리고 보니 독화와 찐한 사랑도 못해봤겠네. 그 괄약근 때문에. 큭큭……."

'끄응~ 망할 자식! 아무리 버르장머리가 없어도 어느 정도지 저, 저게 구십 살 먹은 노인네한테 할 소리냐?'

"영감! 얘기해 봐. 잘 나가다가 갑자기 왜 입은 닫는 거야?"

"그때 다행히 용한 의원을 만나 어느 정도 치료를 받은 덕택에 그 정도까지는 아니었고……."

"치료? 뭔 치료? 아무 데서나 홀렁 바지 내리고 큰일을 보면서?"

"치료를 받은 덕에 어느 정도는 고쳐졌다는 얘기지, 완치는 안 되었을지라도. 그때 그 의원이 뭐라더라? 다 고쳤어도 과민성괄개증만큼은 도저히 고칠 수 없었다고."

"과민성괄개증? 그게 뭔데?"

"어디서 마음 아픈 얘기를 들을 때 괄약근이 과민하게 받아들이며 열리는 증상이라고 하더군."

"영감이 마음 아플 게 어딨어? 술 먹여주고 공짜로 잠도 재워주고 있는데?"

"네가 나보고 나가라고 했잖아? 아직 독화도 못 찾았는데."

광마불은 당장에라도 눈물이 떨어질 것 같은 애처로운 표정을 지었다.

"그 소릴 들으니까 심장이 쿵쾅거리면서 동시에 굳게 닫혀 있던 괄약근까지 대책없이 열리더라구. 정말 이 악물고 참으려 했음에도 불구하고……."

"그러니까 뭐야? 단지 그 소리 때문에? 에이~ 당치않은 소리! 영감이 얼마나 뻔뻔한 노인네인데 겨우 그깟 얘기에 심장이 쿵쾅거려? 말도 안 돼."

무대붕은 택도 없는 얘기라는 듯 손을 저었다.

"꼬마야, 그건 네가 날 제대로 몰라서 하는 얘기다. 보기와는 달리 노부는 무척 예민하고 마음이 여린 사람이라구. 오죽했으면 오십 년 전에 헤어진 첫사랑에게 용서를 빌고 죽겠다고 이렇게 다시 강호에 나섰겠냐?"

옳은 얘기다.

구순이나 된 노인이 이렇듯 첫사랑을 찾아 나설 정도라면 상당히 여린 마음의 소유자라는 게 맞긴 맞다. 다만 그런 마음의 주인공이 광마불이라는 것이 안 어울려서 그렇지만……

"오갈 데도 없는 불쌍한 노인네더러 그만 사라지라니…… 지금 노부의 입장에서 그보다 더 충격적인 얘기가 어딨겠냐? 그리고 내가 여길 떠나면 또 무슨 재주로 그녀를 찾을 거고. 그저 암담하고 참혹할 뿐이다."

"영감, 진짜야? 그 얘기가 영감한테 그렇게 충격이었어? 그럼 진작 얘기하지 그랬어, 갈 데가 없다고."

무대붕의 마음도 한없이 약해졌다.

"나도 체면이란 게 있지, 어떻게 얼굴 팔리게 그런 얘기를 하겠냐? 네 말대로 구십 살씩이나 먹은 영감탱이가."

무대붕이 약한 모습을 보이자 광마불은 더욱 애처로운 표정으로 눈물을 그렁거렸다.

"아, 알았어. 훌쩍거리지 말고 독화 할망구 찾을 때까지 그냥 여기 눌러 있어. 절대 내쫓지 않을 테니까."

"그래도 괜찮을까? 아무 데서나 똥칠을 하는데?"

"마음 아픈 소리만 안 들으면 괜찮다며?"

"그거야 물론 그렇기는 하지만……."

"그럼 그냥 눌러 있어. 사 년 후 다시 무림맹주 선거에 출마할 입장인만큼 나도 괜히 무림인들에게 오갈 데 없는 불쌍한 노인네 내쫓을 정도로 야박하다는 인상을 주고 싶진 않으니까."

"배려해 줘서 고맙다, 꼬마야."

광마불은 무대붕의 손을 덥석 잡으며 고마움에 대한 표시를 했다. 그와 동시에 덕담까지 한마디 추가했다.

"새삼 느끼지만 넌 정말 생각이 깊구나. 모든 것을 결국은 선거와 연계해서 생각하니 말이다."

"그러니까 육만 개방인들의 총수가 됐지 괜히 됐겠어? 총수의 자리는 아무나 앉는 게 아니라구."

무대붕은 어깨에 잔뜩 힘을 주며 득의양양한 표정을 지었다.

'푸헐헐… 순진한 녀석! 역시 무식한 놈들이 단순하다니까. 꼬마야, 이제부터 넌 내 밥이다.'

씨익!

광마불은 여전히 의기양양해하는 무대붕을 바라보며 의미심장한 미소를 지었다.

근데 밥이라니?

쾅!

"가, 각하!"

거칠게 문이 열리며 신문팔이 급하게 뛰어들었다.

"허, 헉! 하북성 당산 분타에 있는… 당갈신개 분타주로부터 비합전서구가 날아왔는데… 헉헉… 이, 이것 좀 보십쇼……."

신문팔은 얼마나 급하게 뛰어왔는지 가쁜 숨을 몰아쉬며 무대붕의 앞으로 서찰을 내밀었다.

그러자 무대붕의 송충이 같은 눈썹이 꿈틀거리는 것과 동시에,

뻐억!

신문팔의 머리통으로 무대붕의 주먹이 날아들었다.

"으윽! 가, 각하? 어째서⋯⋯?"

신문팔은 좀 더 신속한 보고를 올리기 위해 이토록 숨도 제대로 못 쉬고 달려온 자신에게 다짜고짜 주먹질을 하는 무대붕의 처사가 이해할 수 없다는 듯 울상을 지으며 그를 쳐다보았다.

"쓰으~ 네가 읽어."

무대붕이 다시 한 번 인상을 일그러뜨리자 신문팔은 워낙 급한 나머지 자신이 큰 실수를 했다는 걸 깨달을 수 있었다.

"헉! 죄, 죄송합니다, 각하! 제가 읽겠습니다."

그는 머리가 땅에 닿도록 크게 사죄를 했다. 워낙 급한 나머지 무대붕이 까막눈이란 중대한 사실을 깜빡했던 것이다.

"이 녀석아! 뭔데? 혹시 하북성 쪽에서 독화를 찾았다는 그런 정보가 날아온 거냐?"

"그, 그런 게 아니라 금마국이 산해관을 넘어 진황도를 집어삼켰다고 합니다!"

"무엇이? 그, 그럼 변황의 이민족들이 중원 침공을 감행했다는 말이냐?"

광마불은 자신도 모르게 자리에서 벌떡 일어날 정도로 크게 경악을 하며 반문했다.

"그, 그렇습니다. 이미 진황성이 그들에게 넘어갔고, 성주 이하 모든

장군들이 그들에게 살육을 당했다는 정보입니다."

"이, 이런! 진황도를 점령하였다는 건 곧 연경(燕京)을 침략하기 위한 교두보를 삼기 위함일 텐데……. 만약 연경성까지 놈들에게 넘어간다면 하북성 전체가 그들의 발 아래 넘어간 다름없다. 맙소사! 그렇기 때문에 진황도가 중요한 군사적 의미를 지니는 요처였는데 그토록 쉽게 굴복되다니……."

연경.

일찍이 화북(華北) 대평원과 북방의 산간 지대를 잇는 교통의 요지로서 역사상에 등장하였다. 연경은 고대취락 시절엔 '계(薊)'라는 이름으로 불리기도 했는데, 생산력의 증대에 따라 평야 지대와 산간 지대 사이의 교통이 빈번해지자 그 교통로의 요충을 차지한 고대취락이 점차 발전하여, 주대(周代) 초에는 연(燕)나라의 도읍(都邑) 계성(薊城)이 그곳에 조영되었다. 진(秦)·한(漢) 이후 당(唐)나라 말기에 이르는 기간에는 대체로 유주(幽州)의 치소(治所)로서 동북 변방(東北邊方)의 정치·군사상의 절대적 요지가 되었다.

이렇듯 너무도 중요한 하북성 최고, 최대의 거도(巨都)이었던 탓에 광마불이 놀라고 당혹스러워하는 것도 결코 무리는 아니었다.

"이건 보통 일이 아니야, 절대."

"그렇습니다. 요동의 맹주였던 새하국과 모용세가를 쓰러뜨린 것과는 질적으로 다른 문젭니다. 진황도 침공은 변방의 오랑캐 놈들이 중원 침공을 정식적으로 선포한 통천가공할 일이라구요."

신문팔은 비록 거지이긴 했지만 개방인이 되기 전에는 지방에서 실시하는 관료 시험인 향시(鄕試)에도 붙을 정도로 한때 잘 나가던 시절이 있었던 인물이다. 그런 탓에 모든 정보를 관리하는 조금은 수준있는 보직이 그에게 맡겨진 것이었지만.

"각하! 우리가 이러고 있을 때가 아닙니다!"

신문팔은 비장한 표정으로 입을 열었다.

"이러고 있을 때가 아니면?"

"금마국 놈들이 중원 침공을 감행한 이상 우리도 납육성 북칠성에
흩어져 있는 모든 개방인들에게 언제든지 전투에 참전할 수 있는 비상
태세령을 하달시켜야 합니다."

"전투 참전?"

무대붕은 눈을 동그랗게 떴다. 그리곤 잠시 눈을 감고 심각히 생각
했다. 그리고는 여전히 이해할 수 없다는 듯 또다시 눈을 동그랗게 떴
다.

"우리가 왜 그런 짓을 해야 하지?"

"왜라뇨? 우린 중원인 아닙니까? 중원인의 땅인 이곳이 만약 오랑캐
들에게 넘어간다고 한번 생각해 보십쇼. 그 얼마나 끔찍한 일이겠습니
까?"

신문팔은 그런 일은 절대 있어선 안 된다는 식으로 침을 튀겨가며
열변을 토했다.

"미친놈."

그러나 무대붕의 반응은 너무도 냉담했다.

"우린 거지야, 거지."

"예?"

"전쟁을 해도 거지, 안 해도 거지. 그리고 중원인이 주인이어도 거
지, 오랑캐가 주인이어도 거지라구 알겠냐?"

"각하… 아무리 거지라지만 우리에게도 조국이란 게 있고 동포가

있지 않습니까?"

"조국이 언제 밥 먹여줬냐? 그리고 거지라고 사람 무시하는 그 딴 동포가 우리에게 무슨 의미가 있는데?"

"그, 그건……."

"그래서 내가 꼭 무림맹주가 되려는 거라구. 절대 감투 욕심이 아니라 우리 거지들의 위상을 높이기 위해서. 알겠냐?"

무대붕은 신문팔의 어깨를 툭툭, 다독이며 천천히 자리에서 일어났다.

"전쟁이 터졌으니 술장사하는 애들한테 타격이 크겠군. 사람 심리가 불안한데 어찌 술 마시러 기루를 찾겠어? 이럴 때 찾아가야 진짜 의리 있는 단골이겠지. 암~"

무대붕은 혼자 중얼거리더니 문득 광마불을 향해 고개를 돌렸다.

"영감도 같이 갈래?"

"너나 실컷 처먹어라!"

광마불은 인상을 긁으며 버럭 소리를 질렀다.

"뜻밖이네? 좋아할 줄 알았는데. 아! 혹시 괄약근 때문에 실수할까 봐서 그런가? 하긴 예쁜 기녀들 앞에서까지 그럴 수는 없겠지. 키킥."

무대붕은 낄낄거리며 밖으로 걸어나갔다.

광마불은 전쟁이 나든 말든 상관없이 기녀나 끼고 술이나 마시겠다며 사라지는 무대붕의 뒷모습을 어이없는 표정으로 바라보았다.

'끄응~ 대책없는 놈이란 건 이미 알고 있었지만 저 정도로 아무 생각이 없는 놈일 줄은…….'

그랬다.

무대붕은 아무 생각이 없었다.

한때 피 끓는 애국심을 운운하며 황궁의 요직까지 맡은 적이 있음에
도 불구하고, 그에게는 조국과 백성보다는 술집들의 장사가 더 큰 걱정
거리였던 모양이다.

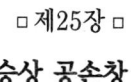

□ 제25장 □

승상 공손창

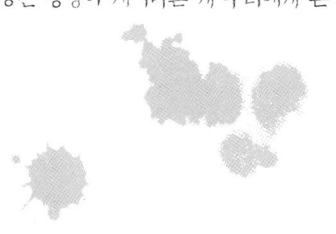

승상 공손창

―이런 위기 때엔 연륜과 높은 경륜을 갖추신
공손 승상이 계시다는 게 우리에게 큰 복이지요

태화전(太和殿).

영중제의 개인 집무처인 천붕전과는 달리 이곳은 모든 문무 백관들과 조정신료들이 머리를 맞대고 국사를 논의하는 곳이었다.

넓은 정방형의 대청 안에는 수많은 고위 관료들이 심각한 표정으로 부복을 하고 있고, 대리석 계단 위에 마련된 태사의에 앉아 있는 영중제의 표정 또한 자못 심각하기 이를 데 없었다.

"진황성이 그깟 오랑캐들이 진군한다고 허망하게 성을 내줄 만큼 형편없는 곳이었단 말인가?"

"……."

"짐은 일찍부터 진황도의 군사적 중요 가치를 인식하고 능력과 충성심을 두루 갖춘 인재를 성주로 임명하였고, 뿐만 아니라 군량미와 군수 물자 등을 최우선으로 지원하라는 지시까지 내린 적이 있었네. 그러했던 진황도의 성이 놈들에게 그토록 쉽게 넘어가다니… 이게 대체 가당키나 한 얘기란 말인가!"

진황성의 함락 소식을 들은 영중제의 진노는 좀처럼 가라앉질 않았다.

"담 영반! 좀 더 상세하게 말을 하라, 어째서 이와 같은 일이 발생하였는지를!"

영중제는 천위위의 대영반인 담일기를 향하여 소리쳤다.

"본신은 일찍부터 오환족, 그러니까 당금의 금마국 중추 세력인 그들의 야욕에 대해 절대 소홀히 넘겨선 안 된다는 말씀을 여러 차례 올린 바가 있었습니다."

담일기는 무겁고 굳은 표정으로 입을 열기 시작했다.

"그들은 강합니다. 지금까지 수많은 전투에서 단 한 번의 패배도 용납치 않고 연전연승을 거둔 무리들입니다. 그동안 저희가 상대했던 수많은 오랑캐들과는 차원부터가 다른 강인하고 용맹한 적도들입니다."

"그래서 국경 수비대에 보다 많은 군수 지원을 하며 대비토록 한 게 아닌가!"

"물론 저희도 혹시 모를 그들의 야욕에 대비하여 나름대로 대비를 했사옵니다. 하나 우리의 대비는 그저 평소보다 약간 나은 군수 지원만을 했을 뿐입니다. 병력을 대폭 증가시키지도 못했고, 그들의 침공에 대비하여 진입로에 함정을 매설하지도 못했습니다. 단지 침입해 오면 막아내겠다는 생각만을 했을 뿐이옵니다."

"그러니까 결국 우리의 군수 지원은 미봉책에 불과했다는 얘긴가!"

"그렇사옵니다. 그들은 너무도 강한 적이었고, 우리의 대비는 너무도 미약했사옵니다. 근본적인 대책… 그러니까 지난날 어사대부 북궁장천의 말처럼 백만 양병을 미리 길러두어서 작금과 같은 환란을 대비하지 못한 게 통한스러울 뿐이옵나이다.”

담일기는 바닥에 머리를 찧으며 깊숙이 부복하며 눈시울을 그렁거렸다.

지난날 여러 관료들과 대립을 하면서 한 치의 물러섬이 없이 주창했던 북궁장천의 백만 양병!

“……”

한때 누구보다도 정사의 많은 부분을 북궁장천에게 의지했던 영중제로서는 다시 한 번 그의 빈자리가 너무도 크게 느껴지는 순간이었다.

“폐하! 변방의 무리는 항시 조금만 힘이 커지면 이 풍요로운 대지를 집어삼키기 위해 도발을 일삼아왔습니다. 백만의 병력을 길러 그와 같은 환란에 대비해야 합니다!”

어사대부인 북궁장천이 단호한 표정으로 읍소를 하기 시작했다.

“황도인 낙양과 하남성에서 이십만, 그리고 각 성의 인구 비율에 따라 오만에서 십만씩 군사를 양성해 그들을 모두 국경 지역에 배치하여 혹시 모를 만약의 환란에 대비토록 하는 것이 종묘사직과 백성들의 안위를 살피는 최선의 길이 될 것으로 아뢰옵나이다.”

그러나 불행하게도 어전 회의에 참석한 문무백관들의 생각은 그와 너무도 생각이 달랐다.

“폐하! 그것은 큰일날 소리입니다. 지금 국가가 무사하온데 양병을 한다는 것은 병(兵)을 기르는 것이 아니라 화(禍)를 길러내는 일이옵니다.”

“또한 백만의 병력을 양성한다면 그들에게 들어갈 엄청난 군비는 어찌 장만한단 말인지 소신들은 도무지 이해조차 할 수가 없사옵니다."

"이미 서융과의 오랜 전쟁으로 인해 국력은 피폐해지고 국가의 재정까지 엉망이거늘 백만 양병이라뇨? 지금 이 상황에서 백성들에게 세금을 더 내라고 한다면 아마도 그들은 들고일어나게 될 겁니다. 그렇지 않아도 가뜩이나 살기가 힘든 판국에 더 많은 세금 징수는 있을 수 없습니다."

"백만 양병은 어사대부가 제대로 현실을 인식하지 못한 실현 불가능한 소리입니다."

승상인 공손창을 비롯하여 이(吏), 공(工), 병(兵), 호(戶) 등 각 조의 수장들은 물론 관륭과 같은 대장군들까지 모두 일제히 쌍수를 들며 반대하였다.

"물론입니다. 그렇지 않아도 살기 힘든 백성들에게 당연히 그럴 수는 없지요."

"그럼 그 많은 군비를 어찌 마련한다는 것인가?"

영중제는 의아한 표정으로 북궁장천을 바라보았다.

"공신전(功臣田)과 공양전(供養田) 등을 폐지하여 지금의 공신이나 관료들에게 나누어진 토지들을 국고로 환수하면 능히 군비를 충당할 수 있다고 사료되옵나이다."

공신전과 공양전의 폐지!

바로 이것이었다. 북궁장천의 입에서 이런 얘기가 나올 것을 알고 조정의 모든 신료들이 입을 모아 악착같이 백만 양병을 반대했던 것이다.

"백성들은 초근목피로 생을 연명하고, 변방에서는 적도들이 호시탐탐 기회를 노리고 있건만, 이 땅의 관료들은 자신들이 지도층이라는 이유로 국가로부터 엄청난 토지를 지급받고 그것을 대를 물려 세습까지 하고 있다는 것은 너무도 불공평한 행정입니다!"

북궁장천의 입에선 연신 피가 끓듯 격앙된 음성이 막힘없이 터져 나왔다.

"우리와 같은 관료들은 조정으로부터 봉미(俸米)를 받고 있습니다. 풍족하면 했지 결코 부족하지 않은 수준입니다. 본신은 그거면 충분하다고 생각합니다. 아니, 헐벗고 굶주린 백성들을 생각한다면 지금 받고 있는 봉미를 반으로 줄여도 괜찮다고 생각합니다. 그런데도 이 땅의 지도층이라는 이유로 본신들은 공전까지 지급받고, 그것을 또 후손 대대로 물려주고 있습니다."

"……."

"폐하! 이래선 아니 되옵니다! 이래선 결코 백성들에게 존경은커녕 신뢰조차 받을 수가 없사옵니다. 부디 공신전과 공양전처럼 공신과 관료들에게 지급된 공전을 환수하여 백성들이 보다 잘살 수 있는 부강한 국가를 건설해야만 하옵니다! 부디 통촉하시옵소서!"

'북궁 대부…….'

영중제는 잠시 눈을 감고 북궁장천의 얼굴을 떠올리고 있었다.

한때, 누구보다도 신뢰했던 인물이었다. 그의 말이라면 모두 옳다고 믿을 정도로.

하나 불행하게도 그는 황위 찬탈이라는 역모의 수괴로 변신하며 자신의 신뢰를 배신했다.

'역모를 꾀할 사람은 아니었다, 결코.'

영중제는 역모에 대한 물증이 드러나는데도 그에 대한 믿음만은 저

버리지 않았다. 그 누구보다도 백성들의 보다 나은 삶과 국가의 번영을 위해 아낌없이 몸을 던지던 그가 무엇 때문에 황위 찬탈을 꾀하겠는가! 더욱이 그의 하나뿐인 아들 북궁월과 자신의 여동생인 벽하 공주의 결혼까지 앞두고 있는 상황에서 말이다.

그러나 조정대신들이 모두 들고일어나니 아무리 황제라 할지라도 북궁 가문의 멸문지화를 막을 수는 없었으나 북궁월만큼은 구국의 영웅이었다는 이유로 구제를 하려 했다.

그러나 반역의 씨앗이 될 수 있다는 문무백관들의 탄원에 어쩔 수 없이 무공만큼은 절대 쓸 수 없도록 북궁월의 신체에 형벌을 가한 후, 겨우 생명만을 보존하게 했던 자신이 문득 원망스러워졌다.

'아무리 변명해도 난 암우(暗愚)한 천자일 뿐이다. 그때 좀 더 내막을 헤아렸어야 함에도 불구하고 불같이 일어나는 문무백관들의 기세에 눌리고 말았으니…….'

후회와 회한이 비수처럼 영중제의 심장을 후벼 팠으나, 그는 더 이상 지난날을 돌이키고 있을 수만은 없었다. 적도들은 이미 중원으로 들어와 진황도를 집어삼킨 상황이 아닌가.

"담 영반."

"예, 폐하."

"진황도를 삼킨 이상 적도들의 다음 목표는 연경성이 되겠군."

"아마도 그럴 거라 예상되옵나이다."

순간, 성격이 급한 대장군 관룽이 고개를 쳐들며 소리쳤다.

"담 영반! 적도들이 미치지 않고서야 감히 어떻게 연경을 노린단 말이오? 연경은 진황도와는 규모나 병력 면에서 비교조차 되지 않는 곳이오! 이곳 황도인 낙양성 다음의 거성(巨城)인 연경을 제깟 놈들이 감히 무슨 재주로……!"

"오환족의 강맹함은 이미 그동안 그들이 보여준 수많은 전투를 통해 입증되었소. 요동의 맹주인 모용족이 그들의 칼 아래 쓰러지고, 난공불락으로만 알고 있었던 진황도의 진황성까지 창졸간에 그들에게로 넘어갔거늘 장군은 어찌하여 그들을 과소평가하고 계신지 모르겠구려."

"나원 참, 아무리 그렇다 한들 연경이 어디 그깟 오랑캐들에게 성문을 내줄 만큼 호락호락하겠소? 남군과 북군을 비롯하여 월기군(越騎軍)과 둔기군(屯騎軍), 그리고 사성군(射聲軍)과 장수군(長水軍) 등이 철통같은 기세로 도성을 지키고 있고, 특히 남군의 최고 지휘자인 독고황위위(衛尉)와 북군 최고 지위관인 좌대천 중위(中尉)는 수많은 전투에서 잔뼈가 굵은 관록의 용장이자 맹장들이오. 그런 그들이 눈을 부릅뜨고 존재하는데 어찌 오랑캐가 연경을 감히 넘볼 수가 있겠소? 넘보는 순간 그놈들은 지옥문을 구경하게 될 것이외다. 푸핫핫핫!"

관룡은 장담하듯 호탕하게 웃어 젖혔다.

모든 일을 긍정적으로 생각하는 건 그의 대단한 장점이다. 하나 불행하게도 대장군 관룡에게는 장담만 있었지 구체적인 대안은 늘 없었다.

그것을 익히 알고 있는 영중제는 심히 못마땅한 표정을 지으며 그를 쳐다보았으나 굳이 야단을 치진 않았다. 지금은 비상시국이다. 잘잘못이나 캐고 혼내기에는 시간도 부족했고 상황도 급하게 돌아가고 있었다.

"공손 승상, 과연 그들이 연경을 노릴 것 같소? 아니면 연경을 취하지 않은 상태로 남하를 할 것 같소? 승상의 생각을 말씀해 보시오."

영중제는 맨 앞에 부복하고 있는 백발이 성성한 육십 대 노인을 바라보았다.

승상 공손창!

일인지하 만인지상의 막강 권력을 소유하고 있는 제국의 이인자이자 모든 문무백관들을 장악하고 있는 권력의 핵심 인물이었다.

"담 영반의 말처럼 연경은 제이의 도성입니다. 만약 그곳이 적도들에게 넘어간다면 제국은 반 토막이 나는 것과 같은 의미가 될 것으로 사료됩니다."

"그렇다면 지원병을 보내야 한다는 말씀이오?"

영중제가 묻자 공손창은 고개를 저었다.

"만약 지원병을 그쪽으로 밀집시키며 만반의 대비를 갖추게 된다면 그들은 오히려 연경을 치기보다는 남하를 하여 이곳 황도 낙양을 직접 노리게 될 게 틀림없사옵니다. 그렇게 된다면 오히려 황도가 허술해질 수도 있는 만큼 각 성의 지방군들을 불러들일 곳은 연경이 아닌 이곳 낙양이라고 사료됩니다."

"허면, 연경은 그대로 내버려 두자는 얘기요?"

"하북성 내 다른 지역의 지방군들은 혹시 모를 그들의 침공을 대비하여 연경을 수비토록 하고, 그 외 지역의 지방군들은 황도인 이곳으로 불러들이심이 옳다고 이 늙은이는 생각되옵나이다."

"공손 승상! 하북성 내의 지원군만으로 그들을 막을 수는 없습니다! 그들은 우리가 생각하는 것과는 달리 막강한 군사력을 보유하고 있을 뿐만 아니라 죽음조차 두려워하지 않는 무서운 정신력까지 갖추고 있다고……."

담일기는 천위위에서 그동안 입수한 금마국 군사들의 용맹성에 대해 강조하고 싶었으나 불행하게도 그의 말은 거기까지였다.

"어허! 아무리 그렇다고 하북에 있는 지방군까지 지원하는데도 연경을 못 지키겠소?"

"그리고 만약 담 영반의 말처럼 그렇게 용맹한 놈들이라면 우리가 연경을 집중적으로 방어할 때 놈들이 거긴 쳐다보지도 않고 남하해서 이곳을 치면 그땐 정말 끝장이잖소?"

"승상의 말씀대로 하는 것이 최선이오. 우리가 언제 승상의 말씀대로 해서 손해 보는 거 봤소?"

"확실히 이런 위기 때엔 연륜과 높은 경륜을 갖추신 공손 승상이 계시다는 게 우리에게 큰 복이지요. 하하하."

공손창의 말 한마디면 모든 의견이 그쪽으로 몰릴 정도로 문무백관들에게 그의 위치는 절대적이었으며, 그의 의견으로 끝이 났듯 오늘의 어전 회의도 그렇게 결론이 지어지고 있었다.

이렇듯 문부백관들의 뜻이 한곳으로 모아진 이상 영중제는 씁쓸해도 그들의 뜻을 받아들일 수밖에 없었다.

"알겠소. 그럼 하북성 내의 지방군들에게 연경성에 대한 지원을 하달시키고, 그 외의 지방군들은 이곳에 운집시키도록 명을 전하시오."

영중제는 문득 외부의 적도들보다는 궐 안에서 암우한 천자의 귀와 눈을 멀게 하는 이들이 어쩌면 국가와 백성에게 더 큰 행악(行惡)을 끼치는 건 아닌가 하는 의심을 가지며 어전 회의를 해산하였다.

*　　　*　　　*

소식을 못 들은 탓일까?

해거름이 되면서부터 기루 집단촌인 야래향을 찾는 사람들은 여전했고, 대형 기루인 대화루 역시 변함없이 성업 중이었다.

"아니, 각하! 진황도라면 산해관 바로 밑의 육지와 붙어 있다는 그 섬이잖습니까? 군사 요지라 잘 훈련된 병력들이 무척 많은 곳으로 알고 있는데……. 맙소사! 그런 곳이 오랑캐들한테 넘어가다니!"

마치 금칠을 한 듯 번쩍이는 황의(黃衣)에, 임산부처럼 툭 튀어나온 배에 이중 턱을 하고 있는 사십 대 초반의 사내가 경악을 했다.

개봉 최대의 기루인 대화루의 주인 맹금복(孟金復)이었다.

"난 아직 한 번도 못 가본 곳인데 맹 루주는 잘도 아는구만. 술장사 하느라고 돌아다닐 시간이 없을 텐데도 말야."

무대붕은 술잔을 홀짝 들이키며 말했다.

"각하께 제가 말씀 안 드렸나요? 제 고향이 연경과 진황도의 중간에 있는 당산(唐山)이라고요?"

"아참, 그랬지?"

무대붕은 그제야 기억난 듯 자신의 이마를 살짝 쳤다.

하나, 기억은 없었다. 자신에게 그다지 도움이 안 되는 타인의 사생활 따위는 듣는 즉시 잊어버리는 게 무대붕의 성격이었다.

하지만 그는 그럼에도 불구하고 자신의 이마까지 치면서 아차 하는 표정을 지은 건 순전히 공술을 얻어먹기 위한 사전 동작일 뿐이었다.

"북방의 오랑캐들이 중원을 침공했다니… 이거 정말 큰일이군요. 전쟁이 나면 손님이 뚝 떨어질 텐데……."

맹금복은 속이 타는 듯 무대붕 앞에 놓여진 술잔을 마치 자신의 잔인 양 벌컥 들이켰다.

'그래, 속이 타긴 탈 거다. 전쟁이 나면 이곳 매상을 올려주던 젊은 손님들이 부역에 끌려가거나 꽁꽁 숨어버릴 판이니 당연히 장사가 될

턱이 없지.'

무대붕은 자신의 술을 넙죽 마신 맹금복을 매우 애석한 표정으로 쳐다보았다. 만약 그가 술값 계산을 할 생각이었다면 그의 성격상 의당 그 문제를 집요하게 따지고 들었겠지만, 그의 뇌리에 오늘만큼은 술값이란 단어가 존재하지 않았다.

'당연히 술값은 없지, 이렇게 고급 정보를 줬는데.'

맹금복은 무대붕의 입가에 번지는 미소조차 보지 못한 채, 그 뒤로도 계속 술을 퍼마셨다.

"어이~ 맹 루주, 속이 상한다고 그렇게 과음을 하면 쓰나? 이럴 때일수록 마음을 진정시키고 어떻게 하면 손해를 최소화할 수 있을지 냉정하게 계산을 해야지."

무대붕은 맹금복의 어깨를 다독이며 위로하였다.

"다른 사람들에게 이 소문이 들어가기 전에 어서 후딱 기루를 다른 작자에게 넘겨. 모든 사람들이 다 알 정도가 되면 그땐 반값에 내놔도 팔리지가 않는다구. 그리고 이런 얘기는 공치사 같아서 웬만하면 얘기 안 하려고 했는데, 내가 이 고급 정보를 맹 루주에게만 알려주는 것은 당신이 남 같지가 않기 때문이라는 거, 알지?"

고급 정보도 알려주었겠다, 남 같지 않게 생각도 하고 있으니 당연히 당신도 그에 대한 성의 표시를 하라는 것 같은데…….

"크으… 차라리 잘된 일인지도 모릅니다. 어차피 썩을 대로 썩은 이놈의 세상, 어떤 식으로든 한 번쯤 뒤집히길 바라고 있었는지도 모르니까요."

그러나 뜻밖에도 맹금복의 입에서 흘러나오는 소리는 '고맙다' 라던가 '이 은혜 어떻게 갚을지 모르겠다' 와 같이 자신을 각별히 배려해

준 무대붕에 대한 인사가 아닌 세상에 대한 분노였다.

"어허~ 이 사람, 아무리 전쟁 때문에 장사하기가 곤란해졌다고 그런 불충한 소리를 하면 안 되지! 나 같은 거지야 상관없지만, 당신은 공부도 많이 했다면서?"

무대붕은 한때 황궁에 몸을 담았던 전직 관료답게 타이르듯 말했다.

"불충이라뇨? 뭐가 불충이라는 거죠?"

맹금복이 눈을 정보를 췄지만 전혀 고맙지가 않은 듯 무대붕을 똑바로 응시하며 반문을 했다.

"그, 그건… 거 뭣이냐……."

무대붕은 잠시 당황했다. 맹금복의 입에서 흘러나온 얘기는 분명 관료들이 들었으면 분명 매로 볼기를 칠 내용이었다. 근데 불행하게도 무대붕은 따지는 맹금복에게 그 말의 어느 부분이 불충인지 설명할 만한 지식 수준이 못 되었다.

"그러니까… 음… 세상이 뒤집히길 바란다는 건 황제에 대한 충성이 부족하기 때문이니까… 음… 그게……."

무대붕이 더듬거리자 맹금복은 그의 말을 차갑게 잘랐다.

"각하, 우리 같은 백성들의 충성이란 것은 자기가 나라로부터 받은 것에 대한 보답일 뿐입니다."

"암! 그럼! 받은 게 있으면 돌려줘야지. 그래서 내 좌우명도 그거거든."

"하지만 골짜기마다 생업에 뜻을 잃고 떠도는 유민(流民)들이 가득하고 논두렁 밭두렁을 베개 삼아 굶고 병들어 죽은 시체들이 즐비한 이런 세상에, 위에서 해준 것은 개뿔도 없으면서 백성들에게 일방적인 충성만을 강요한다는 건 말도 안 되는 헛소리일 뿐입니다."

"뭐? 헛소리? 그럼 내가 지금 헛소리를 했다는 거야?"

무대붕은 인상을 긁으며 버럭 소리를 질렀다.

"각하가 아니라 잘난 조정 관료들에게 하는 겁니다. 황제의 귀와 눈을 막고 세상을 주무르고 있는 그 몇 놈들 말입니다!"

일단 속에 있던 말이 터지기 시작하자 감정이 격앙되는지 맹금복은 또다시 술잔을 들이켰다.

"크으… 이놈의 세상, 틀렸습니다. 지금 천하는 승상인 공손창과 그의 추종자들의 것입니다."

"그, 그게 뭔 소리야? 황궁에 엄연히 황제가 있는데?"

무대붕은 의아한 표정으로 물었다. 비록 짧은 시간이었지만 황궁에서 서열 십오위인 특사영반으로 근무한 적이 있던 그였다. 맹금복이 그런 자신의 이력을 모르고 단지 거지 왕초라는 이유만으로 무시하고 제멋대로 지껄이는 게 아닌가 하는 괘씸한 생각이 들었지만 일단 그의 표정이 너무 진지한 만큼 일단 들어나 보기로 했다.

"공손창 패거리 중의 하나인 염병학 대사농(大司農)을 예로 들어볼까요?"

"해봐, 계속."

"염병학 일가가 백성들로부터 빼앗은 대저택이 전국에 모두 사백 삼십여. 그중에 대궐이 무색할 정도로 크고 화려한 것이 무려 이십여 개나 됩니다. 또 땅은 이천 경(頃:약 육백만 평)에 금은이 천 근, 비단이 오만 필이나 됩니다."

"뭐, 뭐야? 그렇다면 관료가 아니라 그건 날강도잖아?"

무대붕은 기가 막히다는 표정을 지었다.

"그렇습니다. 대사농이 그러할진대 그보다 높은 감투를 쓰고 있는 인간들은 또 얼마나 많은 재물을 축재했겠습니까? 그러니 사람들이 그들 패거리를 천하의 주인이라고 말하는 것도 결코 무리가 아닐 겁니다."

"……."

맹금복의 피 끓는 듯한 열변을 들으며 무대붕의 표정은 자못 심각해졌다.

'뭐야, 조정으로부터 꽤 많은 봉미를 받아 처먹으면 됐지 무슨 부정축재를 그렇게 많이 한 거야? 이 자식들, 완전 칼만 안 들었지 하는 짓들은 비적이랑 다를 게 없잖아?'

어느덧 무대붕의 심장에도 울화가 치밀기 시작했다.

자신은 공술 한 잔만 얻어먹으려 해도 잔머리를 쓰지만, 그들은 권력 하나로 너무도 쉽게 백성들의 등골을 빼먹으며 재물을 축재했으니 어찌 그의 속인들 편하겠는가.

무대붕은 불현듯 밀려드는 후회를 느꼈다.

'젠장! 황궁에서 대체 뭘 한 거지, 그런 놈들 손도 안 보고?'

정말 뭘 했는지 몰라서 자문하는 것일까?

'망할 놈들! 벽하가 네놈들 은인인 줄 알아라. 여자한테 정신만 팔리지 않았다면 네놈들은 몽땅 내 손에 요절났을 것이다!'

무대붕은 치미는 울화를 어찌할 수 없는 듯 신경질적으로 술을 퍼마시기 시작했다.

그 후로도 맹금복의 불만은 계속 이어졌다.

기루를 운영하는 동안 포청의 포두들에게 돈을 뜯기고, 어쩔 수 없이 관청의 관료들에게 뇌물을 갖다 받쳤던 많은 얘기를 털어놓으며 울분을 토했고, 특히 상인들의 생사여탈권을 쥐고 있다 해도 과언이 아닐

독상(督商) 왕창칠에 관련된 부분을 얘기할 땐 얼마나 치를 떨었는지 이까지 갈았다.

"빠득! 왕창칠, 그 자식은 자기가 기르는 개새끼가 생일이라며 부하를 통해 은밀히 초대장까지 보낸 놈입니다. 그리고 초대장엔 뭐라고 썼는지 아십니까? 내참~ 어이가 없어서! 글쎄, 그 개새끼가 가장 좋아하는 게 금이라며, 개새끼가 재미로 놀 수 있게 웬만하면 금을 공 모양으로 세공하여 보내라고 적혀 있더라구요. 각하! 개새끼 생일에 백 냥짜리 황금 공을 선물하면서까지 그렇게 살았는데 이놈의 나라에 정이 붙어 있겠습니까!"

듣고 보니 정말 졸도할 일이었다.

황금 백 냥이라면 논 오천 평을 구입할 수 있는 실로 엄청난 금액이다. 더욱이 사람도 아닌 개의 생일에 그런 엄청난 뇌물 품목까지 지정해서 초대장을 보낸 인간을 과연 제정신이라고 할 수 있을까?

"그 자식은 무슨 건수만 있으면 뇌물을 요구하는 진짜 악질 중의 악질이라니까요!"

"젠장! 그렇다고 선물을 해?"

"안 하면요? 만약 제가 모른 척하고 그냥 넘어갔다면 기녀와 유녀(遊女)들이 몸이 청결치 못한 상태로 손님들에게 화류병이나 옮겨줬다는 이유로 문을 닫았던 오청루(娛靑樓)와 같은 꼴을 당했을 겁니다."

"오청루가 문을 닫은 이유가 그럼……?"

"그럼요. 뇌물로 기름칠을 안 했기 때문이지 무슨 얼어죽을 화류병이겠습니까! 우리는 물론 이곳 야래향에 있는 기녀들은 무엇보다도 청결과 위생을 최우선으로 생각하고, 일주일에 한 번씩 의무적으로 의원들에게 검진을 받는데 화류병이라뇨? 다른 곳은 몰라도 이곳 야래향에선 절대 있을 수 없는 일입니다. 각하도 열여덟 살 때부터 이곳을 출입한 고객이니 잘 아실 것 아닙니까? 그동안 수많은 기녀들과 동침을 하셨지만 어디 단 한 번이라도 그런 병에 걸린 적이 있었습니까?"

"아니! 전혀 없었어."

질문이 떨어지자마자 무대붕은 화들짝 놀라며 완강하게 고개를 저었다.

"거 보십쇼. 야래향 최고 단골 중 한 분인 무대붕 각하께서 지난 육년 동안 그토록 문란한 생활을 했음에도 불구하고 단 한 번의 화류병도 없었을 만큼 이곳의 위생은 그야말로 완벽합니다. 그런데도 왕창칠 그놈이 터무니없는 누명을 씌우면서까지 멀쩡한 기루 하나를 완전 박살 냈던 겁니다. 뇌물을 못 받았다는 이유만으로!"

"이해는 되는데 왜 이 대목에서 나를 끌어들이냐? 그리고 문란한 생활이라니? 아무리 당신이 맺힌 게 많다고 해도 말 좀 가려가면서 했으면 한다. 이 각하님의 기분이 더러워지려고 하니까."

무대붕이 눈썹을 꿈틀거리며 인상을 쓰자 맹금복은 흠칫했다.

"죄, 죄송합니다… 각하님의 기분을 불편하게 하려 한 게 아니라… 쉽게 설명하려고 하다 보니……."

"뉘우쳤으면 됐어. 하지만 용서는 이번뿐이다."

"며, 명심하겠습니다, 각하."

무대붕은 짐짓 위엄있는 표정을 한 번 보이고는 다시 질문을 이어갔다.

"그런 식으로 개새끼의 생일에까지 뇌물을 받아 처먹었으면 왕창칠 그놈 재산도 어마어마하겠구만. 당연히 성주보다도 훨씬 더."

"에이~ 그 많은 뇌물을 혼자 독식할 수야 없죠. 받으면 상급자에게 상납하고, 또 그 상급지는 자신의 상급자에게 상납하고, 그런 식으로 상납의 꼬리가 이어지다 보면 결국 성주의 주머니가 가장 빵빵해지는 거죠."

"그리고 성주 역시도 중앙의 관료들에게 잘 부탁한다며 그 뇌물을 상납하겠군."

"당연히 그래야죠. 그렇지 않으면 성주 역시도 언제 어떤 누명으로 목이 잘려 나갈지 모르니까요."

"이런 내미럴~ 몽땅 다 강도새끼들이잖아!"

무대붕은 기가 막히다는 표정으로 버럭 소리를 질렀다.

"예, 맞습니다, 각하. 전부 강도 놈들입니다."

맹금복은 고개를 끄덕였다.

무대붕은 그동안 맹금복이 돈을 빗자루로 쓸어 담는다고 생각해 왔다. 그 어떤 불황에도 야래향의 거리는 손님들로 늘 북적거렸고, 대화루는 그런 야래향에서도 가장 번창하는 곳이었으니 그의 그러한 생각도 결코 무리는 아니었다.

그런데 듣고 보니 그게 아니었다.

"그런 식이라면 기껏 벌어서 그놈들 뒷구멍 대주는 꼴밖에 아니잖아?"

"그런 셈이죠. 재주는 우리가 부리고 돈은 그놈들이 챙기는 격이니까요. 하지만 저는 그래도 나은 편입니다."

"뭐가?"

"일반 백성들에 비하면 말입니다. 그렇지 않아도 지난 몇 년간 겹친 기근으로 먹고산다는 것 자체만도 버거운 판이거늘, 무거운 세금으로도 부족해 살 껍질을 벗겨가듯 혹독한 수탈을 일삼는 벼슬아치들의 횡

포를 도저히 감당할 수가 없어 고향을 떠난 사람들이 부지기수니까요."

"······."

"천하가 이런 식으로 돌아가고 있으니, 차라리 전쟁이라도 나서 세상이 한 번 뒤집히기를 바라는 게 아마도 짓눌리며 갈취당하기만 하는 힘없는 사람들의 솔직한 심정일 겁니다."

"······."

"설령 그것이 변방의 이민족이라 할지라도 고단한 삶이 나아질 수만 있다면 백성들은 그들의 침입을 결코 반대하지 않을 겁니다."

맹금복은 씁쓸한 표정으로 다시 술잔을 들이켰다.

"그러니까 당신도 전쟁이 나든 말든 관심이 없다는 얘긴가? 장사가 안 될 텐데도?"

"잘되면 뭐 합니까? 결국 엉뚱한 놈들 좋은 일만 시키는 재미없는 일인데요 뭐."

"하긴······."

"그나저나 각하는 뱃속 편하시겠습니다. 이런 전쟁 때 개방 식구들만큼 편한 사람들이 어딨겠습니까? 잃을 것도 없고 부역의 대상에서도 제외가 되고······."

"그럼, 당연하지. 세상에 어떤 미친놈이 거지더러 전쟁에 참가하라고 하겠어? 만약 그런 놈이 있다면 내가 당장 그놈한테 달려가서 주둥이를 찢어버리고 말지 가만있겠어? 안 그래도 세상에서 가장 불쌍한 족속들인데 전쟁에까지 나가서 객사를 하라면 그거야말로 정말 벼락맞을 놈이지!"

"저도 상관없습니다. 부역에 끌려갈 나이도 지났고, 자식은 모두 딸들이니까요. 그리고 설마 오랑캐가 이 땅의 주인이 된다고 해도 지금 있는 이 땅의 윗대가리 놈들보다야 나을 테니… 전혀 상관없습니다."

맹금복은 관심없다는 표정으로 입술을 열었다.

"좋아. 그럼 우리 그런 의미에서 건배나 한잔할까?"

"어떤 의미로……?"

"될 대로 되라! 어때?"

"하하! 좋습니다."

무대붕과 맹금복은 히히덕거리며 경쾌하게 잔을 부딪쳤다.

전쟁!

이민족이 자신들의 땅을 무력 침공했다는데도 이렇게 웃으며 술잔을 부딪칠 수가 있을까?

태생부터가 이기적이고 단순한 무대붕이야 그럴 수 있다지만, 이 땅에서 성공한 장사치 중의 한 명일 수도 있는 대화루주 맹금복까지도 그런 마음이라니…

이 땅의 위정자들이 인심을 잃어도 너무 많이 잃은 것은 아닐는지…….

*　　　　*　　　　*

짙은 구름에 달이 가린 탓인가?

칠흑처럼 어두운 밤, 개방 총단으로 향하는 관도 옆의 낮은 언덕에서 음성이 흘러나오고 있었다.

"그러니까 당시 아버님의 필체를 모사(模寫)하여 단장후 집금오(執

金吾)에게 보낸 인물이 조무 시어사(侍御使)란 말인가?"

어둠 속에서 더욱 빛나는 눈을 가진 사내의 음성, 바로 광한이었다.

"그렇다네. 나도 그 사실을 알고 어찌나 놀랐는지……."

엷은 입술과 숱이 많지 않은 수염에, 눈매가 날카로운 삼십 살 정도의 사내였다. 그다지 돋보이는 용자(容姿)는 아니나 몸 전체로 강맹한 기를 발산하는 그런 인물이었다.

"조무 시어사는 아버님의 오른팔과도 같은 존재였네. 그런데 다른 사람도 아닌 그가 어찌 아버지께 그런 누명을 씌울 수 있단 말인가? 철우, 난 도무지 믿을 수가 없네."

광한은 매우 당혹스러운 표정으로 고개를 저었다.

"이보게, 월. 언제나 발등을 찍는 건 손에 익고 친숙한 도끼지 낯선 남의 도끼가 아닐세. 자네의 부친인 북궁 대부님을 함정으로 밀어 넣은 건 바로 조무, 그자야! 이 년 전, 북궁의 난 이후 승승장구한 그자의 이력만 봐도 충분히 미루어 짐작할 수 있지 않은가!"

철우라 불리우는 자가 단호하게 말을 했다.

북궁의 난!

어사대부인 북궁장천이 수도 치안을 담당하는 단장후 집금오와 결탁하여 황실 전복을 하려다가 미수에 그치면서 그 일당 모두가 효수형 당한 사건을 그렇게 불렀다.

"상식대로라면 조무가 그 사건과 아무 관련이 없었다 할지라도 북궁 대부의 심복이었다는 이유만으로 삭탈관직이 되어야 했음에도 불구하고 오히려 그는 지금 구경(九卿) 중 하나인 정위(廷尉)라는 막강한 지위에 앉아 있을 만큼 승승장구를 하였네. 이게 말이나 될 법한 얘기라 생각하나?"

"……."

"승상 공손창은 자신의 정적인 북궁 대부를 내치기 위해 하수인이 필요했고, 그 하수인으로 조무가 발탁되었던 것이지. 지난 이십여 년간 지척에서 북궁 대부를 모시면서 필체까지 모사할 정도의 인물이었으니 공손창의 입장에서 보면 그보다 더 좋은 하수인이 어딨겠는가!"

"……."

"조무는 그러면서 자연스럽게 공손창의 우산 아래로 들어갔고 지금은 누구보다도 열심히 그의 충견 노릇을 하면서 정위라는 막강 권력까지 누리게 된 것이네. 이제 알겠는가?"

철우!

나이 서른 살로 광한보다는 두 살 많지만, 과거는 오히려 광한보다 이 년 늦게 급제했다. 게다가 고속 승진을 하며 언제나 자신보다 앞서 있는 광한을 한때 상급자로 모신 적도 있었으나, 어린 시절부터 함께 무술을 연마했던 죽마고우라는 이유로 광한은 그를 친구로 대했다. 현재 황실 경비대인 중군(中軍)의 교위로 근무하고 있다.

"말했듯이 북궁 대부는 내가 가장 존경하는 분이셨네. 자네가 행동을 개시한다면, 마음 결정을 내리는 대로 연락 주게. 그럼."

휘스슷!

말과 함께 철우의 신형은 어둠 속으로 사라졌다.

'당시 역모의 물증이 된 아버님의 서찰을 대체 어떤 자가 모사를 했는지가 늘 궁금했었는데… 그자가 바로 심복이었던 조무였을 줄이야…….'

충격이 컸던 탓인가?

광한은 철우가 사라진 후에도 한참 동안을 심각한 표정으로 마치 나

무처럼 그렇게 서 있었는데,

"역시… 아픔이 있었구만."

광한의 등 뒤로부터 매우 귀에 익은 음성이 그의 고막을 파고들었
다.

'이… 이 음성은……?'

광한은 벼락처럼 몸을 돌렸다.

어둠 속에 철봉을 쥐고 서 있는 한 노인이 있었다. 바로 광마불이었
다.

"노, 노선배님……?"

"쓰레기 속의 보석처럼, 어쩐지 개방 식구들과는 너무도 어울리지
않더라니만… 명가의 후손이었어."

광마불은 가볍게 고개를 끄덕이며 말을 이었다.

"내 오십 년 동안 산속에 틀어박혀 있던 관계로 자네 부친이 어떤 사
람인지는 잘 알지 못하지만, 자네를 그토록 훌륭히 키울 정도라면 역모
는 말이 안 되지."

"크큭… 훌륭이라뇨? 부친의 오명도 벗겨 드리지 못하고 있는 한심
한 놈일 뿐입니다."

광한은 씁쓸한 표정으로 자조했다.

"간신배들이 활개를 치는 세상에선 우국지사들이 오히려 화를 당하
는 법이지."

"……."

"그래, 오명을 벗겨 드릴 셈인가?"

"물론입니다."

"들어보니 상대는 매우 방대한 세력이던데, 일인지하 만인지상이라

는 승상까지 포함된."

"상관없습니다, 아버님의 오명만 벗겨 드릴 수 있다면!"

"죽어도 좋다, 이 말인가?"

광한이 대답 대신 고개를 끄덕이자 광마불은 마땅찮은 표정으로 혀를 찼다.

"들어보니 자네가 버르장머리라곤 눈곱만치도 없는 각하 녀석의 수하가 된 건 생명의 은혜를 입었기 때문이라고 하더군. 그렇다면 자네의 생명 또한 주군인 그 자식의 것이거늘 어찌 자신의 개인적인 일에 생명을 던지려 한단 말인가!"

음성은 나지막했지만 표정은 서릿발처럼 준엄했고 매서웠다.

"아버님의 명예를 회복시키는 무엇보다도 소중한 일입니다. 따라서 각하도 절 충분히 이해해 줄 것입니다."

그러나 광한은 결코 물러섬이 없이 똑바로 응시하며 대답했다.

"이해? 그 밴댕이가 놀러 왔다가 울고 갈 좁쌀 같은 소갈머리를 가진 놈이? 헹! 잘도 이해하겠다."

광마불이 어이가 없다는 표정으로 코방귀를 뀌었다. 그러면서 그는 매우 못마땅한 듯 투덜거렸다.

"위에서는 오랑캐 놈들이 이 땅을 집어삼켜가고 있는데 앞에 서서 놈들의 침공을 막아야 할 젊은 놈들은 기루에서 계집이나 끼고 술이나 처먹던가 아니면 개인적인 일로 자신의 생명을 던지려 하니… 내미럴! 이제 오랑캐에게 이 땅이 넘어가는 일만 남았군. 그나마 네놈은 조금이라도 나은 줄 알았더니만… 에잇! 그 밥에 그 나물이었군."

말을 끝내기가 무섭게 광마불은 신경질적으로 등을 돌리며 사라졌다.

휘이잉…….

문득 홀로 남은 광한의 신형으로 한줄기 바람이 스쳤다.

그러나 광한은 그 어떤 움직임도 없이 광마불이 사라진 공간을 바라보며 마치 고목처럼 그렇게 서 있었다.

아주 오랜 시간 동안을…….

반면, 무대붕은 그 시간에 광마불의 말처럼 대화루에서 한 명도 아닌 두 명의 여인과 함께 몸싸움을 하고 있었다.

'으흐흐… 맹 루주가 확실히 나의 독특한 취향을 잘 알고 있다니까. 훌륭해. 아주 능력있는 기루 주인이야.'

무대붕은 얼마나 흐뭇했든지 두 기녀의 가슴에 고개를 번갈아 파묻으며 침까지 흘려댔다.

"정말 놀라운 가슴이야. 좋아, 아주 행복해. 움흐흐흐…….."

마치 젖소를 연상케 하는 엄청난 가슴을 갖고 있는 두 명의 기녀를 상대로 밤새도록 침을 흘리며 원시적인 육박전을 벌이고 있는 무대붕.

그에게 있어 전쟁은 자신과는 무관한 남의 나라 이야기일 뿐이었다.

제26장

오골개(嗚骨丐) 가옥(哥玉)

오골개(鳴骨丐) 가옥(哥玉)

—내가 원하는건 바로 천하제일인!
그러니까 우리 천하제일인의 천라를 놓고 한판 붙어보자

각하 조카!

자네가 쓰라린 사랑의 상처만 받고 개봉으로 돌아간 후, 이 당숙은 조카의 아픔을 생각하며 몇 날 며칠을 술로 보냈네. 그러던 중 기가 막히게도 자네와 딱 어울릴 만한 정말 끝내주는 아이를 하나 발견했네. 오골개 가옥이라고… 우리 낙양 지부 여걸회(女乞會)의 회주로 있는 아이인데, 이제 겨우 나이 스물인데도 불구하고 무공만큼은 우리 낙양 지부에서도 최고로 꼽힐 정도의 타고난 무재(武才)인데다가 색깔이 검어서 그렇지 얼굴도 정말 예쁘지 뭔가! 게다가 몸매도 끝내주고. 말투가 좀 거친 게 흠이긴 하지만 조카도 말투가 거친 편이니 뭐 상관은 없을 거야.

…(중략)…….

우리 낙양 지부의 워낙 중추적인 아이였던 탓에 그 아이의 공백이 너무 크긴 하지만, 조카를 위해서 기꺼이 그 아이를 그쪽으로 보내니 웬만하면 그냥 날 잡아서 혼례를 치르라구. 그래야 아픈 상처도 빨리 치유가 되는 법이니까…….

　개방의 낙양 지부에서 비합전서구를 통해 보낸 서찰이었다.

　아울러 문맹자인 당숙이 문맹자인 조카에게 보낸 서찰이기도 했다.

　당숙인 무천표는 대필을 시켜 글을 쓰게 했을 것이고, 조카인 무대붕은 정통단주인 신문팔의 입을 통해 서찰의 내용을 듣고 있었다.

　"뭐? 나를 위해 여자를 보냈다고?"

　무대붕은 어이없는 표정을 지었다.

　"예. 그냥 여자도 아닌 각하님의 배필 감으로 보낸 여자라고 합니다."

　신문팔은 미소를 지으며 대답했다.

　'젠장~ 내가 당숙 수준을 아는데 여자는 무슨…….'

　무대붕은 마땅치 않았다. 그도 그럴 것이 당숙인 무천표와 그는 여자 보는 눈이 너무도 차이가 컸다.

　무대붕이 여자의 가슴을 볼 때 무천표는 엉덩이를 봤고,

　무대붕이 여자의 눈을 볼 때 무천표는 귀를 봤다.

　무대붕이 까다롭긴 해도 보편적인 눈을 갖고 있는 반면, 무천표는 전혀 보편적이지 못한 눈을 갖고 있었다.

　엉덩이가 커야 아이를 잘 낳고, 귀가 커야 오래 산다.

　그렇기 때문에 마누라 감은 무조건 엉덩이가 커야 하고, 수명 또한 자신보다 길어야만 나중에 늙어 똥칠을 하던가 할 때 남편의 병 수발도 든다는 게 아내에 대한 그의 논리였다.

　시각적인 부분은 전혀 고려하지 않고 오로지 생산적이며 현실적인

그런 안목을 갖고 있는 무천표가 조카의 배필 감을 보내겠다고 하니 어찌 무대붕의 심기가 편할 수 있겠는가?

"하하, 각하는 좋으시겠습니다. 이렇게 각하를 챙겨주시는 당숙이 계셔서……."

신문팔이 메기처럼 큰 입을 벌리며 히죽거렸다.

"얼어죽을… 오냐, 좋다! 너무 좋아서 옷을 홀랑 다 벗고 춤을 추고 싶은 기분이다!"

무대붕은 버럭 소리를 지르며 신경질을 냈다.

'좋으면 그냥 좋지 옷은 또 왜 벗으실까? 아무튼 우리 각하는 여러 가지로 취향이 독특하시다니까…….'

무천표의 특이한 안목을 접해본 적이 없는 신문팔은 무대붕이 소리는 질러도 정말 좋아하고 있다고 생각했다.

"신 단주, 그 오골개라는 아이에 대해 뭣 좀 아는 거 있어?"

"그럼요. 소위 제가 개방의 모든 정보를 총괄하는 정통단의 단주인데 낙양 지부의 최고 고수이자 여전사인 오골개 가옥을 어찌 모르겠습니까?"

"낙양 최고 고수? 뭔 뚱딴지야? 낙양 지부 최고수는 무천표 당숙이잖아?"

무대붕이 의아한 표정을 지으며 반문을 하자 신문팔은 손을 저었다.

"보름 전까지만 해도 철면주개 무천표 지부장님이 최고수였으나 가옥이 창술인 탄구비류사십팔식(彈拘飛流四十八式)을 도법으로 완벽히 변환시키자 무천표 지부장님께서 자진하여 서열 일위를 그녀에게 넘겨주었다고 합니다."

"뭐? 탄구비류사십팔식을 도법으로 변형시켰다고!"

무대붕은 눈을 크게 뜨며 경악했다.

탄구비류사십팔식은 워낙 연마하는 과정이 길고 초식 변형이 많은 창술이었던 탓에 조금이라도 복잡한 것을 싫어하는 개방 거지들은 아예 거들떠보지도 않는 그런 무공이었다.

물론 대성만 한다면 어디에서도 초일류의 대접을 받을 수 있는 그런 깊이 있는 무학이었지만, 그래도 거지들은 쉽고 빨리 효과를 볼 수 있는 그런 무공들을 선호했기에 개방 내에서 탄구비류사십팔식을 대성한 인물은 지난날의 방주인 무천승과 복건성의 지부장으로 나가 있는 허무신개 우장출뿐이라고 무대붕은 알고 있었다.

그런데 이제 겨우 스무 살짜리 여자가 난해한 탄구비류사십팔식을 대성한 것은 물론, 그것을 다시 도법으로 변형까지 시켰다니 무대붕이 놀라는 것도 결코 무리가 아니었다.

"탄구비류사십팔식을 대성하려면 아무리 빨라도 족히 삼십 년은 걸린다고 하는데… 그럼 걔는 태어나자마자 검을 잡았다는 얘기냐?"

"그걸 십오 년으로 단축시켰다고 합니다. 정말 대단한 무재(武才)죠. 하하……."

"십오 년이라도 그렇지, 그럼 다섯 살 때부터 검을 잡았다는 얘긴데……."

"각하도 다섯 살 때부터 봉을 잡으셨잖습니까?"

"임마! 난 보통 사람이 아니잖아! 그럼 그 계집애가 천 년에 한 번 태어날까 말까 하는 천재인 나와 같은 수준이라는 거냐?"

무대붕은 자신과 비교를 했다는 것 자체가 너무도 불쾌하다는 듯 험악하게 인상까지 구기며 소리를 질렀다.

'천 년에 하나 날까 말까 하는 기재? 그런 소릴 누가 했지?'

신문팔은 그렇게 되묻고 싶었지만, 그렇게 되면 자신의 만수무강에 지장이 생길 것이라는 판단에 의구심을 참으며 억지 미소를 지었다.

"하하… 원, 각하님두 참, 아무리 재능이 출중하다고 할지라도 어디 각하님만 하겠습니까? 당연히 명월과 반딧불의 차이죠."

"암, 당연하지."

신문팔의 마음에도 없는 아부에 무대봉의 구겨진 인상은 너무도 쉽게 풀어졌고 입가엔 흐뭇한 미소까지 걸렸다.

그때였다.

드륵!

풍류전의 문이 열리며 동팔이 들어섰다.

"각하, 손님이 오셨는데요?"

"손님? 누구?"

"오골개라는 여자입니다. 낙양 지부에서 왔다는데…….."

"뭐?"

무대봉의 얼굴은 언제 입가에 미소가 걸렸냐는 듯 또다시 딱딱하게 굳어지기 시작했다.

여인?

여인이라고 하기엔 좀 특이했다.

비교적 날씬하고 여성으로서의 성징(性徵)은 그런대로 다 갖춰져 있었지만, 호리호리한 체격에 비해 어깨가 넓었고, 무엇보다도 얼굴색이 그녀가 입고 있는 검은 무복만큼이나 시커멨다.

게다가 등에는 큼직한 기형의 감산도(坎山刀)를 걸쳐 메고 있었으니,

분명 여자는 여자지만 여성스러운 면은 거의 없는 그런 여자였다.

'뭐야? 왜 저렇게 깜깜한 거야? 아무리 오골개라 불린다지만 정말 심하군, 심해.'

무대붕은 나타난 여인을 보며 황당한 표정을 지었다.

'젠장! 아무튼 당숙 수준이 그렇지, 어딜 봐서 저런 시커먼 계집이 내 배필 감이라는 거야? 일단 얼굴이 백옥처럼 하얗지가 않으면 얘기조차 하기 싫은 게 내 취향이라는 것도 모르나?'

내심 투덜거리는 그의 마음을 아는지 신문팔이 미소를 지며 전음을 보냈다.

"각하! 그래도 눈이 별처럼 반짝거리고, 콧대도 뾰족하게 바로 서 있고, 입술도 도톰한 것이… 뜯어보며 볼수록 괜찮은 아가씨인데요?"

"그러면 뭐 해? 일단 때깔이 시커먼데? 그리고 난 천성이 하얀 탓이라서 그런지 영계는 먹어도 오골계는 못 먹어. 그리고 얼굴 깜깜한 애들이랑은 눈도 마주치기가 싫고."

"어… 이상하시네요? 우리 개방인들 얼굴도 대체적으로 시커먼데 각하께서 어찌 그런 말씀을……."

"임마, 그건 안 씻어서 시커먼 거고, 쟤는 근본이 시커먼 거야! 저런 애는 씻어도 절대 때깔이 안 나온다구."

나타난 손님을 앞에 두고 자기들끼리 전음으로 수군덕거리는 꼴을 보자 오골개 가옥의 눈꼬리가 꿈틀거렸다.

"너희들, 지금 뭐 하는 짓이야? 사람 이렇게 세워놓고 계속 너희들끼리만 속닥거릴래?"

뜻밖으로 음성은 고왔다. 마치 쟁반 위에 옥구슬이 구르듯 가녀리고 고혹적이었으나 안타깝게도 내용은 호전적이었다.

"뭐? 너희들? 속닥?"

무대붕은 눈을 크게 뜨며 황당한 표정을 지었다.

"사내 녀석들이 계집애들처럼 그게 뭐냐? 그 따위로 세상 살려면 이 제부턴 앉아서 오줌이나 싸라."

"뭐가 어드래?"

무대붕이 탁자를 치며 벌떡 일어났다.

"야! 이 계집애야! 너 내가 누군지 알기나 하고 주둥이를 놀리는 거야? 내가 바로……."

"안다, 알어. 네가 우리 개방에서 제일 끗발 높은 각하 무대붕이란 것을."

가옥은 흥분한 무대붕을 똑바로 쳐다보며 그의 말을 잘랐다. 무대붕은 더욱 기가 막혔다.

"아는데도 말을 그 따구로 하냐, 넌?"

"내 말이 뭐가 어때서?"

가옥은 오히려 의아하다는 표정을 지었다.

무대붕은 너무도 당당하게 육만 개방인의 총수인 자신에게 말을 까는 거지는 방주 취임 이후 처음 봤다. 그것도 자기보다 어린 여자가.

그렇기에 부글부글 염장이 끓어오르기 시작했는데, 그 순간 신문팔의 전음이 그의 귀로 파고들었다.

"그 아이의 싸가지가 없다는 건 이미 무천표 지부장이 보낸 서찰에도 적혀 있었습니다."

"아무리 싸가지가 없어도 유분수지, 자신이 속해 있는 방파의 총수에게 다짜고짜 말을 까는 인간이 어딨어? 그것도 새파랗게 어린 계집이!"

무대봉은 신문팔을 내려다보며 버럭 소리를 질렀다. 소리는 신문팔에게 지른 것이었으나 얘기는 가옥에게 해당되는 내용이었다.

"별 이상한 놈 다 있군. 별로 나지 않는 것 같은데 무슨 나이타령을 저렇게 하는지……."

그러나 듣고 찔끔하길 바랐던 가옥은 오히려 짜증스런 표정으로 투덜거렸다.

"노, 놈?"

무대봉은 정신이 아찔해지며 하마터면 뒤로 쓰러질 뻔했다.

나이 어린 여자 거지에게, 그것도 자신을 하늘처럼 받들어야 할 개방의 여거지에게 이놈 저놈 소리까지 들었으니 그 어찌 보통 충격이었겠는가!

"내 이래서 우리 지부장을 신뢰할 수가 없다니까. 어딜 봐서 저런 녀석이 괜찮다고 했는지. 쯧쯧… 아무튼 눈도 참……."

가옥은 넓어진 콧구멍으로 더운 김을 씩씩 내뿜고 있는 무대봉을 쳐다보며 혀를 찼다.

"끄응! 끙……."

무대봉은 앙다문 이 사이로 똥마려운 강아지와 같은 신음을 흘렸다.

'무 방주! 저승 갈 때 왜 그런 쓸데없는 망언을 남기셔서 날 이렇게 참담하게 만드는 거야. 어째서……?'

무 방주의 망언!

그것은 어떤 일이 있어도 여자에게 손찌검을 하지 말라는 유언이었다.

부친 무천승이 죽으면서 남긴 꽤 많은 유언 중에서 무대붕이 유일하게 지키고 있는 그 한 가지 때문에 싸가지없는 가옥의 행동에 소리만 지를 뿐 어떤 물리적 행동도 하지 못하고 있었던 것이다.

무대붕은 인상을 구기며 그와 같은 쓸데없는 유언을 남긴 부친을 원망하고 있을 때,

"뭐가 이렇게 소란스럽지?"

말과 함께 광마불이 뒷짐을 지고 천천히 풍류전 안으로 들어섰다.

'저 영감탱이는 하필 왜 이때 또 나타난 거야?'

무대붕은 달갑지 않은 표정을 지었다.

"어라? 이 아가씨는 누구신가?"

광마불은 가옥을 한 번 살핀 후 무대붕에게로 시선을 돌렸다. 무대붕은 그의 호기심에는 신경조차 쓰고 싶지 않은 듯 가옥을 쳐다보며 그만 나가달라는 손짓을 했다.

"알았다. 나… 네 말대로 변변치 못한 놈이니까 어서 낙양 지부로 돌아가 버려라."

"나도 별로 여기에 있고 싶은 생각은 없어. 하지만 아무 소득도 없이 그냥 돌아가기엔 너무 좀 아쉬운걸?"

"그러니까 뭐야? 돌아갈 노잣돈이라도 달라는 게냐? 그래, 얼마면 되겠냐?"

상종해 봐야 자기만 손해라는 생각에 그는 돈 몇 푼이라도 얼른 쥐어서 내보내고 싶었다.

"노잣돈이야 당연히 받아 가는 거고… 각하야, 네가 그렇게 세다면서?"

가옥은 자신의 뾰족한 코 볼을 만지며 무대붕을 빤히 쳐다보았다.

"세다니, 뭐가? 정력 말이냐? 하하! 정력이라면야 삼천 궁녀를 거느려도 능히 감당할 수 있을 만큼 절륜하지."

"좋겠다, 정력이 절륜해서."

가옥은 빈정거리며 말을 이었다.

"무천표 지부장 말에 의하면 네가 개방 최고의 고수라고 하던데… 그게 맞는 얘기냐?"

"맞지 않는 얘기다. 왜냐하면…….."

"그렇지? 나도 그럴 것 같았다. 아무리 봐도 전혀 고수의 풍도가 보이질…….."

"이 계집애야! 빈정거릴려면 끝까지 듣고 난 후에 지껄여라. 난 개방 최고수가 아니라 천하 최강, 아니, 무림 역사상 최강의 고수다! 알겠냐?"

무대붕은 인상을 쓰며 버럭 소리를 질렀다.

'끄응~ 과대망상도 유분수지… 무림 역사상 최강이라니?'

광마불은 어찌나 기가 막힌지 하마터면 졸도할 뻔했다.

세상은 넓고 고수는 지천인 탓에 세인들이 천하제일인이라 서슴없이 꼽는 자신도 과연 그럴 수 있을지 장담할 수 없는 입장이거늘, 아직도 수련이 더 필요한 무대붕이 스스로를 천하제일도 아닌 고금 제일인이라 떠벌려 대니 어찌 기가 막히지 않겠는가!

'저 자식만 대하고 있으면 정말 졸도하고 싶을 뿐이다.'

광마불이 '어찌하면 편하게 졸도할 수 있을까'에 대한 나름대로의 연구를 하고 있을 때, 또다시 그의 귀를 의심케 하는 얘기가 그의 고막을 파고들었다. 이번은 가옥이었다.

"호오! 그래? 그렇다면 확실히 이곳에 온 보람이 생기겠군. 각하야,

나랑 한판 붙자."

"컥!"

무대붕은 숨이 넘어갈 것 같은 헛바람을 삼켰다. 가옥은 그의 표정이 어떻든 말든 관심없다는 듯 자신의 말을 계속했다.

"난 십오 년이란 세월 동안 개방 무학 중 가장 난해하다는 탄구비류사십팔식을 연마했다. 그런 탓에 무천표 지부장도 나를 낙양 최고의 고수라고 인정했다. 하지만 난 그 정도 칭송이나 듣자고 십오 년 수련을 거친 게 아니다. 내가 원하는 건 바로 천하제일인! 그러니까 우리 천하제일의 자리를 놓고 한판 붙어보자. 과연 누가 더 센지를……."

"이, 이런 미친……."

무대붕은 헛소리 말라며 욕이나 한바탕해 주려다가 멈칫거렸다.

음성은 차분했던 것처럼 그녀의 표정 또한 너무도 진지했고 비장했기 때문이다.

"와~ 그거 재밌겠는걸?"

멍하니 옆에 서 있던 광마불이 마치 불 구경이라도 하게 된 것처럼 너무도 즐거운 표정을 지었다.

"영감, 어린 계집애가 세상 물정 모르고 까불어대는 게 뭐가 그리 재밌다는 거야!"

무대붕은 애꿎은 광마불에게 소리를 질렀다.

"세상 물정을 누가 모르는지는 겨뤄봐야 아는 법, 그렇게 함부로 장담하는 게 아니라구."

"뭐가 어째?"

"그리고 넌 싸우는 걸 밥 먹기보다도 좋아하잖아? 이 늙은이더러 뻑 하면 한판 붙자는 말을 입에 달고 다닐 정도로."

"아, 아무리 좋아해도 그렇지 어찌 계집애랑……."

"구십 살 먹은 늙은이랑도 붙자는 녀석이 추접하게 핑계는. 왜? 망신당할까 봐 겁나냐?"

광마불은 마치 좋은 건수라도 잡은 듯 얼굴에 생기가 넘쳐 나는 반면 무대붕은 자신의 가슴까지 치며 미칠 듯이 흥분하고 있었다.

"영감! 추접이라니? 어딜 봐서 내가 걸어오는 싸움을 추접스럽게 피하겠어? 난 단지……."

무대붕은 상대가 나이 어린 여자고, 그리고 부친의 유언 때문에라도 어쩔 수 없이 인내하고 있다는 말을 하려고 했다.

그러나 불행하게도 광마불의 예상치 못한 행동으로 인해 그와 같은 그의 말들은 생각으로 그치고 말았다.

"히야! 이렇게 재밌는 싸움이 벌어지게 됐는데 가만있을 수가 없지."

광마불은 무대붕의 변명 따윈 관심조차 없다는 듯 밖으로 뛰쳐나갔다. 그리곤 총단 전체가 들썩거릴 정도의 쩌렁쩌렁 울리는 큰 목소리로 소리쳐 댔다.

"얘들아! 모두 나와라! 각하 녀석과 낙양 제일 고수라는 여자 아이와 혈투가 벌어진단다!"

그의 음성이 울려 퍼지기가 무섭게,

"히야~ 또 우리 각하가 싸운다구요?"

"와~ 그거 재밌겠네? 그렇지 않아도 요즘 들어 사는 게 무료하던 참이었는데……."

"아무튼 각하는 우리가 심심할까 봐 여러 가지로 신경을 써주신다니까.”

마치 기다리고 있었다는 듯이 이곳저곳에서 개방 거지들이 몰려들기 시작했다.

‘저… 저 영감탱이가……?’

무대붕은 자신의 부하들까지 모두 불러내 버린 광마불이 이가 갈리도록 괘씸했다. 저런 식으로 싸움을 기정사실화하며 부하들을 구경 나오게 한 것만 해도 기가 막힐 지경이었는데.

“자~ 여기서 한판 붙기로 했으니까 모두 자리잡고 앉으라구. 어이~ 두 번째 줄도 앉아. 그래야 뒷사람들도 구경하지.”

풍류각 앞으로 모여든 개방인들의 질서있는 관람을 위해 자리까지 배치하는 등 세심한 신경까지 쓰고 있었으니…….

“자! 그만 빼고 나가서 한판 겨뤄보자구. 이젠 뺄 수도 없잖아? 부하들 앞에서 겁먹고 뒤로 빼는 모습을 보여줄 수는 없을 테니까.”

가옥은 씨익 미소를 짓고는 광마불이 마련한 비무장을 향해 천천히 나가기 시작했다.

“각하, 어떡하죠? 이젠 도저히 빼고 싶어도 뺄 수가 없는 상황이 되었습니다.”

신문팔은 조심스럽게 입을 열었다. 음성은 걱정스러운 듯했으나 표정만큼은 곧 있을 싸움 구경에 대한 기대 때문인지 흐뭇해 보였다.

“……”

그러나 무대붕은 아무 대답도 없이 굳은 얼굴로 계속 서 있을 뿐이었다.

“만약 여기서 걸어오는 싸움을 피하시면 각하의 체면과 체통은 땅에 떨어지고 맙니다. 아이들도 각하를 겁쟁이라고 비아냥거릴 테구요.”

"……."

"각하, 뭘 그렇게 망설이십니까? 싸가지없는 계집입니다. 손을 봐주는 건 당연한 겁니다."

"……."

"설마… 각하가 질까 봐 두려우신 건가요? 그건 아니겠죠?"

"……."

"아부 같아서 이런 말까진 안 하려고 했지만, 그 계집이 아무리 세다지만 그래도 전 각하를 믿습니다. 각하가 이기실 겁니다. 그러니 그만 생각하시고 어서……."

"젠장! 이 자식아! 알았다, 알았어! 나가서 한판 붙어줄 테니 그만 좀 보채라."

꿀 먹은 벙어리처럼 계속 멍하니 서 있던 무대붕이 벼락처럼 고개를 돌리며 성질을 부렸다.

"각… 하……?"

"망할 인간! 싸움 구경을 좋아해도 어느 정도지, 어린 계집이랑 한판 하는 건데도 말리기는커녕 오히려 옆에서 부채질을 해? 에잇! 제기랄!"

무대붕은 성질을 있는 대로 다 부리며 신경질적으로 걸어나가기 시작했다.

그의 뒷모습을 바라보며 신문팔은 씨익 미소를 지었다.

'그럼요, 당연하죠. 세상에서 제일 재밌는 게 바로 싸움 구경인데.'

흐뭇해하던 신문팔이 일순 눈을 크게 떴다.

'이크! 내가 이러고 있을 때가 아니지. 이러다가 좋은 자리 다 빼앗기겠다.'

쉬익!

그와 동시에 신문팔은 비무장을 향해 쏜살같이 몸을 날렸다.

생사가 달린 중대한 일도 아닌 단지 좋은 자리를 차지하겠다는 오직 그 한 가지 이유로, 그는 이 순간 자신이 가장 자랑스럽게 생각하는 무술이자 경신술인 유성추월(流星追月)의 수법을 사용했다.

편안하고 안락한 관람을 위해……

＊　　　＊　　　＊

콰두두두……!

지축을 뒤흔드는 굉음이 울려 퍼지며, 먹장구름과도 같은 엄청난 군마가 무섭게 빠른 속도로 몰려오고 있었다.

자욱한 모래바람을 일으키며 달려오는 금마국의 용사들.

그들은 진황도를 집어삼킨 지 보름 만에 또 다른 목표를 향해 남으로 진군하고 있었다.

“제1―마군! 우―향! 제1마군! 우―향!”

무리 중 선두로 질주하고 있는 오록호리의 철갑 기마대 중 일선에 있는 병사 하나가 금마국의 수기를 번쩍 쳐들며 큰 목소리로 소리쳤다.

“제1마군! 우―향!”

그러자 뒤를 따르고 있던 토벌대들 중의 하나가 똑같은 식으로 수기를 들고 소리쳤다.

콰두두두!

대군의 선두인 철갑 기마대가 광활한 대평원을 벗어나 우측으로 방향을 틀기 시작했다.

이들에게 군사 요지인 무황도는 먹성이 좋은 침략자들의 위장을 채

워주기에는 너무도 부족한, 그저 단순한 거점일 뿐이다.

연경(燕京)!

하북성 최대의 성(城)이자 황도인 낙양 다음의 거도(巨都) 연경을 집어삼켜야만이 허기의 일부분이라도 채워지려는 듯 금마국의 대군은 연경을 향하여 무서운 속도로 달려가고 있었다.

콰두두두두…….

　　　　　　*　　　　　　*　　　　　　*

풍류각 앞.

광마불에 의해 느닷없이 마련된 임시 비무장에는 싸움 구경을 밥 먹기보다도 좋아하는 개방 거지들로 입추의 여지없이 들어차 있었다.

어림잡아 대략 삼천 명.

개방 총단의 총인원이 팔천 명 정도이니 이 인원이라면 구걸이나 다른 볼일로 밖에 나가 있는 거지들을 제외한 총단 내의 거의 모든 식구들이 하던 일을 멈추고 구경 나와 있다고 봐도 무방할 정도였다.

풍류각 앞이 비교적 넓은 공지로 되어 있지만 삼천 명의 관중을 수용하기엔 너무도 부족했다.

그런 탓에 합동 혼례식이 열렸던 넓은 연무장으로 비무장을 옮기자는 불만도 있었으나 오늘의 이와 같은 훌륭한 구경거리를 만든 장본인이자 자칭 비무의 감독관인 광마불의 거부권 행사로 이루어지질 못했다.

하여 어쩔 수 없이 나뭇가지나 지붕 위에 위태롭게 자리잡고 있던 구경꾼들은 불만스럽기만 했는데…….

"구경을 하려면 자세가 좋아야 하는데 이거야 원……."

"광마불의 얘기가 옳아. 쇠는 벌겋게 달구어졌을 때 두들기는 법이라구. 괜히 장소를 옮기고 어쩌고 하다간 분위기가 가라앉아 안 붙을지도 몰라."

"아무튼 정말 볼 만한 구경거리야. 세상에, 어느 누가 감히 우리 각하에게 도전을 하겠어? 그것도 같은 우리 개방 식구가."

"더욱이 여자야. 킥킥. 우리 각하가 이겨도 별로 멋있을 것 같지 않은 싸움이라서 난 더욱 흐뭇하지. 저러다가 만약 깨지기라도 하면… 키키킥……."

거지들은 뭐가 그리도 흐뭇한지 구경하기엔 참으로 위태로운 자세임에도 불구하고 연신 키득거렸다.

'끄응~ 이겨봐야 자랑스러울 것 하나도 없는 이런 망신스런 싸움을 꼭 해야만 하나?'

비무장 중앙에 가옥과 대치한 상태로 우뚝 서 있는 무대봉은 여전히 소태 씹은 표정을 짓고 있었다.

"자자, 두 사람 모두 개방의 식구들인만큼 아무리 상대가 넌덜머리가 날 정도로 싫다 해도 살초(殺招)를 쓰거나 비겁하게 암기나 독공을 쓰면 안 되고, 추접스럽게 침을 뱉거나 이로 물어서도 안 되고……."

광마불은 대치하고 있는 무대봉과 가옥의 사이에서 두 사람을 향해 비무에 있어 금기해야 할 것들을 상세히 일러주었다.

"…그리고 또 흙 같은 걸 눈에 뿌려도 안 되고……."

"영감!"

무대봉이 어이없는 표정으로 광마불을 쳐다보았다.

"영감이 뭔데 우리한테 이래라저래라 하는 거야? 영감도 한쪽에 앉아서 구경이나 해. 괜히 걸리적거리게나 하지 말고."

"그럴 수야 없지. 자칭 고금 제일인과 여자 최고수와의 역사적인 결전에 심판관이 없다는 건 말이 아니지."

광마불은 히죽 미소를 지으며 대답하고는 이내 자신들을 향해 시선을 고정하고 있는 관중들을 향해 소리쳤다.

"늬들 생각은 어때? 아무래도 심판관은 있어야겠지?"

"그럼요. 이게 어디 보통 승부입니까? 심판이 없으면 비무의 권위가 떨어질걸요?"

"정정당당한 승부를 위해서라도 심판관은 꼭 있어야만 합니다!"

"더욱이 광마불 노선배님이라면 편파 판정 없이 공정하게 심판을 보실 수 있을 거라고 저희는 믿습니다."

개방인들은 광마불에 대해 전폭적인 지지를 보내주었다. 그도 그럴 것이 이와 같은 역사적인 비무가 벌어지도록 산파 역할을 한 장본인이 바로 광마불이라는 것을 알고 있는데 개방인들이 어찌 그런 그의 노고를 무시할 수 있겠는가!

광마불이 없었다면 오늘의 이와 같은 구경거리가 존재할 수도 없었다!

이러한 진리를 개방인들은 너무도 확실히 인식하고 있었다.

"공정이라니! 이 영감이 날 얼마나 싫어하는데!"

무대붕은 웅성대는 부하들을 향해 일갈을 질렀다. 그러면서 관중석 한쪽에 팔짱을 낀 상태로 바라보며 서 있는 광한을 향해 손짓했다.

"전혀 필요없는 심판이지만 권위 때문에 꼭 있어야 한다면 광한아, 네가 심판관 해!"

"각하, 내가 맡으면 아무래도 불공정할 거야. 난 각하의 심복이잖아."

광한은 미소를 지으며 고개를 저었다.

"그럼, 그럼, 광한이가 심판관을 하면 짜고 치는 마작밖에 안 되지."

광마불은 무대붕의 불만을 귓전으로 흘리며 가옥을 쳐다보았다.

"병기는 뭘로 할 테냐?"

"당연히 도(刀)지."

가옥은 짧은 대답에 광마불이 눈을 크게 끔뻑거렸다.

"도지? 도입니다가 아니라……?"

"영감, 귀찮게 말꼬리 잡지 말고 심판이나 똑바로 보라구."

'영감? 보라구?'

광마불은 또다시 졸도하고 싶은 충동을 느꼈다.

'끄으응……! 이런 썩을… 놈이나 년이나 어쩜 한결같이 버르장머리가 저 모양인지…….'

어린 여자로부터 반말지거리를 들은 충격은 컸으나 역사적인 비무의 심판관 역할에 충실하기 위해 그는 억지로 인내했다.

"저쪽 싸가지에게 목도를 건네줘라."

그의 지시가 떨어지자 풍류각 전담 청소원인 동팔이 목도를 갖다 주었다. 가옥은 어깨에 걸치고 있던 감산도를 풀어 동팔에게 건네주며 목도를 받아 쥐었다.

"너는……?"

광마불의 시선이 이번엔 무대붕을 향했다.

"영감, 내가 체면이 있지 어린 계집이랑 비무를 하는데 병기 따위가 뭔 필요가 있겠어?"

무대붕이 짜증스러운 듯 인상을 긁었다.

"이쪽 싸가지는 필요없단다."

광마불은 무대붕이 타구육십팔식을 펼치게 될 거라 예상하고 목봉을 준비하고 있던 동괄에게 가까이 올 것 없다는 신호를 보냈다.

"후회하게 될 텐데……."

가옥은 입가에 싸늘한 미소를 띠며 쏘아보았다.

"끙~ 네 맘대로 해라. 난 여기에 나와 있다는 자체부터가 후회 막급이니까."

무대붕은 말을 섞기조차 싫은 듯 만사가 귀찮은 얼굴이었다.

"자, 그럼 내가 일러준 대로 치사하거나 비겁한 술수 쓰지 말고 정정당당히 한판 겨뤄보도록!"

삐익!

언제 준비했는지 광마불은 호각까지 불며 비무 개시를 알렸다.

"타아앗!"

호각이 울리기가 무섭게 가옥은 맹렬한 기세로 무대붕을 향해 짓쳐들었다.

쐐애애액!

날이 선 정상적인 칼이 아닌 오로지 비무용으로 만들어진 투박한 목도이거늘 공간을 가르는 파공성과 함께 달려드는 그 기세는 사뭇 강맹하고 날카롭기가 그지없었다.

'허걱!'

무대붕은 벼락같은 그녀의 기습에 화들짝 놀라며 공중으로 몸을 솟구쳤다. 하나 가옥은 그의 다음 행동을 예상이라도 하고 있었다는 듯 무대붕을 따라 맹렬하게 치솟아오르며 목도를 밑에서 위로 쳐올렸다.

파팟!

그녀의 목도가 얼마나 빠르고 매서운지 무대붕은 순간적으로 식은 땀을 흘리며 다급하게 지면에 착지했다. 잠시의 방심으로 단 두 초식 만에 그의 옷깃이 두 군데나 찢겨 나갔던 것이다. 그것도 목도에 의해……

만약 목도가 아닌 그녀의 독문병기인 감산도였다면 도강(刀罡)에 의해 매우 위험한 상황을 겪었을는지도 모를 정도였다.

'이런 젠장! 이 계집애가 정말 큰소리칠만 했는걸.'

신법 하나만으로 한때 청해성에서 맹주 노릇 비슷하게 했던 사파의 거두인 마인귀의 장력을 깔끔하게 피했던 그였다. 그랬던 그가 아무리 벼락같은 기습이었다지만 단 두 초식 만에 진도(眞刀)도 아닌 목도에 옷이 베어져 나갔으니 어찌 당혹스럽지 않겠는가!

"우와~ 정말 센데? 우리 각하가 쩔쩔매잖아?"

"세긴 분명 센 것 같지만, 난 그래도 각하가 봐주고 있는 것 같은 걸?"

"택도 없는 소리! 임마, 우리 각하가 어딜 봐서 남 봐줄 사람이냐? 더욱이 모든 부하들이 두 눈 똑바로 뜨고 지켜보는 이런 상황에서."

"하긴… 그렇게 속이 깊거나 아량이 너그러운 사람은 절대 아니지."

관람하는 개방인들은 무대붕이 수세에 몰리자 어쩌면 이변이 일어날지도 모른다는 생각에 웅성거리기 시작했다.

"젠장! 미치겠군. 무 방주의 망언 때문에 괘씸한 요수련의 따귀조차

때리지 못했는데. *끄으응……*.'

무대붕은 미칠 것 같았다.

아무리 가옥이 낙양 제일의 고수 소리를 들을 만큼 무술이 고강하고, 그녀가 연마했다는 탄구비류사십팔식이 천변만화의 변화와 통천가공할 위력을 갖고 있다 할지라도 이렇게까지 쩔쩔맬 무대붕은 결코 아니었다.

단지 상대가 여자라는 이유 때문에 아무리 수세에 급급해도 독한 마음이 생기질 않았다. 머리 속에 각인된 아버지의 유언 때문인지, 아니면 그도 모르는 천성 때문인지 어쨌든 그는 이런 저런 여러 차례의 위기를 넘기는 데만 급급했지, 제대로 대항을 하지 못하고 있었던 것이다.

그런 모습이 안목이 짧은 개방 거지들에게는 마치 무대붕이 질 것처럼 보였겠지만, 광한이나 광마불처럼 수준있는 안목을 갖고 있는 이들은 무대붕이 밀리는 것이 아니라 반격하지 않는 것이라는 걸 쉽게 파악하고 있었다.

'얼래? 저 자식 웃기네? 나랑 붙을 때는 서로 같이 죽자는 심보로 덤벼들더니만, 왜 어린 계집애한테는 그렇게 못하는 거지? 여자는 배려해도 노인네는 배려 못하겠다는 건가?'

광마불은 무대붕이 밀리는 것을 보자 더욱 괘씸한 생각이 들었다.

'반격하지 않고 피하는 것도 한계가 있지, 흥! 오냐, 그래. 그 딴 식으로 계속 피해봐라. 계속 그런 식이라면 분명 오 초 안에 박살나게 될 거다.'

무대붕 역시 광마불의 생각과 같았다.

"하아… 하악……."

그는 무릎과 목을 동시에 노리는 이도삼단의 절초를 힘겹게 피하며 가쁜 숨을 몰아쉬며 머리를 굴렸다.

'반격하지 못하면 도망이 최선이다. 하나 체면상 그럴 수는 없고… 대체 이 난관을 어떤 식으로 극복해야 한단 말이냐! 막상 반격하려고 하면 손이 나가다가 멈춰 버리는 것을……'

"흥! 고금 제일인이니 어쩌니 하더니만 피하는 재주가 그런 모양이군."

열심히 공세를 펼치는데도 무대붕이 계속 생쥐처럼 빠져나가기만 하자 가옥 또한 머리에서 열이 오르기 시작했다.

자신의 무공에 남다른 자부심이 있는 그녀로서는 무대붕이 차마 여자라서 어쩌지 못하고 있다는 생각은 꿈에도 하질 못하고 천변만화한 변화를 보이는 자신의 절기에 대처할 마땅한 무술을 갖지 못한 탓에 피해 다니기만 한다고 생각했던 것이다.

"그러나 도망다니는 것도 이젠 끝이다!"

차가운 냉갈과 함께 그녀의 목검이 마치 화살처럼 일직선으로 쑤셔 들어왔다.

'젠장! 그 방법밖에는……'

무대붕은 입술을 질끈 깨물며 비장한 표정을 지었다.

쿠우우웅!

목검 주위로 작은 회오리바람을 일으키며 무대붕의 목을 향해 꽂히려는 순간,

스슥!

무대붕은 순간 이동과도 같은 놀라운 신법으로 몸을 옆으로 틀더니만 느닷없이 앞으로 돌진했다.

"아, 아니?"

가옥의 눈이 당황으로 크게 확대되었다.

그녀의 말처럼 생쥐새끼처럼 도망만 다니던 무대붕이었다.

그런 탓에 이번에도 허공으로 솟구치며 피할 것을 염두에 두고 연쇄공격의 하나인 탄구비류사십팔수 중의 제삼십구식인 비류회선도식(飛流回旋刀式)을 펼쳤던 것이었는데 뜻밖에도 무대붕은 멀리 도망치질 않고 슬쩍 피하며 맞공세로 나오고 있는 것이 아닌가!

너무도 당황스러웠기 때문인가?

그로 인해 그녀의 목도가 움찔거리며 속도조차 급격하게 둔화되었다.

'그래, 바로 이거라니까!'

무대붕의 눈빛이 반짝였다.

그의 시야에 가옥의 텅 빈 가슴이 들어왔던 것이다. 그는 지체없이, 그리고 너무나도 빠른 속도로 그녀의 가슴을 움켜쥐었다.

물컹……!

탄력 좋은 감촉이 무대붕의 손아귀 가득 들어왔다.

"까악!"

무대붕의 예상치 못한 반격에 가옥은 그만 까마귀 울음소리와도 같은 괴성을 지르며 다급히 몸을 뒤로 뺐다.

"얼래? 희한하네?"

무대붕은 의아한 표정으로 가옥의 가슴을 움켜잡았던 자신의 손을 쳐다보았다.

"뭐야? 보기엔 별로일 것 같았는데 생각보다 가슴이 실한걸? 정말 뜻밖에 믿어지지 않을 정도로……."

난데없는 가슴 품평에 가옥의 얼굴은 수치로 붉게 물들었다. 물론 워낙 까만 탓에 크게 표시는 안 났지만.

"빠… 빠득! 추, 추잡한 놈……."

무대붕에게 잡혔던 가슴을 한 손으로 보호하며 그녀는 이를 갈았다. 수치는 분노로, 분노는 살의로 이어지며 그녀의 전신에선 가공할 살기가 뿜어져 나왔다.

"용서치 않겠다! 그놈의 손모가지를 잘라 버리고 주둥이는 묵사발을 내버리고 말 테다, 기필코!"

가옥은 앙칼지게 소리치며 무대붕을 향해 좁혀들었다.

슈가각!

무대붕의 몸에서 그녀의 가슴을 만지작거렸던 그 오른손을 분리시켜 버릴 듯 가공할 기세로 목도를 내리찍었다.

스슥!

하나 옆으로 피해 내는 무대붕의 몸은 그보다 좀 더 빨랐다. 그리고 그의 오른손도 빨랐다.

물컹!

번개처럼 빠르게 그녀의 가슴을 만지작거리는 무대붕의 손.

그는 혹시 자신이 느꼈던 촉감이 잘못된 것이 아닌지 확인을 하려는 듯 이번에는 좀 더 길고 심도있게 주물럭거렸다.

"으아악! 이, 이 망할 놈이 정말!"

우레와 같은 뇌성을 지르며 목도를 미친 듯이 휘둘러 대는 가옥의 행동 때문에 더 이상 만지지는 못했지만, 그녀의 가슴 수준에 대해서 정확히 품평할 수 있을 정도로 이번에는 좀 더 신경을 써서 주물러 댔다. 시간도 전보다는 길었고.

"호오~ 훌륭해. 크고 탄력도 좋고. 얼굴과는 달리 매우 수준 높은 가슴야. 야래향의 특급 기녀들에 비해서도 떨어지지가 않아, 절대."

굳이 눈으로 확인하지 않고 단지 옷 위로 만져 본 정도만으로도 수준을 논할 수 있을 만큼 무대붕은 그 분야의 전문가였다.

"단주님, 저렇게 살짝 만져만 보고도 가슴이 어떤지 알 수 있나요? 전 아무리 봐도 살쾡이처럼 구는 저 여자의 가슴이 예쁠 것 같지는 않은데……."

"너는 몰라도 우리 각하는 충분히 알고도 남는다. 그동안 둘딥(술집)에 가따 바틴(갖다 바친)… 돈이 얼만데……."

옆에서 구경하며 의아스럽게 생각하는 부하의 질문에 환규는 짧은 혀로 그 이유를 가르쳐 주었다.

"용서 못해. 죽여 버릴 거야!"

수많은 구경꾼들 앞에서 자신의 가슴이 무대붕의 장난감 취급을 받는 것에 대한 감당할 수 없는 수치와 모욕 때문인지 그녀는 이성을 잃은 듯 순서와 절차도 없는 마구잡이식으로 목도를 휘둘렀다.

물컹… 몰캉… 물컹…….

무대붕은 나비처럼 날아서 벌처럼 쏘았다. 아니, 좀 더 정확하게 표현하자면 연신 추접스럽게 주물러 댔다.

'호오… 이거 정말 재밌는걸? 그래, 앞으로 계집애들이랑 싸울 때는 이런 방법을 써야겠어. 이 얼마나 기찬 방법이냐? 굳이 손찌검을 안 해도 되고, 나름대로 유익함도 있고…….'

무대붕은 임기응변으로 개발(?)한 여자 무림인들에 대한 대처법에 대단한 만족감을 느꼈다.

그러나 그는 흡족할지 몰라도 당하는 입장에선 미치고 싶을 정도로 참담했고 이가 갈리는 일이었다.

"아득! 아드득… 이놈, 죽인다! 반드시 죽이고야 말 테다!"

가옥은 비무라는 것조차 잊은 듯 눈에서 엄청난 살광(殺光)을 폭사하며 일신의 모든 진기를 끌어 모았다.

"이야아아앗!"

고막을 찢을 것 같은 우렁차면서도 뾰족한 기합 소리와 함께 그녀의 몸과 목도가 하나가 되며 화살처럼 무대붕을 향해 맹렬한 기세로 날아들었다.

'일단 나의 단전을 노리고 내가 몸을 트는 쪽으로 다리를 날리겠다는 수작인가 본데……'

무대붕은 자신의 몸통을 노리면서 좌우 상하의 어느 방향으로든 그가 몸을 틀면 다리를 이용해 감행될 그녀의 이차 공격을 예상하고 뒤로 멀찌감치 몸을 날리려 했다.

하나 그것은 잘못된 계산이었다.

쩌쩌쩌쩍……!

느닷없이 그녀가 쥐고 있던 목검에서 하얀 성에가 피어오르더니만 수십 갈래로 균열을 일으키는 것이 아닌가!

탄구비류사십팔수 중 마흔네 번째 도식인 비탄지엽(飛彈紙葉)이었다.

도가 수십 갈래로 쪼개지며, 그 쪼개진 잔해물들이 마치 수십 개의 암기처럼 상대에게 퍼부어지도록 만드는 수법.

'허걱!'

무대붕은 대경실색하며 다급한 헛바람을 토했다.

균열된 목도에서 자신의 향해 짓쳐드는 수십 갈래의 나뭇조각들…….

뒤로 도망치거나 피하기에는 이미 시간적으로 불가능했다.

"앗!"

"으헉!"

구경하던 개방인들까지도 모두 자리에서 일어나 기겁을 하는 순간,

팟! 파파파파팟!

수십 갈래의 나뭇조각들이 무대붕의 신형에 꽂혔다고 생각했다.

이 순간만큼은 아무리 무공이 낮은 동팔이나 천하제일인인 광마불까지 모두 그렇게 느꼈다.

하수에서 고수까지 모두 일치된 판단이었는데, 정말 그랬는데…….

"……?"

일순, 가옥의 눈이 크게 확대되었다. 당연히 화살 과녁으로 변해 있어야 할 무대붕의 몸뚱어리가 그녀의 시야에서 너무도 감쪽같이 사라진 것이었다.

그와 동시에 그녀의 고막을 파고드는 미세한 음향.

데구르르…….

뜻밖에도 무대붕은 너무도 보기 흉측한 모습으로 바닥을 구르고 있었다. 무림인들이 죽을지언정 꼴이 너무도 수치스러워 펼치지 않는다는 바로 그 나려타곤의 신법으로…….

"뭐야? 저기 망아지 새끼처럼 엉덩이를 쳐들고 바닥을 구르고 있는 게 우리 각하 맞아?"

"아이고, 남세스러워라."

개방의 거지들은 너무도 추잡한 모습으로 바닥을 구르며 피하고 있는 무대붕을 어이없는 표정으로 쳐다보았다.

'얼래? 남자 체면 운운하며 병기도 없이 상대하겠다던 놈이 바닥을 구르는 건 무슨 경우냐? 그것도 소위 일파의 방주라는 자식이 자존심도 없이…….'

광마불은 너무도 파격적인 모습에 충격을 받은 듯 자신의 뒷목덜미를 어루만졌다.

'저, 저런 험한 꼴이나 보자고 내가 이날까지 살았단 말인가? 끄응……. 졸도하고 싶을 뿐이다.'

광마불을 비롯한 모든 사람들이 기가 막히다는 표정으로 바라보고 있는 것처럼 가옥 역시도 어처구니없는 표정으로 열심히 바닥을 구르고 있는 무대붕을 쳐다보고 있었는데,

파앗!

바로 그때 무대붕이 용수철처럼 몸을 튕기며 가옥을 향해 날아들었다.

"헉! 아, 아니!"

가옥은 너무도 벼락같은 무대붕의 기습에 그 어떤 공격이나 방어의 태세도 갖추지 못한 채 급류용퇴(急流龍退)의 수법으로 등을 보이면서라도 일단 급히 뒤로 피하려 했다.

이미 목검은 손에서 분해되어 버렸고, 도법 이외에는 그다지 내세울 만한 무공이 없었던 탓에 후퇴만이 최선이었는데, 불행하게도 경공에 관한 한 무대붕이 그녀보다는 한 수, 아니, 족히 다섯 수는 위였다.

콰악!

무대붕은 마치 두꺼비처럼 그녀의 등에 달라붙으며 감싸 안았다.

"꺄악! 너, 너 이 자식, 이게 뭐 하는 수작야!"

가옥은 기겁하며 자신의 등에 찰싹 달라붙은 무대붕을 떼어내려고

몸부림을 쳤다.

그러나 안타깝게도 그녀는 몸부림조차 제대로 칠 수가 없었다. 찰싹 달라붙은 무대붕은 그녀의 팔과 다리가 움직일 수조차 없도록 양다리는 그녀의 각 허벅지를 끼었고, 그녀의 두 팔 역시 어찌할 수 없도록 등 뒤에서 껴안듯 콱 잡고 조여대고 있었다.

마치 두꺼비가 황소개구리의 등에 올라탄 후 황소개구리가 움직이지 못하도록 조여대는 것처럼 무대붕은 끈질기고 집요하게 찰싹 붙어버린 것이었다.

"익… 익… 치사한 자식! 정말 안 떨어질 거야?"

가옥은 벗어나기 위해서 안간힘을 써보지만 땀만 비 오듯이 떨어질 뿐, 도저히 헤어날 길이 없었다.

"헥헥. 그럼 졌다고 항복해라… 떨어져 줄 테니까……. 헥……."

두꺼비처럼 찰싹 달라붙어 있는 무대붕의 얼굴에서도 땀이 줄줄 흐르고 있었다. 조금만 힘을 풀어도 그녀는 그 틈을 이용하여 어떡하든 빠져나와 발악을 할 게 뻔한 이상 그 역시 최선을 다해 조여댈 수밖에 없었다.

빠져나오려는 여인의 발악과 못 빠져나오게 하려는 사내의 발악은 이후로도 한참 동안 계속 그런 식으로 이어졌고, 구경하던 이들의 입에선 연신 따분한 하품이 흘러나왔다.

그러던 어느 한순간,

"으윽……."

가옥은 한계에 달한 듯 눈의 초점이 풀리면서 미미한 신음을 흘렸다. 그리고 동시에 떨어질 줄을 모르고 붙어 있던 두 사람의 몸뚱어리가 마치 썩은 통나무처럼 천천히 차가운 바닥으로 쓰러졌다.

쿠웅.

쓰러진 상태에서도 한동안 붙어 있던 두 사람의 몸뚱이는 어느 순간 분리되었다.

"헥헥……."

숨을 헐떡거리며 겨우겨우 일어난 무대붕은 광마불을 힘겹게 쳐다보았다.

"헥헥… 영감, 뭐 해……? 어서 판정을 내려야지. 헥헥……."

"……."

광마불은 한참 동안을 아무 말도 하지 않은 채 어이가 없다는 표정으로 그의 얼굴만 빤히 쳐다보았다.

"뭐 해? 내가… 이겼잖아?"

"에라, 이 추접스러운 놈! 카악~"

광마불은 짜증스런 얼굴로 침을 뱉고는 이내 등을 돌렸다. 그의 행동을 신호로 구경하던 개방인들도 일제히 자리를 뜨기 시작했다.

"에이~ 살다 살다 이렇게 재미없는 비무는 처음이다."

"뭐 하는 거야? 두꺼비처럼."

"나려타곤 수법으로 피할 때부터 알아봤어. 이렇게 시시할 줄 알았으면 낮잠이나 계속 자는 건데……."

"젠장! 내 말이 그 말이다."

모두가 각기 한마디씩 투덜거리며 그렇게 사라져 갔다. 단 한 사람, 광한만 빼고.

"이, 이런 씨. 뭐야? 기껏 머리 써서 힘들게 이겼더니만……."

무대붕은 맥이 빠졌다. 그리고 허망했다.

치밀한 작전의 승리였거늘 제대로 평가받지 못하고 오히려 추접스럽다는 소리까지 듣게 됐으니 그의 기분이 어찌 온전할 수 있겠는가!

"과, 광한아……."

무대붕은 서글픈 표정으로 광한을 쳐다보았다.

"너는 알지? 나의 깊은 뜻을……?"

"그럼!"

광한은 미소를 지으며 고개를 끄덕였다.

"그, 그럼 됐어……."

희미한 미소와 함께 무대붕의 무릎이 힘없이 꺾였다.

털푸덕!

비록 관람객들에게는 하품만 나올 만큼 재미없는 비무였지만 정작 무대붕에게는 강인한 자신의 체력이 바닥날 정도로 치열하기 그지없는 혈투였다.

근데……

광한에게 물어본 깊은 뜻의 의미는 무엇이고, 광한은 무엇을 알기에 고개를 끄덕였을까?

'체질적으로 여자에게 손을 대지 못하기에 쩔쩔맸던 것은 이해하더라도 어째서 상대의 가슴을 조몰락거리거나 두꺼비처럼 달라붙는 그런 행동을 취했는지에 대해서는 광마불 노선배님도 납득하지 못할 것이다.'

광한은 감탄하는 표정으로 바닥에 얼굴을 대고 쓰러져 있는 무대붕을 바라보았다.

'가옥이란 친구가 아무리 센 여고수라 해도 각하와는 분명 수준 차이가 있었다. 각하의 실력이라면 그녀의 혈도를 제압하는 게 그리 어렵지가 않았다. 그런데도 굳이 그렇게까지 하면서 어려운 승부를 한

것은 방주로서 같은 식구이자, 어쩌면 개방 최고의 여고수일 수도 있는 가옥의 체면을 살려주기 위함이었다.'

가옥의 체면을 살려주기 위함이었다니?

상대의 체면을 생각했다면 오히려 여인의 가슴을 만지는 행위보다는 차라리 혈도를 제압하여 일찍 끝내 버리는 게 옳은 선택이 아니었을까?

'가옥은 무에 모든 것을 건 여인이다. 그렇기에 지난 십오 년간 탄구비류사십사도식에 미칠 수 있었던 것이고, 미칠 수 있기에 그와 같이 놀라운 성취를 보일 수 있었다. 오랜 수련 끝에 그 난해한 무학을 대성까지 했고, 그 어떤 강자와 겨뤄도 이길 것 같은 환상에 사로잡혀 있는 판에 제대로 싸워보지도 못하고 상대에게 혈도나 제압당한다면 그녀의 자존심은 회복하기 힘들 정도로 크게 상처받을 것이다.'

하지만 여인의 자존심이라는 것도 있을 텐데…….

'물론 가옥에게도 여인으로서의 수치는 있었을 것이다. 하나 그녀는 여인으로서 당했던 수치보다 무인으로서의 당하는 상처를 더 치명적이라고 느낄 것이다. 나중에 의식이 돌아오면 그녀는 각하와의 비무에서 우롱당했다는 생각은 할지언정 절대 패했다고는 생각하지 않을 테니까.'

광한은 쓸쓸한 미소를 지었다.

'그런 식으로라도 상대의 자존심을 세워주려 하다니……. 아무튼 문득문득 사람을 놀라게 하는 재주가 있다니까.'

그랬을까?

천하에 자기밖에 모르는 무대붕이 과연 그런 생각으로 힘든 혈투를 벌인 것일까?

그러나 한 가지만은 분명했다.

만약 그 얘기를 함께 생활하는 개방 식구들에게 한다면 분명 백이면 백 모두 코웃음 칠 거라는 것만큼은……

아무튼 무대붕과 가옥의 눈물겨운 혈투는 이렇게 막을 내렸다.

개방 역사상 가장 재미없었던 비무였다는 기록을 남기며…….

제27장

광한의 복수!

—당신을 죽인다, 아버지의 이름으로!
내 나라와 백성들의 이름으로! 그리고 마지막… 나의 이름으로!

연경(燕京).

연경은 일찍부터 지방의 중심지로 발달할 수 있는 지리적
위치를 점유하고 있었다. 옛부터 연경은 남쪽으로 장강과 회
하를 통제하고 북쪽으로는 삭막(朔漠)을 관할할 수 있는 지점
에 위치한다고 하였다.

또한 연경은 동, 서, 북쪽의 삼면이 산으로 첩첩이 둘러싸여
있고 오직 정남방 한쪽만이 끝없이 펼쳐진 화북대평원으로 열
려 있다. 이러한 연경의 지세는 북방의 적에 대한 방어에 유리
한 조건을 갖추게 하였고, 회하의 지류인 영정하(永定河)와 조
백하(潮白河)가 각각 북서쪽, 북동쪽 산지에서 분지인 연경으
로 흘러드는 중간 지점에는 외적의 침입을 사전에 차단할 수
있는 막강한 전진 기지까지 세워져 있었으니… 어째서 연경이
난공불락의 철옹성인지 충분히 알 수 있을 것 같았다.

끝없는 화북대평원 위로 천천히 군마들이 나타났다. 연경성을 얻기 위해 산과 계곡을 넘어온 야율노극의 부하들이 '金瑪國'이라 적힌 수많은 깃발을 펄럭이며 대지 위에 그 위용(威容)을 보이기 시작했다.

잠시 멈춰 선 상태로 호흡을 가다듬고 있던 선두의 철갑 기마대가 양쪽으로 갈라지고 그 사이로 야율노극을 필두로 금마국의 수뇌들이 모습을 드러냈다.

"……."

야율노극은 마상에 앉아 눈앞에 펼쳐진 넓은 대평원을 바라보았다.

때는 시월의 하순. 이미 추수가 끝난 평야는 가슴까지 시원할 정도로 광활히 트여 있었다.

"폐하, 연경이옵니다."

사공중필이 말과 함께 천천히 뒤에서 다가왔다.

야율노극은 말없이 조용히 고개를 끄덕였다.

"폐하를 기다리고 있사옵니다."

"……."

"대금마국의 시작이옵니다."

순간, 광활한 대지를 응시하고 있던 야율노극의 눈빛이 날카롭게 번쩍였다.

대금마국의 시작!

그렇다.

초근목피로 생활하며 언제나 먹는 것을 걱정하던 오환족과 그 외의 이민족들이 이 기름진 옥토 위에 농사를 짓고 풍족한 삶을 영위할 수 있도록 만들기 위해서라도 기필코 연경성을 함락시켜야만 한다.

그리고 그것이 바로 진정한 대금마국의 시작이며 연경 또한 금마국의 황도가 될 것이다.

"금마국의 용사들이여! 진군, 진군하라—!"

야율노극은 파천혈도(破天血刀)를 높이 쳐들며 하늘 끝까지 전해질 것 같은 쩌렁한 일갈을 토했다.

"와아아!"

"우와아아······!"

그와 동시에 굉렬한 함성과 함께 금마국의 군마들이 진군을 시작했다.

콰두두두두······.

*   *   *

"무엇이! 적도들이 연경성 앞까지 당도했단 말인가?"

영중제는 자리에서 벌떡 일어나며 소리쳤다.

"그렇사옵니다, 폐하······."

담일기는 얼굴조차 들지 못할 정도로 깊숙이 부복을 하고 있었다.

시시각각 변하는 전선의 기류를 담일기가 이토록 빠르게 알 수 있었던 것은 그가 국가 최고 비밀 정보 기관인 천위위의 수장인 대영반이었기 때문이다.

황도 낙양과 제이의 거도인 연경의 거리는 광활한 중원 땅에선 그리 멀지 않은 거리일 수도 있는 일천팔백 리 길.

그 사이 길 요소요소엔 천위위의 요원들이 있었고, 그들은 잘 훈련된 전서구를 통해 정보를 입수한 후, 다시 다음 지역으로 보내는 형식으로 낙양의 담일기에게 전선의 정보를 전한 것이었다.

"형세는? 지금의 형세는?"

전선의 상황을 묻는 영중제의 얼굴은 초조하기가 그지없었다.

"보고된 바에 의하면 그때까진 적도들이 개활지에 진을 친 상태로 대기하고 있다고 했습니다만, 아마도 지금쯤 성 밖에 진을 치고 있는 전진 기지에서 일대 격전이 벌어지고 있을 것으로 사료되옵니다."

"만약… 만약 전진 기지가 무너지면 곧바로 도성으로 쳐들어갈 텐데… 과연 그들을 막아낼 수는 있겠는가?"

"그들의 침입에 대비하여 이미 하북 지역 내에서 발탁된 일부 지방군들을 전진 기지에 보강시켰고, 그 외의 나머지 지원군들도 도성을 지키도록 보강하였다고 하니 아무리 그들의 기세가 하늘을 찌를 듯하다고는 하지만 결코 쉽게 넘어가지는 않을 듯하옵니다."

"……."

"더욱이 연경은 동, 서, 북쪽으로는 산으로 첩첩이 둘러싸인 탓에 남으로밖에 침입이 불가능한 천험의 요새입니다. 도성의 병력은 물론 지원을 나온 지방군까지 힘을 모아 한 방향만 집중하여 방어를 한다면… 어쩌면 막아낼 수도 있을 것이옵니다."

"어쩌면이라니……!"

담일기의 자신없는 얘기에 영중제는 눈을 크게 떴다.

"천험의 요새에 지원군까지 왔겠다, 거기다가 남쪽만 집중하여 방어를 하면 된다고 하면서 어쩌면이라니! 그럼 자네는 연경이 무너질 수도 있다는 얘긴가!"

"제가 그동안 천위위의 수장으로 입수된 많은 정보를 검토하고 또 검토한 결과 적도들은 그동안 우리가 상대했던 그 어떤 오랑캐들보다도 강하고 용맹스런 무리였습니다."

"그래서… 그래서……?"

"하여 소신은 지난번 어전 회의 때도 하북성 내의 지방군들의 지원만으로는 힘들 수 있다고 누차 말씀드렸습니다만……."

"그렇게 되면 그들이 연경을 거치지 않고 황도인 이곳으로 몰려올 수도 있다 하여 더 이상 거론치 않기로 한 얘기가 아닌가!"

"물론 그런 예측도 불가한 것은 아니오나, 그들이 장악한 진황도에서 곧바로 이곳까지 남하하여 전쟁을 일으키기에는 일단 이동 거리가 너무 멉니다."

담일기는 그날의 어전 회의를 생각하면 지금도 답답하고 안타깝기만 했다. 그런 탓에 황제에게 진언을 하고 있는 중임에도 불구하고 자신도 모르게 한숨까지 내쉬었다.

"휴… 한 달 이상을 행군한 후 그 지친 몸으로 전쟁을 일으킨다는 건 그들로서도 무리수가 자명할 텐데 어찌 그들이 이곳을 노린다는 건지… 소신은 지금도 납득할 수가 없사옵나이다."

"그렇다면 연경 수비를 최우선으로 도모해야 했단 말인가?"

영중제는 불안이 밀려들기 시작했다.

"그렇습니다."

"하북성 내의 각 군(郡)과 현(縣)에서 보내준 지원군만으로도 어려울 수 있다는 것인가?"

"그동안 그들이 보여준 질풍노도와 같은 기세를 생각한다면."

"……."

"그리고 수많은 전쟁을 치르면서도 늘 압도적으로 승리했다는 전력을 생각한다면… 안타깝게도 소신은 부정적인 생각을 떨칠 수가 없사옵니다……."

담일기는 매우 어두운 표정을 지으며 고개를 떨구었다.

"이, 이런……."

담일기의 보고를 듣는 동안 전혀 앉지도 못할 정도로 초조해하던 영중제는 낭패스런 표정으로 천붕전 안을 왔다 갔다만을 반복했다.

"이, 이 사람아! 그럴 것 같았으면 그때 강력히 반대를 했어야지 이제 와서 그렇게 얘기하면 어쩌라는 건가! 이젠 지원병을 보내기에도 늦었잖은가!"

"소신은 그때 분명 강력히 반대했사옵니다. 하나 공손 승상을 비롯한 모든 문무백관들의 반대로 어쩔 수 없었다는 것은 폐하께서도 잘 아시지 않사옵니까?"

담일기가 고개를 쳐들며 한스러운 표정으로 쳐다보자 영중제는 말문이 막혔다.

어찌 그가 그 당시 상황을 기억하지 못하겠는가?

그 역시도 공손창 승상의 말 한마디가 마치 대단한 해결책이라도 되는 양 감탄하던 문무백관들의 모습을 생각하면 아직도 허탈하기만 한 것을…….

"이럴 때가 아니다. 한시라도 빨리 뭔가 대책을 강구해야만 한다. 어서 모든 문무백관에게 지금 즉시 입궐하라는 소집령을 내려라!"

영중제는 한쪽에 시립해 있는 환관 용재출에게 소리쳤다.

"폐하, 지금 즉시라고 하셨습니까?"

용재출은 당혹스런 표정으로 반문을 했다.

"이 녀석아! 뭔 소릴 하고 있는 게냐! 네놈은 지금 연경에서 한창 전투가 벌어지고 있단 소리도 못 들었단 말이냐!"

영중제가 버럭 노성을 지르자 용재출은 난처한 표정으로 머리를 긁적거렸다.

"폐, 폐하… 저도 그 말씀을 듣긴 하였습니다만 모든 문무백관들은 지금……."

"지금 뭐?"

"공손 승상님 댁에서 한창 연회를 즐기고 계실 거라서……."

"연회라니? 제국의 두 번째 거성인 연경이 지금 오랑캐들에게 넘어가느냐 마느냐 하는 판인데 연회라니!"

영중제가 기가 막히다는 표정으로 용재출을 힐난했다.

그러자 담일기가 고개를 들며 대신 대답했다.

"폐하, 오늘이 공손 승상의 고희(古稀)라고 합니다."

"고희?"

"그렇습니다. 하여 아침부터 모든 고관대작들이 승상의 댁으로 모여 연회를 즐기고 있을 터, 지금 어명으로 불러들여 봐야 술 취한 그들의 모습 외엔 그 어떤 것도 기대하시기가 힘들 것으로 사료됩니다. 차라리 내일 일찍 불러들이심이……."

말을 하는 담일기나 말을 듣는 영중제나 모두가 허탈했다. 한쪽에선 전쟁이 벌어지고 있는 판에 이 땅의 최고 고위층들은 아침부터 술판이나 벌이고 있다니 어찌 기가 막히질 않겠는가.

털썩……!

영중제는 힘없이 자리에 앉았다. 그리고 손으로 머리를 괴고 길게 한숨을 내쉬었다.

"휴우… 북궁 대부, 이럴 때 그가 옆에 있었다면……."

*   *   *

오골개 가옥.

개방인들에겐 너무도 재미없는 비무였지만, 비무 이후 사흘 동안을 줄곧 누워 있었어야 할 만큼 그녀에게 있어서 체력 손실은 너무도 컸다.

두꺼비처럼 달라붙어 떨어지지 않는 무대붕을 떼어내기 위해 몸부림을 치는 동안 그녀의 모든 진기는 바닥이 날 정도로 완벽하게 소진되었던 것이다.

계속 시체처럼 누워 있다가 사흘 만에 겨우 죽 한술을 뜨며 기를 회복하기 시작했다.

'생쥐 같은 놈.'

기운이 회복되자 하나의 얼굴이 떠올랐다. 두말할 필요없는 무대붕이었다.

'정당하게 겨루면 자기가 질 것 같으니까 추접스럽게 남의 가슴이나 주물럭거리면서 내 신경을 흩뜨려 놓다니…….'

무대붕을 생각하자 머리끝까지 열이 치솟았다.

탁!

그리고는 수저를 놓고 벌떡 일어났다.

무대붕에 대한 생각만으로도 밥맛을 잃은 듯.

"뭐?"

침상에 누워 있던 무대붕이 눈을 휘둥그렇게 떴다.

"다, 다시 한 번 붙자고?"

"오냐!"

그의 앞에 우뚝 서 있는 가옥은 차갑게 말했다.

"끄응~ 됐다. 그날 이후 난 여태껏 밥 한 끼도 못 먹었다."

무대붕은 상종조차 하기 싫다는 듯 이불을 머리 위까지 뒤집어쓰며 돌아누웠다.

"비무를 시작했으면 결판을 내야지, 치사하게 왜 이래? 사내자식이!"

"얘야, 끝난 승부를 뭘 또 내자는 거야? 내가 이미 이긴걸."

"누가 그래? 네놈이 이겼다고?"

"그때 증인들이 많았잖아? 심판도 있었고. 끄응… 그러니 그만 억지 피우고 낙양 지부로 돌아가라구."

무대붕은 여전히 몸이 회복되지 않은 듯 이불을 뒤집어쓴 상태로 연신 앓는 소리를 흘렸다.

"꼬마야, 뭔 소리냐? 너더러 이겼다고 한 사람이 없는데."

그러나 무대붕으로 하여금 더 이상 이불 속에 누워 있을 수만은 없도록 만드는 어떤 음성이 그의 고막을 파고들었다.

'이, 이놈의 영감탱이가 또……?

화락!

무대붕은 이불을 걷으며 발딱 몸을 세웠다.

"영감! 뭔 뚱딴지야?"

인상을 잔뜩 구기며 어느새 가옥의 옆에 나타난 광마불을 향해 버럭 소리를 질렀다.

"저 계집애가 쓰러지고 난 다시 일어났어! 그럼 승부는 결정난 거잖아!"

"물론 그런 식으로 따지면 네가 이긴 게 맞긴 맞지. 하지만……."

광마불은 누런 이가 다 드러날 정도로 씨익 미소를 지었다.

"하지만이라니?"

"내가 분명 비무를 하기 전에 주의를 줬었지? 이로 물거나 꼬집거나 흙을 뿌리는 것 같은 추접스런 짓은 안 된다고?"

"그랬지. 그래서 내가 저 계집애 등에 붙었을 때 얼마든지 귀 같은 데를 물어뜯을 수 있었던 것을 참았으니까."

무대붕은 자신이 치사하게 이길 수 있는 방법이 있었음에도 불구하고 정정당당하게 승리했다는 것을 강조했다. 하나 불행하게도 그날의 심판관인 광마불의 생각은 달랐다.

"대신 넌 이 아이의 가슴을 꼬집었잖아? 그것도 추접스럽게 계속."

무대붕은 흠칫했다.

"그런 의미로 본다면 그날의 패배자는 바로 네놈이야, 지저분한 반칙을 썼으니까."

"꼬, 꼬집다니? 마, 말도 안 돼! 난 단지 사, 살짝 건드린 것뿐이라고."

무대붕은 말까지 더듬으며 당혹스러워했다. 원래 이기고 지는 건 크게 의식하지 않았다. 누가 봐도 그건 자신이 이긴 시합이었고, 아무리 양보해도 무승부 정도였다. 한데 반칙패라니……?

개방의 총수이자 훗날 무림의 지도자가 될 자신이 비무 중에 치사하게 반칙을 썼다는 게 만약 소문이라도 난다면……?

그건 그의 화려한 이력에 치명적인 상처가 될 것이다.

그렇기 때문에 이 부분만큼은 설령 그렇다 해도 절대 인정해선 안 되는 중대한 사안이었던 것이다.

광마불은 혀를 찼다.

"쯧쯧, 이젠 더욱 치사하게 오리발까지……?"

"젠장! 오리발이 아니라 진짜로 살짝 건드리기만 했을 뿐이라니까!"

무대붕이 억울하다는 듯 인상을 긁자 광마불은 가옥을 향해 시선을 돌렸다.

"얘야, 그때 저놈이 꼬집었냐? 아니면 살짝 건드리기만 했냐?"

"제길! 한참 동안 주물럭거린 것도 살짝이야? 그것도 수차례씩이나! 저놈이 어찌나 만져 댔는지 내 가슴이 멍들었어, 알겠어?"

가옥이 신경질을 냈다.

"거봐! 네가 그래서 진 거라니까."

광마불은 경륜 높은 심판관답게 패인까지 냉철하게 분석해 주었다.

"뭔 뚱딴지들이야? 살짝 건드린 것과 꼬집은 것과는 분명 차이가 있는 건데? 야, 이 계집애야! 내가 꼬집었어? 꼬집었냐구?"

"이 자식아! 그러기에 왜 애당초 남의 가슴은 만져? 내 가슴이 네놈 장난감이야?"

무대붕이 성질을 부리자 가옥은 오히려 더 크게 소리쳤다.

그러자 노련한 심판관인 광마불은 가운데에 끼며 중재를 하기 시작했다.

"한 놈은 살짝 건드리기만 했다 하고, 한 계집은 수도 없이 주물럭거렸다고 하니 이럴 땐 눈으로 확인하는 수밖에."

"눈으로 확인이라니?"

가옥이 의아한 표정을 지었다.

"가슴을 까보라구. 만약 이 녀석 말대로 살짝 만지기만 한 거라면 멀쩡할 거고, 네 말대로 멍이 들 정도라면 꼬집은 게 되는 거니까. 그래야 나도 냉철한 판정을 내려줄 것 아니겠니? 자, 어서!"

말은 참으로 은은하고 다정스러웠다. 그러나 결코 은은하게 받아들일 수없는 내용이었다.

"여, 영감?"

너무도 갑작스러우면서도 황당한 광마불의 제안에 얼굴 가죽이 두꺼운 천하의 무대붕까지도 당혹스러워했다.

"영감, 의도가 뭐야?"

그 순간, 가옥이 차갑게 광마불을 노려보았다.

"의, 의도… 라니……?"

광마불은 움찔하며 더듬거렸다.

"아무리 늙어도 수컷은 수컷이란 얘긴가?"

"수, 수컷이라니? 난 단지 공정한 판정을 위해서……."

"그렇게 보고 싶어? 정말 보여줘?"

가옥이 싸늘하게 노려보며 겉옷을 풀어헤치기 시작했다. 그러자 탄력있는 갈색의 피부가 드러나기 시작했는데…….

꾸울꺽!

광마불은 자신도 모르게 침을 삼켰다. 동시에 눈빛은 몽롱해지기 시작했다.

'아… 역시… 젊음이 좋구나, 좋아! 저 검게 그을린 듯하면서도 윤기가 좔좔 흐르는 데다가 고무처럼 탱탱한 탄력… 그 옛날 우리 독화도 저런 속살이었는데…….'

이윽고 가옥이 정말로 다 드러내려는 듯 가슴을 가리고 있는 마지막 천 조각까지 걷어내리는 순간,

"이런 젠장~ 워낙 때깔이 구릿빛이라 멍이 들어도 보이질 않을 텐데 어떻게 증명을 할 거야?"

무대붕은 구시렁거리며 광마불을 쳐다보았다. 한데 광마불은 구십이란 나이도 잊은 채 넋 나간 얼굴로 입가에 침까지 흘리고 있었으니…….

"얼씨구? 완전 정신이 나갔구만. 영감, 정신 차려."

무대붕이 흔들어대자 광마불은 크게 움찔거렸다.

"왜… 왜……?"

어째서 무대붕이 자신을 흔들었는지 그 영문을 모르는 모양이다.

"영감! 나잇값 좀 하라구. 비루먹은 강아지처럼 침을 질질 흘리며 헬렐레하는 꼴이라니… 쯧쯧……."

"흠… 흠… 노부가 그랬냐?"

무대붕이 혀를 차며 어이가 없다는 표정을 짓자 광마불은 황급히 팔뚝으로 입술을 훔쳤다.

"젠장! 뭐야? 이거 벗어? 말어?"

가옥은 마지막 남은 가슴의 천을 벗으려는 순간에 딴 짓들을 하는 무대붕과 광마불을 향해 짜증스런 얼굴로 소리쳤다.

"다, 당연히 벗어야……."

"벗어봐야 알 수도 없다니까. 살이 저렇게 까만데 무슨 멍이 보인다는 거야?"

광마불은 공정한 판정을 위해서 벗어야만 한다고 말하려 했으나 무대붕의 핀잔으로 인해 끝을 맺지 못했다. 이어 무대붕은 가옥을 향해 고개를 돌렸다.

"아무리 때깔이 더러워도 그렇지, 무슨 계집이 아무 데서나 함부로 옷을 풀어헤치고 난리냐?"

"네가 반칙했다는 것을 인정하지 않는데 그럼 어쩌겠냐? 영감 말대로 벗어서라도 증명해 보이는 수밖에."

"네 피부 색깔로는 멍이 보일래야 보일 수가 없다니까!"

"젠장! 자세히 보면 다 보여. 아무리 내 피부가 까맣다고 해도! 볼래?"

가옥이 발끈하며 정말 최후의 천을 풀어헤치려 하자 무대붕이 그만하라는 식으로 손을 저었다.

"알았다, 알았어. 네 소원대로 나중에 한판 다시 붙어줄 테니까 어서 옷이나 입어라."

"진짜냐?"

"일파의 총수이자 차기 무림맹주가 될 사람이 한입으로 두말하겠냐? 난 한 번 내뱉은 말은 그 어떠한 일이 있을지라도 지키는 사람이다."

"좋아. 그 약속을 믿지."

가옥은 만족한 미소를 지으며 옷을 다시 걸치기 시작했다.

"어… 이왕 벗은 건데 마저 벗어서 증명하지, 왜? 그렇게 되면 굳이 다음에 싸울 필요도 없는데……."

광마불은 무척 아쉬운 표정을 지었다.

"영감, 내가 부탁이 하나 있는데 들어줄래?"

무대붕이 심각한 얼굴로 광마불을 쳐다보았다.

"뭐, 뭔데?"

"영감, 올해 나이가 구십이라며? 제발 나잇값 좀 해. 괄약근까지 시원치 않아 아무 데서나 똥칠하면서도 그게 그렇게 보고 싶어?"

'끄응~'

광마불은 얼굴이 후끈거리며 갑자기 몸에서 열이 나기 시작했다.

"이거 오늘은 날이 왜 이렇게 덥지? 올 겨울은 아무래도 춥지 않을 모양이야……."

"당연히 덥겠지, 젊은 여자 가슴을 볼 수 있었던 절호의 기회를 놓쳤으니."

광마불의 딴청에 무대붕은 그의 추행을 악어 이빨처럼 계속 물고 늘어졌다. 그래도 광마불은 계속 딴청을 부려야 했다, 본심을 들키지 않으려면.

"내가 여길 왜 왔더라?"

"왜 오긴? 어떡하면 젊은 여자 가슴을 볼 수 있을까 잔머리 굴리려고 왔지?"

"이놈아! 잔머리는 무슨! 그건 단지 공정한 판정을 위해서 그랬던 것뿐이었다니까."

"공정한 심판관이 그렇게 넋을 잃고 침까지 흘려? 얼어죽을… 그래 갖고 엄청 공정한 판정이 나오겠다."

계속되는 무대붕의 집요한 추궁에 광마불은 자신의 명예를 생각해서라도 계속 이 자리에 남아 있을 수가 없었다. 나가긴 나가야 하는데 그냥 나가기는 것도 그렇고, 어떡하든 모양새있게 나가고 싶었다.

"아참! 맞아. 노부가 여기 온 이유는 바로 광한이 녀석 때문이었지? 그 녀석이 어찌 된 일인지 아침부터 안 보이더라구. 허허……."

순간적으로 떠오른 광마불의 임기응변이었다.

"광한이는 왜?"

"그냥. 할 얘기도 좀 있고… 젊은 날 노부의 얼굴과 똑같은 그 얼굴을 보면서 옛 생각도 떠올리고 싶고……."

"광한이 며칠 여기에 없을 거야."

"없다니?"

"아침에 낙양에 갔어."

"낙양이라니? 황도에는 왜?"

"젠장, 애인 만나러 갔겠지. 남 속 쓰리게 별걸 다 꼬치꼬치 묻는 거야?"

아직도 옛사랑을 생각하면 가슴이 아린 듯 무대붕이 신경질을 부렸다.

"광한이가 애인을 만나는데 꼬마 네가 왜 속이 쓰리냐? 아하, 넌 아직도 짝이 없는데 광한이만 있으니까 그게 배 아픈 모양이구나. 이 녀석아, 배 아파할 걸 배 아파해라. 너랑 광한이랑 어디 같은 수준이냐? 차이가 나도 한참인데."

"이 영감탱이가 불난 집에 키질을 하나? 그렇지 않아도 염통 끓는 걸 억지로 참고 있건만……."

"하지만 너무 걱정 마라, 꼬마야. 짚신도 다 짝이 있는 법이니까. 낄낄낄~"

"영감, 계속 그런 식으로 내 비위 뒤집을 거야?"

무대붕이 더 이상 못 참겠다는 듯 침상에서 벌떡 일어났다.

"아, 알았다. 간다, 가. 이제 볼 것도 없는데 내가 뭣 하러 여기 있겠냐?"

광마불은 여전히 히죽거리며 뒤로 한 걸음 물러났다.

"그나저나 광한이 녀석은 참 애인도 멀리에다 뒀군. 낙양에 있으면 서로 연애하기도 힘들 텐데……."

혼자 중얼거리던 광마불의 표정이 갑작스럽게 굳어졌다.

"낙양? 꼬마야, 그 자식이 분명 낙양에 간 게 확실해?"

광마불이 다급하게 소리치자 무대붕이 오히려 의아한 표정을 지었다.

"그래. 근데 왜 놀라지?"

"망할 녀석, 내 분명히 얘기했거늘……!"

슈팟!

자신의 말이 미처 끝나기도 전에 광마불은 그토록 나가지도 않고 뭉그적거리던 풍류전 안에서 황급히 사라져 버렸다. 그것도 엄청나게 쾌속한 신법으로.

"……?"

무대붕은 의아한 표정으로 멍하니 바라보고는 가옥을 향해 시선을 돌렸다.

"저 영감이 왜 저러지?"

"관심없어."

가옥의 대답은 차가웠다.

"내가 원하는 건 너와의 진정한 승부뿐이니까. 언제 다시 붙을 테냐?"

"젠장. 몸부터 회복하고 그 다음에 얘기하자."

"설마 나중에 딴소리하려는 건 아니겠지?"

"끄응… 애야, 너야 젊으니까 회복이 빠를지 몰라도, 난 나이 탓에 회복이 늦어. 그러니까 좀 보채지 좀 말고 기다리라구. 회복하면 내가 어련히 알아서 다시 하자고 할 테니까."

"제길! 겨우 네 살 차이밖에 안 나건만 뻑 하면 나이타령은……."

가옥이 못마땅하단 투로 구시렁거렸다.

"너도 내 나이 돼봐. 그러면 알게 돼. 나도 스무 살 때까지만 해도 이렇지 않았다구. 한데 한 해 한 해가 다르다니까. 정말이야."

"좋아. 말 같지 않은 소리지만 다시 비무를 하기로 약속한 이상 그 정도는 감안해서 들어주지."

"고맙다. 이제 대충 얘기 끝난 것 같은데 그만 돌아가 줄래? 난 좀 더 누워 있어야 할 것 같아서 말이야. *끄응……*"

무대붕은 다시 앓는 시늉을 하며 이불을 덮고 침상에 누웠다.

"한 가지만 더 묻자."

가옥은 등 돌려 누워 있는 무대붕을 향해 여전히 우뚝 서 있는 상태로 입을 열었다.

"*끄응… 또 뭐냐? 나 진짜 몸이 안 좋다니까……*"

"왜, 내가 가슴을 드러내지 못하게 했지?"

묻고 있는 가옥의 표정은 그 어느 때보다도 진지했다.

하나 누워 있는 무대붕은 그저 귀찮기만 했다.

"*끄응… 그런 것까지 대답해야 하냐?*"

"물론이다."

"*가옥아… 있잖니, 내 눈은 말이다, 백옥 같으면서도 뽀송뽀송한 그런 가슴만 감상했거든.*"

"그래서?"

"*그런 내 눈이 만약 그런 구릿빛 가슴을 보면 왠지 여자의 가슴에 대한 환상이 깨질 것 같아서. 이제 이해하겠니?*"

일순, 가옥의 얼굴이 수치와 분노로 뒤엉키며 눈에는 차가운 서리가 일렁였다.

"다음번엔 제일 먼저 그 주둥이를 으깨버려 주마."

서릿발 같은 냉갈을 토하며 그녀는 등을 돌렸다.

꽝마불에 이어 가옥이 사라지자 무대붕은 덮고 있던 이불을 머리끝까지 뒤집어쓰며 앓는 소리를 내기 시작했다.

"끄으응… 위신을 바로 세우고 남은 인생 편하게 살기 위해서라도 저 두 물건—광마불, 가옥—을 어떤 식으로든 정리하긴 해야 할 텐데……."

그렇다.

한없이 추락만 하고 있는 각하의 체면을 위해서라도 광마불과 가옥을 내쫓아야만 한다.

"그런데…… 미치겠다. 도무지 방법이 안 떠오르니……."

체통은 떨어지고 화병만 쌓이는 판이다. 웬만한 사람들은 술이나 낚시 같은 취미 생활로 울분을 삭이겠지만 무대붕은 그 나름대로의 방법이 있었다.

"끼아아아아아아악—!"

우당탕! 쿵쾅! 쿵쾅!

이불 뒤집어쓰고 괴성을 지르며 발광을 하는 것.

이것이 바로 화병에 대한 무대붕의 자가 치료법이었다.

*   *   *

카카카각!

"으악!"

파츄츄츄!

"캐액!"

피가 튀고, 주인 잃은 수많은 머리들이 바닥을 붉게 물들이며 공처럼 뒹굴고 있었다.

서서히 어둠이 깃들고 있는 연경성의 전진 기지.

전장은 넓었으나 곳곳에서 울려 퍼지는 단말마의 비명으로 아비규
환이었다.

"이놈들, 몽땅 내게로 와라! 내가 전부 상대해 준다니까! 푸하하하
핫—!"

슈콰콱!

전쟁만 하면 신이 난다는 타미루의 쌍 도끼가 허공을 가를 때마다
전진 기지를 지키는 병사들의 머리들이 떨어졌다.

질풍처럼 몰아치는 금마국의 군마들을 상대로 하북성의 다른 지역
에서 보내온 지원군과 함께 철통처럼 전진 기지를 지키던 연경성의 병
력들은 필사적으로 그들의 도발을 저지시켰으나, 시간이 흐르면 흐를
수록 차츰 곳곳에서 비세를 보이기 시작했다.

"으아아악!"

어느 순간 폐부를 쥐어짜는 듯한 처절한 비명과 함께 전진 기지를
책임지고 있는 수장(首將) 고두발 장군의 수급이 바닥으로 떨어졌다.
역전의 용사이자 철갑 기마대를 이끌고 있는 오록호리의 방천화극이
그의 목을 베어버린 것이다.

"적장이 죽었다! 돌진하라! 돌진하라!"

오록호리는 방천화극을 높이 쳐들며 쩌렁하게 소리쳤다.

"와아아아!"

"우와아아아……!"

금마국 군사들은 더욱 사기 충만한 함성을 지르며 더욱 강맹한 기세
로 백병전을 펼쳐 나갔다.

"으악!"

"으아악!"

짙어만 가는 어둠 속에서 결국 전진 기지의 방어선은 뚫리고 병사들은 지리멸렬하고 있었다.

＊   ＊   ＊

그것은 대궐이자 거대한 성이었다.

구 척 장신의 두 배 높이로 사방을 에워싼 높은 담벼락과 정문과 후문을 비롯하여 그 외의 팔문(八門)이 있었고, 각 문마다 잘 훈련된 병사들이 눈을 부릅뜬 상태로 철통같은 경비를 서고 있는 곳.

바로 이곳은 일인지하 만인지상인 승상 공손창의 저택이었다.

떵까덩… 떵까.

"하하하!"

풍악 소리와 하객들의 웃음소리가 울려 퍼진다.

아침 일찍부터 시작된 공손창의 고희 잔치는 도무지 끝날 줄을 모르고 늦은 밤까지 계속 이어지고 있었다.

"허허… 끄윽! 아침부터 하객들 술시중 드느라고 너희들이 애 많이 쓰는구나."

대장군 관룡은 자신의 옆에서 술을 따라주고 있는 기녀를 바라보며 음흉한 미소를 지었다, 탁자 밑으로 은밀히 그녀의 허벅지를 쓰다듬으며…….

낙양의 기루들 중에서 제법 이름깨나 알려진 기녀들이 공손창의 고희 잔치를 위해 뽑혀왔던 것이다. 아침부터 하객들의 술시중을 들었으니 당연히 지칠 만도 한 시간이었다.

"헛허허, 천하를 좌지우지하는 공손 승상님과 우리들을 위해 이런 봉사를 할 수 있다는 게 어디 보통 영광이겠소이까?"

염병학 대사농이 호방하게 웃으며 맞장구를 쳤다.

"흐흐… 너희도 영광 맞지?"

관륭의 손은 더욱 노골적으로 옆에 앉아 있는 기녀의 허벅지 사이를 파고들었다.

"예… 마, 맞사옵니다……."

기녀는 집요하게 파고드는 관륭의 손을 차마 뿌리치지 못한 채 어색한 표정을 지으며 억지로 대답했다.

겉으로는 점잖은 척, 위엄이 있는 척하면서도 관륭과 같이 탁자 밑으로 손장난을 치고 있는 인물들이 적지 않았다.

특히 평소 점잖기로 소문난 정위(廷尉) 조무는 술기운이 발끝까지 퍼지자 수컷의 본능을 억제하지 못하고 많은 사람이 있든 말든 옆에 붙어 있는 기녀의 귓불을 깨물거나, 가슴에 머리를 파묻는 등 너무도 그답지 않은 행동을 보이고 있었다.

하나 이 순간 어느 누구에게도 그의 그런 모습은 눈에 들어오지 않았다. 모두가 취해 있었고, 정도의 차이만 있을 뿐 조무와 크게 다를 바가 없었던 것이다.

"허허, 이거 오늘 너무 늦었구만."

상석에 앉아 있던 공손창이 좌중을 향해 입을 열었다.

"내일 어전 회의가 있다고 일찍들 입궐하라는 전갈도 오고 했으니 이제 그만 파하는 게 어떨까 하네."

"끄윽… 승상님, 이제 한창 분위기가 무르익었는데 벌써 끝내자니… 그건 아니 됩니다. 꺼억……."

전국의 병사(兵事)를 담당하는 선우기평 대사마(大司馬)가 혀 꼬인 소리를 내며 손을 저었다.

"그렇습니다, 승상. 내일 어전 회의란 게 뻔한 거 아닙니까?"

"맞습니다. 내용을 들어보니 금마국 놈들이 연경성에서 전투를 벌이고 있다고 하던데, 소심한 폐하는 분명 어쩌면 좋냐며 어전 회의 내내 안절부절못할 겁니다, 틀림없이……."

선우기평이 신경 쓰지 말고 연회를 계속 이어가자는 소리에 다른 대신들도 따라서 거들기 시작했다.

"내참, 소심해도 어느 정도지, 그깟 오랑캐 놈들이 어찌 연경을 침략하겠습니까? 더욱이 이미 지원군까지 보낸 상태거늘."

"옆에서 그놈의 담일기가 자꾸 불안한 소리를 해대니 폐하가 더욱 안절부절못하는 것이라구요."

"푸하하핫! 담일기 그 친구가 있을 게 없어서 그런지 중심이 없어요."

갑작스럽게 관룡이 크게 웃음을 토했다. 그러자 그 옆에 앉아 있던 비교적 젊은 대신이 의아한 표정으로 물었다.

"있을 게 없다뇨? 뭐가 없다는 거죠?"

"어허… 이 양반, 담일기 그 친구 출신이 뭔지 벌써 잊었나? 그 친구가 원래 환관 출신 아닌가, 환관!"

"하하, 이제 보니 그게 없어서 중심이 없는 것이었군요."

"허허헛! 아무튼 관 대장군께선 말씀을 참 재밌게 하십니다요."

관룡의 얘기로 연회장 안의 대신들은 물론 기녀들까지 모두 한바탕 웃음을 터뜨렸다.

장내를 한바탕 웃게 만든 관룡은 술을 들고 공손창이 있는 상석으로 다가갔다.

"승상님, 제 잔 한잔 받으시지요?"

그는 무릎까지 꿇으며 정중히 술을 권했다.

"어허, 나도 오늘 무척 과음을 했는데… 하지만 관 대장군이 주는 술이니 딱 이것만 받음세."

"승상님, 부디 건강하셔야만 합니다."

술을 따르는 관룡의 눈가에 눈물이 그렁거렸다.

"팔순, 구순… 아니, 앞으로도 영원히 만수무강을 하시면서 부족한 저희들을 계속 이끌어주십쇼."

"승상님은 이 나라의 기둥이시자 최고 어른이십니다. 국가와 민족을 위해 꼭 만수무강하셔야만 합니다."

"만수무강하시옵소서!"

관룡을 필두로 연회장 안의 모든 문무대신이 눈물까지 글썽이며 부복을 하였다.

승상 공손창.

오늘날 자신들의 성공을 이끌어준 그들의 정치적 대부이자, 이 땅의 실권을 장악하고 있는 실질적인 또 다른 지배자.

정적(政敵)들에겐 더없이 잔인했지만, 자신의 우산 아래 들어온 인물들에겐 어떤 식으로든 출세를 보장해 주었던 탓에 공손창에 대한 이들의 충성심은 오히려 황제에 대한 것 이상일 수밖에 없었다.

"허허… 이것 참, 내 팔자도 참으로 박복하구만."

공손창은 엎드린 대신들을 씁쓸히 바라보았다.

"내 나이 어언 칠십, 중앙 관직에 오른 지가 벌써 오십 년 가까이 흘렀네. 그동안은 나라가 걱정되어 물러나고 싶어도 물러나지 못했었지. 이제 좀 숨을 돌이키며 편히 쉴 때가 됐다고 생각했건만……. 그대들 때문에 이 늙은이가 쉬고 싶어도 쉴 수 없다니……."

말은 푸념이었으나, 표정만큼은 한없이 뿌듯했다.

"언제 또 북궁장천과 같은 인물이 반기를 들고 뛰쳐나올지 모르는 상황입니다."

"담일기 대영반만 해도 별것도 아닌 일을 갖고 소심한 폐하를 자꾸 흔들어놓고 있지 않습니까? 아직은 은퇴하실 때가 아니옵니다. 국가와 민족, 그리고 저희들을 위해서라도 계속 자리에 남아주셔야만 합니다."

대신들이 더욱 애절한 모습으로 그의 은퇴를 만류하자 공손창은 흐뭇한 미소를 지으며 고개를 끄덕였다. 아마도 이런 맛에 죽는 날까지 자신이 잡고 있는 권력을 놓고 싶지가 않을 것이리라.

조무는 너무도 술에 취했다.

연회는 아직도 끝나지 않았건만 울렁거리는 속 때문에 어쩔 수 없이 밖으로 급히 뛰쳐나왔다.

"우웩… 웩."

추한 꼴을 보일 수 없었던 탓에 후원 깊은 쪽에서 나무를 붙잡고 토악질을 하기 시작했다.

"더… 등을 두들길까요? 다 토하신 것 같은데……."

조무를 시중들던 기녀는 그의 상태를 알고 함께 밖으로 나와서는 그의 등을 두들겨 주었다. 술시중뿐만 아니라 더러운 뒤치다꺼리까지 해야 하는 기녀의 삶이란 것도 알고 보면 참으로 못해 먹을 짓이었다.

"으으…… 됐다. 이젠 괜찮아진 것 같구나……."

조무는 기녀가 건네주는 작은 천 조각을 받으며 입가에 묻은 오물을 닦았다.

"이제 다 토했으니 그만 들어가자꾸나."

"약간만 쉬었다가 들어가세요. 찬 공기를 쐬면 좀 나아지실 거예요."

"아, 아니다. 괜찮아. 어서 들어가세."

기녀는 아직도 취기가 많이 남아 있는 조무를 걱정하며 입을 열었으나 안타깝게도 조무의 입장은 그럴 수가 없었다. 아무리 취했다 할지라도 자신의 생사여탈권을 쥐고 있는 공손창의 앞에서 어찌 오랫동안 자리를 비울 수가 있겠는가!

더욱이 자신이 자리를 빈 사이에 다른 대신들이 무슨 얘기를 할지도 모르는 상황이 아닌가! 공손창이란 정치적 대부를 공동으로 모시고는 있지만, 개인으로 따로 놓고 본다면 이곳에 모인 동지들 역시 적이다.

어떡하든 동지들보다 조금이라도 더 공손창의 눈에 들어야 보다 큰 출세를 할 수 있고, 조금이라도 눈 밖에 난다면 동지들보다 그만큼 뒤처질 수밖에 없는 게 현실이기 때문이었다.

공손창의 저택 후원에 토했다는 사실조차 알려지면 불경으로 몰릴 수 있는 입장이었던 탓에 되도록 깊숙한 곳까지 들어갔던 조무가 서둘러 발걸음을 재촉하려는 순간이었다.

스스슥.

마치 유령처럼 그의 앞을 가로막는 두 명의 사내가 있었으니……

"헉!"

사내들을 발견하자마자 조무의 동공은 찢어질 것처럼 크게 확대되었다.

두 명의 젊은 사내 중 투명할 정도로 흰 피부에 짙은 눈썹, 그리고 한성(寒星)과 같은 눈을 갖고 있는 아름다운 사내 때문이었다.

"자, 자넨… 북궁월이 아닌가……?"

그렇다.

그를 놀라게 한 사내는 바로 지난날 그와 같은 이름을 갖고 있었고, 이 땅의 젊은 영웅으로 불렸던 바로 광한이었다.

그리고 그의 곁에 있는 또 다른 사내는 광한의 죽마고우이자 현재 황실 경비대인 중군(中軍)의 교위로 근무하고 있는 철우였다.

"자, 자네가 어떻게 이, 이곳에……?"

광한을 바라보는 조무의 동공은 크게 흔들리고 있었다.

"오랜만입니다, 시어사님."

시어사, 지난날 광한의 부친 북궁장천이 어사대부로 재임하던 그 시절 조무의 관직명이었다. 물론 그 이후 출세에 출세를 거듭하여 지금은 구경(九卿) 중의 하나인 정위에까지 오르게 되었지만.

"그, 그래… 반갑네… 정말 반갑네. 역시 살아 있었구만……. 내 얼마나 자네 걱정을 한 줄 아나……."

조무는 마치 죽은 일가친척을 다시 만난 것처럼 반갑게 광한의 손을 잡았다. 그러나 표정은 어색했다.

"제 아버님이 역모죄로 효수를 당하신 이후에 고속 출세를 하셨더군요."

광한은 조무의 눈을 똑바로 응시하며 입을 열었다. 표정은 무심했고, 음성은 차가웠다.

조무는 움찔하며 자신도 모르게 잡고 있던 손을 풀었다.

"그, 그건……."

무슨 말을 하려고 했으나 취기 때문인지 마땅히 말이 떠오르지가 않았다. 그저 심장은 두근거리고 식은땀이 흘러내릴 뿐이었다.

"이미 다 알고 있으니까 편하게 말씀하시죠, 그것은 공손창의 충복이 되기 위해 제 아버지를 배신한 대가라는 것을."

"마, 말도 안 돼! 누, 누가 그런 억지를……."

조무는 심장이 떨어지는 것 같은 충격 속에서도 고개를 저으며 완강히 부인했다.

"도성 치안을 담당하고 계신 단장후 집금오(執金吾)께 난(亂)을 일으키자고 보냈다는 그 서찰은 바로 당신의 짓이었습니다. 당신이 직접 아버지의 필체를 모사(模寫)까지 하면서 꾸민 조작극! 이래도 아니라고 하겠습니까?"

"그, 그건……."

조무는 식은땀을 비 오듯 흘리며 또다시 변명거리를 찾으려고 할 때,

"월! 이런 짐승만도 못한 자식에게서 무슨 대답을 기대하려는 것인가! 자네가 하지 않겠다면 내가 목을 치겠네!"

철우는 버럭 소리를 치며 검을 뽑아 들었다.

달빛에 투영된 검날이 더욱 시리도록 푸른빛을 발했다. 철우가 당장에라도 자신의 목을 내려칠 기세를 취하자 조무는 기겁하며 광한의 앞에 무릎을 꿇었다.

"크흐윽… 용서해 주게……. 그 당시는 정말 어쩔 수가 없었네. 당시 내가 업무상 약간의 뇌물 수수를 받은 적이 있었는데, 어떻게 알았는지 공손 승상이 그걸 빌미로 나를 협박하는 바람에……."

"어째서 공손창은 거짓 역모죄까지 만들어내며 내 아버님을 제거하려 했죠? 단지 정적이란 그 이유 하나 때문에?"

광한의 음성은 여전히 흔들림없이 무심했다.

"정권의 모든 부분을 자신의 손아귀에 넣고 흔들던 공손 승상에게 자네 아버님은 늘 눈엣가시 같은 존재였었네."

"……."

"하여 늘 제거할 마음을 품고 있던 중에 북궁 대부께서 백만양병설을 주창하시며 부족한 재정은 공신전과 공훈전으로 거둬들이라고 폐하께 진언을 올리자 그는 더 이상 견딜 수가 없었던 것이네. 만약 공신전이 시행된다면 자신은 물론 자자손손에게까지 나눠준 그 엄청난 재산이 국고에 환수되는데 그걸 공손창과 그 일당이 어찌 가만히 참고 가만있을 수 있겠나?"

"그래서 당신을 하수인으로 삼아… 그와 같이 말도 안 되는 역모를 뒤집어씌웠다는 것이로군요."

처음으로 광한의 음성이 흔들리면서 그의 눈에선 걷잡을 수 없는 분노의 광망이 이글거리기 시작했다.

"미안하네… 미안하네. 크흐흑… 그때 그토록 못하겠다고 아무리 완강하게 거절했지만… 공손창이 내 가족의 생사까지 들먹이며 나오는 바람에… 크흐흑……!"

그는 어깨까지 들먹이며 크게 오열을 했다.

"나도 그때 죽었어야 했는데… 크흑……."

툭……!

순간 그의 앞에 단도가 떨어졌다.

"무… 뭔가?"

조무는 의아한 표정으로 광한을 올려보았다.

"스스로 죗값을 치르십시오. 내 손에 의해 죽는 것보다 스스로 목숨을 끊는 것이 오욕으로 물든 당신의 명예를 조금이나마 씻는 길이 될 것이외다."

"나, 나더러 자결을 하란 말인가?"

조무의 몸이 부르르 떨렸다.

광한은 대답 대신 고개를 끄덕였다.

"……."

한동안 조무는 말없이 바닥에 떨어진 단도를 쳐다보더니 천천히 그것을 잡아 들었다.

"이것이 내가 참회할 마지막 기회인가……?"

허탈한 표정으로 읊조리던 조문의 눈이 갑자기 번뜩였다.

그와 동시에,

"어림없는 수작!"

마치 개구리처럼 튀어 오르며 광한을 향해 짓쳐들었다.

그러나 그것보다 더 빠른 것이 있었다.

어느새 광한이 철우의 검을 낚아채며 허공을 갈랐던 것이다.

"으아아아—!"

폐부를 쥐어짜는 듯한 비명이 암천 아래 울려 퍼지며, 살기 위해 마지막까지 발악하던 조무의 머리가 육체에서 이탈되어 차가운 바닥으로 공처럼 굴러 떨어지고 말았다.

쿵! 데구르르…….

'으…….'

기녀는 자신의 앞에서 사람의 목숨이 한순간에 사라지는 것을 보았다. 그것도 자신이 술시중을 들었고, 토하기 편하도록 등까지 두들겨 주었던 바로 조무의 죽음을…….

어찌나 놀랐는지 부릅뜬 그녀의 동공은 닫힐 줄을 몰랐고, 크게 벌려진 입 또한 닫히질 않았다. 숨은 멈춰졌고 비명 소리조차 나오질 못했다.

"으어어어……."

마침내 기녀의 입에서 의미를 알 수 없는 소리가 흘러나왔다. 그리고 동시에 눈의 초점이 풀리며 입에선 게거품이 흘렀다.

풀썩.

이날까지 사람의 죽음을 단 한 번도 목격하지 못한 기녀는 사람의 머리가 육체에서 분리되는 그와 같은 끔찍한 죽음 앞에 그만 두 눈을 까뒤집으며 혼절하고 말았다. 비명조차 제대로 지르지 못할 정도의 충격을 받으며.

"……."

광한은 최후까지 비열했던 조무의 시신을 씁쓸한 시선으로 바라보았다.

그때였다.

삐익—

"저쪽이다! 저기 후원에서 비명 소리가 났다!"

날카로운 호각 소리와 함께 이곳저곳에서 경비병들의 웅성거림이 들려왔다.

거의 오천 평에 달하는 엄청난 대저택이며 공손창과 그의 가족의 안전을 지키는 개인 사병(私兵)만 해도 무려 삼천 명.

이와 같은 난공불락의 요새에 잠입하여 사고를 친다는 것은 한마디로 불가능이나 다름없는 일이었다.

"월, 놈들은 내가 한쪽으로 유인할 테니 자넨 그사이에 쓰레기들을 모두 처치해 버리게."

광한은 고개를 끄덕였다.

"조심하게, 철우."

"그럼 그 장소에서 만나세."

말과 함께 철우의 몸이 허공으로 솟구쳤다.

"푸하하하! 이 자식들아, 여기다, 여기!"

그는 쩌렁하게 외치며 연회가 벌어지고 있는 방향과는 반대인 북서쪽으로 쏜살같이 신형을 옮기고 있었다.

"앗! 침입자다! 놈이 북문 방향으로 도망치고 있다!"

"잡아라! 절대 놓쳐선 안 된다!"

컹! 컹!

경비병들은 군견(軍犬)까지 풀어 철우의 뒤를 맹렬히 쫓아갔다.

'철우, 고맙네. 꼭… 살아서 다시 보세……'

광한은 입술을 질끈 깨물며 어둠 속의 그림자처럼 전혀 눈치 채지 못할 은밀한 신법으로 움직이기 시작했다.

"아니, 뭐가 이렇게 소란스러운 것인가?"

연회장 안은 난데없이 터진 비명 소리와 군견들의 짖어대는 소리로 잠시 웅성거리고 있었다.

"침입자가 나타난 모양입니다."

연회장을 지키고 있던 경비병 중 한 명이 난처한 표정으로 대답을 했다.

"침입자라니? 감히 어떤 놈이 우리 공손 승상님의 저택에 침입했단 말이냐?"

관륭이 흥분하여 벌떡 자리에서 일어나자 대사농 염병학이 가볍게 웃음 지으며 앉으라고 손짓을 했다.

"헛허, 아마 미친놈이 아니면 세상 물정을 전혀 모르는 놈일 겁니다. 이곳의 사병만 해도 무려 삼천 명입니다. 아마 곧 그 정신 나간 놈이 잡혀올 테니 걱정 마시고 자리에 앉으십쇼."

"맞습니다. 그렇지 않아도 덩치가 크신 양반이 벌떡 일어나 계시니 정말 큰일이라도 난 것 같은 느낌이 든다니까요. 허허."

염병학을 비롯하여 다른 대신들은 대수롭지 않은 표정이었다.

"하긴… 제정신이 아니고서야 감히 어떻게……."

관륭은 가볍게 고개를 끄덕이다가 문득 자신의 옆 자리를 의아한 표정으로 쳐다보았다.

"아니, 조무 정위 이 양반은 기녀와 함께 잠시 밖으로 나간 것 같은데 왜 안 들어오고 뭐 하는 거야?"

"아까 보니까 기녀의 가슴속에 손을 집어넣고 뺨을 비비적거리며 계속 껄떡거리던데……. 아마 어딘가에서 둘이 한창 뜨겁게… 흐흐흐."

염병학이 의미심장한 미소를 짓자 사람들이 일제히 낄낄거리기 시작했다.

"푸하핫! 소신도 그렇게 생각하고 있었소이다."

"조 정위가 평소에는 말도 없고 참 얌전한 사람인데 술만 취하면 마치 발정한 수캐처럼 환장을 하더라니까요. 하하!"

"발정난 수캐? 아무리 사람이 없다고 그렇게 심한 말씀을……. 푸하하! 하지만 딱 어울리는 표현이올시다."

그들은 호흡을 척척 맞추며 단지 잠시 자리를 비웠다는 이유로 멀쩡한 한 사람을 발정한 수캐로 전락시키고 있었다.

같이 있을 때는 물론 공손창이라는 우산을 함께 쓰고 있는 동지였다. 하나 조금이라도 기회만 생기면 어떤 식으로든 밟아대는 게 이들의 타성이었다.

대놓고 표현은 하지 않겠지만, 자신들이 더 큰 출세를 하기 위해선 누구든 밟고 일어서야만 한다는 게 이들의 본심이었다. 그것이 아무리 정치적 목적을 함께하는 동지일지라도.

"이거… 정말 너무 늦었군. 내일 입궐을 위해서라도 이만 파하도록 하세. 나도 이젠 좀 쉬어야겠네."

문득 공손창이 피곤한 표정을 지었다.

"아… 예! 그러고 보니 저희들이 너무 오랫동안 폐를 끼치고 있었군요."

"예. 그럼 저희도 이만 물러가야겠습니다."

그의 한마디에 대신들도 더 이상은 눌러앉아 있을 수가 없었다.

하나둘씩 일어나며 천천히 공손창을 향해 작별 인사를 드리고 있었는데.

"으아악!"

"끄와악!"

갑작스런 비명이 울려 퍼지는가 싶더니 연회장 입구의 병사들을 헤치고 쏜살같이 장내로 들어오고 있는 사내가 보였다. 투명하고 차가운 눈빛이 인상적인 사내, 바로 광한이었다.

검과 창을 들고 있는 병사들이었건만 그들은 맨손으로 돌진하고 있는 광한을 전혀 막지 못하고 그의 손과 발이 스칠 때마다 비명을 토하며 나가떨어지고 있었다.

"헉! 저 자식은 뭐야? 어서 막아라!"

연회장을 담당하고 있는 매부리코의 경비대장이 다급하게 소리치자 행사가 진행되는 동안 계속 뒤에서 창을 들고 경계를 서고 있던 경비병들이 일제히 사내를 향해 몰려들었다.

쉬이잇!

경비병 네 명이 한꺼번에 창을 들고 광한을 향해 돌진했다. 광한은 신속한 신법으로 피하며 하나의 창을 낚아챘다.

슈카카각!

창날이 각기 네 가지의 다른 빛을 띠며 허공에서 번뜩이자 기세 좋게 달려들던 네 명의 경비병이 비명을 토하며 바닥으로 쓰러졌다. 단 한 번의 초식으로 네 명을 쓰러뜨리자 이어서 덤벼들려 했던 다른 경비병들이 순간적으로 움찔거렸다.

문득, 관릉의 눈이 당혹으로 크게 물들었다.

'창출사광무(槍出四光舞)?'

그때였다. 난데없는 침입자가 점점 안으로 진입해 들어오자 조바심을 느낀 염병학 대사농이 경비병들을 향해 노성을 질렀다.

"이런 밥통 같은 자식들! 뭔 짓거리를 하는 거야? 저까짓 놈 하나 막지 못하고! 해치워! 저 자식의 목을 베란 말야! 멍청하게 머뭇거리지 말고, 어서!"

그의 외침이 터지자 머뭇거리던 경비병들이 재차 공세를 감행하기 시작했다.

카카각!

"으악!"

"으아악!"

그러나 그들은 애당초 광한의 상대가 아니었다. 광한은 상대를 베어 나가더니 몰려드는 경비병들의 위로 솟구쳤다.

"으헉!"

염병학은 다급한 경악성을 토하며 뒤로 주춤거렸다. 허공으로 도약한 광한이 바로 자신을 향해 날아오는 것이 보였기 때문이다.

번쩍!

창이 대기를 수직으로 갈랐다.

"으아아악!"

그와 동시에 고막을 파열시킬 것 같은 처절한 비명과 함께 염병학의 머리가 갈라지며 피 분수가 터져 나왔다.

꽈당당!

대사농 염병학.

백성들로부터 빼앗은 대저택이 전국에 모두 사백 삼십여 개, 그중에 대궐이 무색할 정도로 크고 화려한 것이 무려 이십여 개나 되고, 또한 땅은 이천 경(頃:약 6백만 평)에 금은이 천 근, 비단이 오만 필이나 될 정도로 어마어마하게 부정 축재를 했다는 염병학은 그 많은 재산을 저승에도 갖고 가지 못한 채 이렇듯 참혹한 모습으로 삶의 종지부를 찍었다.

광한은 피가 뚝뚝 떨어지는 창을 여전히 굳게 움켜쥔 채 아직도 술과 음식이 남아 있는 연회용 식탁 위에 우뚝 서서 장내를 싸늘히 응시했다.

"으허억……!"

"으어어……!"

대신들은 조금 전까지만 해도 함께 히히덕거렸던 동지의 참혹한 죽음 앞에 사색이 되며 뒤로 주춤주춤 물러났다.

"그, 그렇군. 역적 북궁장천의 아들인 북궁월! 그래, 역시 바로 네놈이었군."

문득 관룡의 신음과도 같은 음성이 흘러나오자 장내의 모든 대신들은 크게 경악을 하며 또다시 웅성거리기 시작했다.

"마, 맞다… 맞아. 지난날 약관의 몸으로 서융과의 전쟁에 참전하여 서융국왕을 인질로 잡고 칠년전쟁을 승전으로 이끈 전쟁 영웅 북궁월, 바로 그 친구다!"

"어쩐지 무공이 엄청나더라니만……."

대신들은 술렁거렸고, 경비병들도 술렁거렸다. 하나 그 술렁거림의 본질은 차이가 커도 너무 컸다.

한쪽은 광한의 출현에 몹시 불안했기 때문이었고, 다른 한쪽은 광한을 향한 경외심 때문이었다.

전쟁 영웅 북궁월.

그의 이름은 한때 이 시대를 살아가는 모든 젊은이의 대표적인 우상이었고, 이름만으로도 절로 고개가 숙여지는 존경의 대상이었다.

비록 그가 부친의 역모 때문에 역적의 자식이 되어 척박한 땅으로 추방되었다고 할지라도 그에 대한 존경심이 쉽게 사그라지지 않을 정도로 중원의 젊은이들에게 그의 이름이 갖고 있는 무게는 너무도 크고 절대적이었다.

"어, 어떻게 네놈이 다시 무술을……?"

공손창이 도저히 믿지 못하겠다는 표정으로 광한을 바라보았다.

"왜? 중완혈과 기해혈을 완전히 파괴시킨 후 추방시켰으니 지금쯤 어느 이름 모를 하늘 아래에 누워 까마귀의 밥이나 되었어야 할 내가 전과 같은 멀쩡한 몸으로 돌아왔다는 게 불만인가?"

광한은 공손창을 바라보며 비아냥거렸다.

"으음……."

공손창은 침중한 신음을 삼켰다.

"폐하! 역모죄는 본시 삼족을 멸하는 법입니다! 한데 다른 사람도 아닌 역모의 수괴인 북궁장천의 아들을 살려주시겠다니요! 후환을 남기시려는 겁니까? 절대 있을 수 없는 일입니다!"

"승상, 북궁월이 아니었다면 우린 아직도 서융국과 계속 전쟁을 벌이고 있었을 것이오. 그는 이 땅의 영웅이자 짐과 백성들에겐 둘도 없는 은인이오. 아비의 죄 때문에 국난의 위기에서 나라를 구한 그런 영웅까지 효수에 처한다는 건 너무 가혹하다고 생각하오."

"하지만 살려둔다면 언제 또다시 제 아비처럼 역모를 꾀할지 모릅니다. 아무리 감춰도 사향 냄새를 숨길 수 없듯, 단지 도성 멀리 추방을 시킨다 해도 언젠가는 분명 제 아비 북궁장천처럼 황실을 향해 비수를 쳐들게 될 것입니다. 분명 그렇게 될 것입니다!"

"북궁월만큼은 죽여선 안 된다고 천하의 각처에서 탄원이 물밀듯이 올라오고 서융국과의 전쟁에 참여했다가 부상을 당한 상이 병사(傷痍兵士)들이 황도의 한복판에서 그를 살려야 한다며 죽음을 각오하고 연일 시위를 벌이고 있는 마당에 어찌 민의를 거스르면서까지 그를 효수형에 처해야 한단 말이오?"

"……."

"북궁장천의 다른 일족들은 국법에 따라 모두 효수하겠소. 하나 북궁월만큼은 그가 이 땅의 영웅이라는 점을 감안하여 추방하는 정도의 선에서 벌을 내리려 하니 승상께서도 그렇게 이해해 주시면 고맙겠구려."

"폐하, 북궁월은 그만한 역량이 있기에 살려두어선 더욱 위험한 인물입니다. 하나 만백성의 뜻이 그렇고 폐하의 뜻이 정 그러하시다면 절대 그가 제 아비의 복수를 하겠다고 칼을 잡는 그런 행위만큼은 생각할 수조차 없도록 미연에 방지해야만 합니다."

광한을 바라보며 크게 당혹스러워하던 공손창은 자신도 모르게 입술을 질끈 깨물었다.

'중완혈과 기해혈을 파괴시키면 진기를 끌어올릴 수 없는 탓에 두 번 다시 검을 쥘 수 없다고 했다. 그런데 어떻게……?

후회란 아무리 빨라도 늦은 법. 그리고 후회만으로 돌이키기에는 결코 상황이 간단치 않았다.

이미 광한이 소름이 돋을 만큼 싸늘한 눈빛으로 그를 향해 창을 내밀고 있었던 것이다.

"공손창… 당신을 죽인다, 아버지의 이름으로! 내 나라와 백성들의 이름으로! 그리고 마지막……."

광한의 몸이 허공으로 솟구쳤다.

"나의 이름으로—!"

그의 외침과 동시에 광한의 창이 대기를 찢으며 강맹한 기세로 공손창의 목을 향하여 짓쳐들기 시작했다.

파츠츠츳!

"허어억……!"

공손창의 동공은 찢어질 것처럼 크게 확대가 되고 얼굴은 하얗게 탈색이 되었다.

이 땅의 실질적인 지배자인 공손창의 목숨은 이제 광한의 창날 앞에 놓이고 말았으니…….

그러나 바로 그 순간이었다.

"어림없는 수작!"

쩌렁한 냉갈과 함께 공손창의 앞으로 벼락처럼 뛰어들며 내리찍는 창날을 막아내는 인물이 있었다.

까까깡!

대장군 좌륭, 바로 그였다.

그는 원래 쾌검좌문세가(快劍左門勢家)의 유일한 후계자였다.

한때 검술의 명문인 무당파까지도 한 걸음 양보해야 할 정도로 위명이 쩌렁했던 좌문세가였지만, 무술보다는 주색잡기에 더 심취했던 조부와 선친의 무능으로 좌문세가는 이제 강호에서 존재하지 않는 그런 전설 속의 문파가 되어버렸다.

그래도 자식을 통해 쓰러진 가문을 다시 일으키려 했던 모친의 열성 덕분에 좌륭은 열심히 노력하여 좌문세가의 절기들을 터득할 수 있었다. 그러나 워낙 조부와 부친이 가문의 이름을 더럽힌 탓에 개관을 해도 문도들이 도무지 모이질 않았다. 하여 그는 가문을 일으키겠다는 뜻을 접고 군문(軍門)으로 진로를 선회했다.

좌륭은 무술이 출중했던 탓에 곧 두각을 나타냈다. 하여 그는 안휘성(安徽省)에서 지방군을 교육하는 도진무사(都鎭撫司)에까지 올랐다. 그러나 아무리 도진무사라 할지라도 겨우 지방 성의 종칠품에 해당할 뿐이었다.

그랬던 그가 오늘날 팔기군을 지휘하는 대장군이자 중앙의 모든 군사 행정을 담당하고 있는 추밀원(樞密院)의 권력 서열 두 번째인 정이품의 추밀동지(樞密同知)라는 보직까지 겸직할 정도의 막강한 권력자가 될 수 있었던 것은 바로 공손창 덕분이었다.

십오 년 전 공손창이 지방을 시찰하던 중 갑자기 미친 소 떼들이 날뛰며 그의 마차를 향해 돌진한 적이 있었다. 제법 무예가 높던 호위 무사들이 있었지만 그들의 능력만으론 광란하는 소 떼들을 막을 수 없었던 위급한 순간이었는데, 그때 번개처럼 나타나며 소 떼를 진압하며 공손창으로 하여금 위기를 모면할 수 있도록 했던 인물이 바로 좌륭이었다.

그런 이유로 그는 공손창에게 발탁이 되었고, 든든한 후원자의 도움으로 중앙관에서 감투를 쓰고 출세에 출세를 거듭하여 지금의 위치에 이르렀던 것이다.

때문에 그는 공손창을 마치 양부(養父)처럼 모셨고, 충성심 또한 절대적이었다.

"이놈은 제가 맡을 테니 어서 물러나십시오!"

옆에 있던 병사의 검을 낚아챈 후, 또다시 공손창을 절체절명의 순간에서 구해낸 좌륭은 두려움에 덜덜 떨며 발이 얼어붙은 듯 꼼짝도 못하고 있는 그를 옆으로 밀었다.

"고… 고… 고맙네……."

공손창은 더듬거리며 뒤로 물러섰다. 어찌나 놀랐는지 자신이 오줌을 지렸다는 사실조차 잊은 채.

난데없는 훼방꾼으로 인해 공손창을 일거에 제거하겠다는 광한의 계획은 틀어졌으나 그는 여전히 여유를 잃지 않았다.

"대장군, 역시 성격이 급하군. 저 늙은이를 처형한 후 바로 당신 차례가 될 텐데 그 정도도 못 기다리는가?"

"흐흐… 북궁월, 그렇지 않아도 네놈만 생각하면 늘 배알이 비틀렸는데 잘 나타나 주었다."

그들은 창과 검을 대치한 상태에서 서로를 싸늘하게 노려보고 있었다.

"궐내의 사람들은 네놈을 가리켜 전쟁 영웅이니 황무제일인이니 하며 칭송들을 했지만 솔직히 모두 웃기는 개소리일 뿐이라구."

"……."

"네놈이 전쟁 영웅이 될 수 있었던 것은 당시 내가 재수없이 전선의 최일선이 아닌 후장군(後將軍)으로 임명된 탓에 영웅이 될 수 있는 기회를 네놈에게 빼앗겼던 것이고, 황무제일인이란 칭호 역시 사람들이 나의 무공을 제대로 보질 못했기 때문에 지껄이는 소리에 불과할 뿐이다."

"훗. 나라를 지키는 것보다 욕심 많은 늙은이나 지키며 귀염이나 받는 게 당신에겐 더 소중한 일일 텐데?"

"이런… 육시랄 놈!"

좌릉은 조롱을 받자 발끈하며 광한의 창을 걷어내며 뒤로 물러섰다.

"좋다! 어째서 네놈에 대한 칭송이 다 허구였는지 확실하게 깨우쳐 주마!"

좌릉은 쩌렁하게 소리치며 광한을 향해 검초를 펼쳤다.

좌문세가의 절학인 뇌정검법(雷霆劍法) 중 연삼출(連三出)이라는 초식이었다.

고오오오!

공간을 가르는 육중한 파공성과 함께 뇌전과도 같은 빠른 검강이 광한을 향해 짓쳐들었다.

광한은 미간에 창을 모으고 검강의 중앙을 향해 일식을 내리그었다.

카카칵!

강기와 강기가 허공에서 충돌을 일으키며 수많은 불꽃을 사방으로 튀게 하였다.

"……!"

광한은 흠칫하며 서너 걸음 물러났다. 그의 섬광 같은 일초식은 좌룡의 검을 막기에는 부족함이 없었다. 하나 좌룡의 공력은 생각 이상이었다. 광한이 전력을 다해 상대하지 않으면 오히려 당할 수도 있을 정도로 고강했던 것이다.

"과연… 남의 공을 시샘하고 배 아파할 만하군."

"흐흐… 알면 됐어. 네놈은 단지 운이 좋았을 뿐이라니까."

좌룡은 득의만만한 미소를 흘리며 재차 광한의 목줄기를 노리고 달려들었다.

파츠츠촛!

이번에 그가 택한 초식은 좌문세가를 한때 무림 최고의 검문으로 만들었던 구절검법(九絶劍法) 중 검자척(劍刺斥)이었다.

구절검법은 초식이 간명한 만큼 순간의 움직임에 있어서는 그 어떤 초식보다도 강맹하고 폭발적인 위력을 지니고 있었다.

좌룡의 검이 광한의 두개골 쪽으로 내리긋는 순간,

스슷……!

느닷없이 광한의 신형이 옆으로 순간 이동을 하였다.

"아니……!"

광한의 절묘한 신법으로 졸지에 목표점을 잃은 좌룡은 급히 검을 회수하려 했다.

쉬쉿!

그러나 광한의 창이 그보다 빨랐다.

"커헉!"

좌륭은 헛바람을 일으키며 허리를 뒤로 젖혔다. 펑퍼짐한 체형상 도처히 불가능할 것 같은 유연한 몸놀림으로 완벽하게 뒤로 젖히며 공중제비를 돌았다.

광한과 좌륭의 격전을 지켜보는 공손창의 눈가에 일말의 불안감이 스치기 시작한 것도 바로 이때였다.

'역시… 대단한 놈이다! 황무제일인이라는 칭호가 전혀 손색이 없을 만큼……!'

이어 공손창은 자신의 곁에서 시종일관 넋 잃은 표정으로 두 절정 고수간의 격전을 지켜보고 있던 경비대장인 매부리코의 귀를 잡았다.

"하아… 하아……."

멀찌감치 뒤로 물러난 좌륭은 거친 숨을 몰아쉬고 있었다.

비록 놀라운 유연함으로 겨우 피하기는 했지만 예기치 못한 광한의 일격에 의해 그의 왼쪽 가슴에서는 선혈이 흐르고 있었다.

'젠장… 아찔한 순간이었다. 만약 판단이 조금만 늦었다면…….'

당연히 그의 왼쪽 심장에 광한의 창이 꽂혔을 것이다.

꾸륵… 꾸륵……

좌륭은 문득 스친 그의 가슴에서 쉼없이 흘러나오는 핏물을 쳐다보았다.

'젠장. 정말 엄청난 놈이다. 한때 무당파 검법보다도 더 높게 평가되던 우리 좌문세가의 검술로도 놈의 털끝 하나 건드릴 수가 없다니……. 게다가 내공 수준도 나보다 훨씬 높고…….'

좌륭은 아무리 머리를 굴려봐도 광한을 꺾을 수 있는 방법이 떠오르질 않았다.

'공손 승상이 지켜보는 앞이다. 무조건 놈을 꺾어야만 한다! 그렇지 못하면⋯⋯.'

절대적 신임이냐?

아니면 신임의 추락이냐?

관륭에겐 그 어떤 수단과 방법을 강구해서라도 무조건 승리를 이끌어내야만 하는 절박함이 있었다. 때문에 대장군이라는 체면까지 버릴 수밖에 없는 최후의 선택을 했다.

'어쩔 수 없군.'

좌륭은 입술을 질끈 깨물며 천천히 우수를 품속에 넣었다.

그리고는 광한을 향해 벼락같이 우수를 뿌렸다.

패액!

도장 크기 정도의 작은 목통이 광한을 향해 날아갔다.

타─앙!

광한은 창으로 자신을 향해 쏘아오는 목통을 갈랐다. 한데 뜻밖에도 그 속에서 소털보다 더 가는 수많은 침들이 튀어나와 광한을 향해 덮쳐드는 것이 아닌가!

"흡!"

광한은 등골이 서늘해지는 것을 느끼며 급히 해학승운(海鶴昇雲)의 신법을 전개하면서 급히 솟구쳐 피했다.

"음하핫! 어림없는 수작!"

좌륭은 득의만만한 앙천광소를 뿌리며 이번에는 아예 목통 뚜껑을 연 상태로 침을 뿌려댔다.

피피피잇!

암기의 숲을 겨우 빠져나온 광한은 또다시 암기의 천라지망을 맞이하게 되었다.

광한은 입술을 질끈 깨물며 창의 중심부를 살짝 손바닥 위에 올려놓았다.

위이이잉!

이어 광한은 창을 바람개비처럼 맹렬히 돌리며 좌룡을 향해 날아들었다.

타타타탁!

좌룡이 발산한 암기는 바람개비처럼 돌아가는 창에 의해 튕겨져 나갔다.

"으허억⋯⋯!"

좌룡은 기겁하며 뒤로 물러섰다.

바람개비처럼 창을 돌리며 날아들던 광한이 창을 고쳐 잡고 수직으로 내리찍었다.

그 기세에 주눅이 들어버린 좌룡은 맞대응이 힘들다고 판단하고 서둘러 피했다. 그러나 이번엔 조금 늦었다. 조금⋯⋯.

슈칵!

뼈를 가르는 섬뜩한 소리와 함께 뜨거운 선혈이 분수처럼 사방으로 퍼져 나갔다.

그와 동시에 처절한 절규가 울려 퍼졌다.

"으아아악!"

좌룡, 그는 다급히 몸을 빼며 피하려 했으나 간발의 차이로 왼쪽 무릎 이하의 다리를 육체에서 이탈시키고 말았다.

"으악! 내 다리⋯ 내 다리⋯⋯!"

중심을 잃고 쓰러진 좌릉은 이미 떨어져 나간 무릎 쪽을 움켜잡고 고통에 몸부림 쳤다.

광한은 얼마든지 힘들이지 않고 좌릉의 목을 칠 수 있는 상황이었다. 그러나 그는 좌릉의 목을 치지 않았다. 그보다 먼저 해결해야 할 복수의 우선 순위가 있었다.

"으어어……!"

광한이 고개를 돌려 자신을 응시하자 공손창은 또다시 오줌을 지리며 기겁했다. 그러면서 주춤주춤 물러나며 병사들의 뒤로 숨었다.

연회장 안엔 많은 대신들이 있었지만 좌릉을 빼고는 모두 무술에는 문외한들이었다. 또한 경비를 섰던 이십 명의 병사 중 이미 열댓 명이 죽거나 부상을 당한 상태였다. 남은 인원으로 광한을 막아낸다는 건 도저히 불가능했는데…….

"와아아!"

그때 우레와 같은 함성과 함께 경비대장이었던 매부리코를 앞세우며 거의 이백여 명에 달하는 병사들이 연회장 안으로 몰려들었다. 공손창은 좌릉이 혹시 질 수도 있다는 생각에 매부리코에게 병력을 끌고 오라는 지시를 내렸던 것이다.

"타아앗!"

광한은 병력들이 몰아닥치기 전에 공손창의 목을 베겠다는 계산을 하며 몸을 날렸다.

"뭐, 뭣들 하느냐? 막아! 막으라구!"

공손창은 생쥐처럼 병사들의 뒤에 숨은 상태로 독려했다. 물론 그로 인해 세 명의 병사가 어쩔 수 없이 광한을 막았으나 그것은 단지 시간 연장 수단에 불과했다.

"으아악!"

"크악!"

세 명의 병사가 단지 시간 연장을 위해 애꿎은 목숨을 잃고 말았다. 자신의 목숨을 구하기 위해 등을 떠미는 잘난 주군 때문에.

광한은 재차 공손창을 향해 노렸다. 하나 공손창은 이미 몰려오는 병사들 사이로 몸을 옮기고 말았다.

"저놈을 잡아라! 아니, 처단해도 상관없다. 저놈을 잡는 용감한 병사에게는 내가 장군도 시켜주고 성주도 시켜주고, 정승도 시켜주며 출세를 보장해 주겠다!"

안락하게 몸을 옮긴 공손창은 감투를 남발하며 병사들의 용맹을 부축였다.

황제도 아닌 그가 감투를 남발한다는 게 어불성설이긴 했으나, 병사들은 그의 말을 신뢰했다. 공손창이 원하는 대로 되는 세상이라는 것을 그들은 어느 누구보다도 가까이서 지켜보아 알기 때문이다.

"와아아! 저놈을 잡아서 나도 대장군이 한번 돼보자!"

"난 우리 고향에 가서 성주 노릇을 해야겠다!"

감투 때문인가?

그들은 더욱 용감해졌다.

이제 자신의 눈앞에 있는 인물이 한때 중원의 영웅이었고, 그들이 존경하던 우상이었다는 기억은 사라졌고, 그들의 머리 속을 지배하는 것은 출세에 대한 욕구뿐이었다.

슈카카각—

"으아악!"

쐐애액—

"캐애액!"

무수히 많은 병사들이 광한의 창날 아래에서 쓰러져 갔다. 하나 그래도 병사들은 전혀 물러서질 않았다.

어차피 공손창의 녹을 먹고 있는 개인 사병인 탓에 주인을 위해서 싸울 수밖에 없다. 마지못해 싸울 수밖에 없던 판이었는데 잘만하면 출세까지 보장된다니……

그런 탓에 병사들은 더욱 적극적으로 덤벼들었고, 무모할 정도로 용감하게 부딪쳐 갔고, 시간이 흐름에 따라 오히려 확실한 우위를 점령할 수가 있게 되었다.

파앗!

땀으로 뒤범벅을 하며 물밀듯이 밀려드는 병사들을 상대하던 광한은 문득 옆구리에 극심한 통증을 느꼈다. 뻥 뚫린 코가 인상적인 들창코가 지친 틈을 이용하여 창으로 광한의 옆구리를 찍었던 것이다.

"꺄호! 됐어! 승상님, 제가 찔렀습니다!"

들창코는 너무도 좋은 나머지 혹시라도 자신의 존재가 헷갈릴 수 있다는 판단에 공손창을 향해 크게 소리쳤다.

그 순간 광한의 창날이 들창코의 얼굴을 갈랐다.

파아앗!

들창코는 비명조차 제대로 지르지 못하고 피 분수를 뿌리며 잠시의 기쁨만 간직한 채 덧없는 저승길로 떠났다.

"우욱……"

광한은 몸을 크게 움직이자 통증이 극심하게 몰려들었다.

"놈이 부상을 당했다! 됐어. 더욱 강맹하게 몰아붙여 승기를 잡자구, 어서!"

공손창은 광한이 비틀거리는 모습을 보자 더욱 큰 소리로 병사들을 독려했다.

차차창!

파파팍!

정말 물밀듯이 몰려들었다. 아무리 막고 또 막았지만 기습당한 육신으로는 무섭게 밀려드는 병사들을 막기란 역부족이었다.

푸욱!

이번엔 짝눈을 하고 있는 병사의 창이 광한의 어깻죽지를 파고들었다.

"우우욱……."

광한은 더 이상 견디지 못하고 무릎을 꿇었다.

"이야앗! 숨통은 내가 끊어놓겠다!"

"뭔 소리! 내 몫이다!"

병사들은 공을 자신의 것으로 만들기 위해 광한을 향해 흡혈귀처럼 달려들었다.

그 순간,

"갈—!"

천둥과 같은 고함 소리와 함께 거대한 불기둥이 마치 태풍과도 같은 속도로 흡혈귀 같은 병사들의 등판을 향해 몰아쳤다.

화르르릉!

"으헉!"

"피, 피해랏!"

병사들은 기겁을 하며 사방으로 흩어졌다.

콰콰쾅!

불기둥은 몸을 피한 병사들 사이로 날아가며 벽면을 갈겼다.

"어, 어떤 놈이……?!"

공손창은 화들짝 놀라며 불기둥이 날아온 입구 쪽으로 고개를 돌렸다.

쉬이익!

어두운 그림자 하나가 불기둥이 날아간 방향을 쫓아서 날아갔다. 도저히 육안으로 확인할 수 없는 놀라운 경공이었다.

그림자는 곧바로 쓰러져 있는 광한을 부축했다. 광한은 희미하게 눈을 떴다.

"과, 광마불… 노선배님?"

그렇다.

그 그림자의 정체는 바로 광마불이었다.

"쯧쯧… 한심한 녀석, 꼴 좋군."

광마불은 혀를 차며 씁쓸한 표정을 지었다.

"노, 노선배님이 어떻게……?"

"이놈아, 지금 급한 건 그게 아냐. 일단 이곳을 벗어나기나 하자구."

광마불은 광한을 부축하며 몸을 일으켰다.

"아, 아니? 저, 저 늙은이는 또 뭐야?"

공손창은 황당한 표정으로 광한을 부축하고 있는 광마불을 쳐다보았다.

"이 멍청한 놈들아, 뭐 하고 있어! 저놈들이 도망치려고 하잖아! 어서 막아, 어서!"

너무도 엄청난 장력을 폭사하며 출현한 광마불로 인해 잠시 어찌할 바를 모르고 멍하니 물러서 있던 병사들을 향해 다급히 소리쳤다.

병사들은 정신을 가다듬고 광마불의 앞을 가로막기 시작했다.

"안 비켜? 그럼 모두 태워 버린다?"

광마불은 인상을 긁으며 광한을 부축한 상태에서 우수를 휘둘렀다.

화르르릉!

또다시 엄청난 불기둥이 그의 장심에서 뻗쳐 나왔다.

"으허헉! 어마어마한 고수다!"

"피해랏!"

병사들은 막을 생각은커녕 기겁을 하며 피하기에 급급했다. 자칫하면 불에 타 죽게 생겼는데 어찌 앞을 가로막을 수 있겠는가!

쉬이잇!

화장(火掌)으로 인해 앞의 공간이 뻥 뚫리자 광마불은 광한을 부축한 상태에서도 어렵지 않게 몸을 날려 빠져나갈 수가 있었다.

"뭐, 뭐야? 이 밥통 같은 놈들아! 저놈들이 도망가고 있잖아! 뭐 해? 어서 잡으란 말이야! 빨리!"

공손창은 발악하듯 고래고래 소리를 질렀다. 일국의 승상이라는 권위와 체통도 잊은 채……

제28장

연경성 함락

연경성 함락

—난 연경의 성주다! 죽어도 이 성과 운명을 함께할 것이다!
북을 치거라! 그리고 절대 물러섬없이 싸워라!
최후의 일각까지 싸워야 한다!

멀리…

여명이 움터오고 있었다.

그러나 어제 낮부터 시작된 연경성의 전투는 밤을 지새우고
도 여전히 끝을 모르고 계속 이어지고 있었다.

연경성의 성루에 세 명의 인물이 우뚝 서 있었다.

성주 담일목과 두 명의 장군.

마지막까지라도 남아 연경을 사수해야만 할 인물들이었다.

성주 담일목은 황제의 최측근인 담일기와는 사촌 형제로 대
륙의 두 번째 거도(巨都)인 연경을 별다른 과오 없이 이끌어왔
을 뿐만 아니라 공직자들이 뇌물을 수수하거나 백성들을 기만
하는 일을 저지르면 가차없이 처벌함으로써 공직자의 기강을
바로 세웠던 강직한 인물이었다.

담일목은 어둠이 걷히는 장대에 서서 성 밖을 바라보고 있
었다.

멀리 곳곳에서 불길이 치솟고 있는 모습이 그의 시야에 들어왔다.

"성주님, 예상대로인 것 같습니다. 적도들의 수가 너무 많습니다."

구레나룻까지 흰털로 뒤덮인 육십 대의 장군이 굳은 표정으로 입을 열었다.

독고황 위위(衛尉), 남군의 최고 지휘자로서 그동안 외세들과의 전쟁을 비롯하여 내부의 민란(民亂)까지 무려 오십여 차례의 크고 작은 전투에 참전하여 혁혁한 공을 세웠던 역전의 용장이었다.

"……."

담일목은 여전히 입을 굳게 다물고 숫아오르는 불길을 쳐다보고 있었다.

이미 최일선의 전진 기지가 무너졌다.

그리고 이차 방어 기지들이 밤을 세우며 물밀듯이 몰려드는 적도들과 긴 초겨울 밤을 하얗게 세우며 치열한 전투를 벌이고 있었으니…….

담일기는 결코 긴장을 놓을 수 없는 상황이었다.

그때였다.

전령으로 보이는 병사 한 명이 급히 망대 위로 뛰어올라 왔다.

"서, 성주님, 큰일났습니다!"

큰일이라는 소리에 담일기의 눈썹이 송충이처럼 꿈틀거렸다.

"우측 방어선이 급격히 무너지면서 적도들이 미친 듯이 밀려들고 있습니다."

"무엇이!"

담일기는 눈을 부릅뜨며 경악을 했다.

"그쪽이 뚫려서는 절대 안 된다! 좌 중위(中尉)가 직접 예하 부대를 이끌고 가서 그들을 막으시오."

좌대천 중위.

북군의 최고 지휘자이자 서융국과의 칠년전쟁 때 우장군(右將軍)으로 참전하여 혁혁한 공을 세웠던 관록의 맹장. 더욱이 그는 한때 황실 경비 병들에게 무술을 지도할 정도로 무예의 달인으로 불리는 장군이었다.

"알겠사옵니다, 성주님."

좌대천은 정중히 포권을 한 후 급히 망대 밑으로 몸을 날렸다.

사라지는 좌대천의 뒷모습을 바라보는 담일기의 표정엔 초조와 긴 장이 가득했다.

차차창!

"으아악!"

"크아아악!"

온 산야와 벌판이 혈전에 소용돌이를 치며 이곳저곳에서 연경성 병 사들의 처절한 단말마의 비명이 울려 퍼지고 있는 그 순간,

콰두두두!

좌대천과 그의 예하 부대원들이 한 떼의 군마들을 이끌고 성 밖으로 달려나왔다.

"쳐라! 적도들을 궤멸하라!"

좌대천은 고함을 지르며 자신의 애검인 탈혼패검(奪魂覇劍)을 치켜 들고 적진 깊숙이 달려들었다.

카카칵!

"으악!"

"커허억!"

좌대천의 탈혼패검이 무섭게 불을 뿜자 기세등등하게 날뛰던 금마

국의 군사들이 피 화살을 쏟으며 쓰러졌다. 그와 동시에 그들의 전열도 흔들렸다.

그것을 신호로 좌대천과 함께 온 북군 기마대가 금마국 군사들과 맞서며 혈투를 벌여 나가기 시작했다.

그러자 거칠 것 없이 두 개의 쌍 도끼를 휘두르며 대륙의 병사들을 도륙하던 타미루의 눈이 휘둥그레졌다.

"아, 아니, 저 자식들이?!"

타미루는 말머리를 바꾸며 쏜살같이 좌대천을 향하여 돌진했다.

"이노옴! 내가 상대해 주마!"

쐐애애액!

타미루의 도끼 하나가 대기를 가르며 좌대천의 얼굴을 향해 짓쳐들었다.

"하하핫! 오냐, 나 역시 바라던 바다!"

좌대천은 탈혼패검을 굳게 움켜쥐며 타미루의 공세에 대항했다.

차차창!

도끼와 검이 부딪치며 찬란한 불꽃들이 허공을 뒤덮었다.

타미루가 오른손으로 부강(斧罡)을 뿌리면 좌대천은 역시 검강(劍罡)으로 막으면서 역공을 펼쳤고, 타미루가 왼손으로 부강을 뿌리면 좌대천은 피하면서 검기를 날렸다.

그야말로 서로 한 치의 양보도 없는 일진일퇴의 난전이었던 것 같았으나 정작 당사자인 타미루의 얼굴은 식은땀이 줄줄 흘러내리고 있었다.

'젠장! 보통 놈이 아니다! 나의 쌍 도끼로는 놈을 꺾을 수가 없겠는걸?'

한때 황실 경비대의 무술 교관으로까지 근무했던 좌대천이었다. 아무리 타미루의 쌍 도끼가 위력이 고강하다고 할지라도 이런 마상에서의 전투로는 시간이 흐를수록 열세를 면할 수가 없었다.

타미루는 급히 쌍 도끼를 품속에 꽂으며 지면으로 몸을 놀렸다.

그러자 좌대천은 타미루의 중단을 노리며 마상에서 도약했다.

쐐애액!

좌대천의 탈혼패검이 타미루의 심장을 향해 날아드는 순간,

쓰으으……

타미루는 허공으로 공중제비를 돌며 공세를 피했다.

파츠츠츳!

그와 동시에, 고막을 후벼 파는 듯한 파공음과 함께 열 개의 손가락이 호선을 그리며 좌대천의 이마와 가슴을 육박해 왔다.

좌대천은 슬쩍 어깨를 흔들며 옆으로 한 걸음 물러났다.

파앗!

그러나 어느 사이엔가 그의 갑옷 가슴팍엔 두 개의 구멍이 뚫려 버렸다.

좌대천은 식은땀을 훔치고는 이내 오른손을 흔들었다.

쓰팟!

마치 바람이 갈라지는 듯한 음향과 함께 눈부신 섬광이 타미루의 목 구멍을 향해 피어올랐다. 그것은 그야말로 눈부시다고밖에 할 수 없는 섬뜩한 쾌검이었다.

타미루는 설마 그의 출수가 이리도 빠를 줄은 예측을 못한 듯 황급히 신형을 날리려 했으나 안타깝게도 좌대천의 검이 그의 움직임보다 빨랐다.

푸욱!

좌대천의 검이 타미루의 옆구리에 사정없이 꽂혔다.

좌대천의 입가에 득의만만한 미소가 번졌다. 하나 검에 찔린 타미루도 똑같은 미소를 짓고 있는 것은 또 무엇인가?

타미루는 자신의 옆구리에 꽂힌 좌대천의 검을 왼손으로 움켜쥐었다. 비록 옆구리는 찔렸지만 처음으로 좌대천의 검이 그의 손에 붙잡힌 격이 되었다.

순간, 좌대천의 얼굴엔 '아차' 하는 당혹감이 가득 피어올랐다. 그러나 늦어도 너무 늦었다. 갈고리처럼 웅크린 타미루의 오른손이 이미 그의 턱을 걸어 올린 뒤였다.

뻑!

요란한 타격음과 함께 좌대천의 머리는 '으드득' 하는 소리를 내며 뒤로 꺾어졌다.

쿠웅!

그리고 자신의 죽음을 믿지 못하겠다는 표정으로 두 눈을 부릅뜬 채 그렇게 차가운 바닥에 쓰러지고 말았다.

"와아아―!"

좌대천이 쓰러지자 금마국 군사들은 지축이 흔들릴 것 같은 함성을 지르며 다시 돌진하기 시작했고, 대륙의 병사들은 급속도로 전열이 흩어지며 도망치기 시작했다.

"진격하라! 이제 눈앞이 연경성이다!"

타미루는 쩌렁하게 소리를 치며 부하들을 독려했다. 그러나 정작 본인은 옆구리를 잡고 휘청거리며 한쪽 무릎을 꿇었다.

"젠장… 이거 피가 너무 나는군."

그는 쓰러진 병사의 옷을 찢어 허리를 휘감으며 지혈을 했다. 그러면서 문득 여전히 눈을 부릅뜨고 누워 있는 좌대천을 쳐다보았다.

"놀라운 무술이더군. 하나 전투는 무공이 높다고 이기는 게 아니지. '살을 내주고 뼈를 꺾겠다'는 생각이 순간적으로 떠오를 수 있을 정도의 임기응변이 더 중요할 때도 있거든. 이번 경우처럼. 흐흐흐."

타미루는 득의만만한 미소를 흘리며 일어났다. 그리고 언제 부상을 당했느냐는 듯 이내 군마에 올라탔다.

"이제 성만 함락시키면 끝이다! 푸하하하!"

콰두두두!

그리고 쩌렁한 앙천광소를 토하며 또다시 진격을 시작했다.

"크흐흑! 성주님……."

피투성이가 된 전령은 급히 망루로 뛰어올라 오며 담일기의 앞에서 쓰러지듯 부복을 하였다.

"성 밖의 모든 방어선들이 무너졌습니다."

"뭣이라?!"

"방어진의 모든 장수들은 전사를 하였고, 급히 북군 기마대와 함께 지원을 나오신 좌대천 중위님까지 전사하셨습니다."

"오오… 어찌 그런 일이……."

담일목은 가슴이 찢어지는 것 같은 참담함을 느꼈다.

전진 기지를 비롯하여 후방의 모든 방어진, 그리고 지원 나간 북군까지 모두 궤멸되었다는 것은 이제 성의 함락이 시간문제라는 의미가 된다.

대륙의 두 번째 거도인 연경성이 이제 적도들에게 넘어가는 일만 남았다는 얘기니 성주인 그의 심정이 오죽하겠는가!

"성주님, 일단 성을 버리고 피하십시오. 그래서 후일을 도모하시는 게 옳을 듯합니다."

전령과 함께 망루로 올라온 염소수염의 장군이 침통한 표정으로 입을 열었다.

"이제 더 이상… 지원병은 없는 것인가?"

담일목은 씁쓸히 뇌까리듯 음성을 발했다.

"근접 지역에서 지원한 지방군만으로 적도들을 막으라고 하다니… 조정에서 너무도 금마국의 무리를 과소평가했습니다."

전쟁으로 잔뼈가 굵은 독고황 위위의 주름진 눈에도 이슬이 고이고 있었다.

그 순간 금마국의 용사들이 광활한 대지를 새까맣게 물들이며 몰려오는 모습이 시야에 들어오기 시작했다.

"으헉! 성주님, 위위님! 이미 틀렸습니다. 적도들이 곧 들이닥칠 겁니다! 어서 피하십시오!"

염소수염은 안절부절못하며 조급해했다.

"닥치거라! 난 연경의 성주다! 죽어도 이 성과 운명을 함께할 것이다! 북을 치거라! 그리고 절대 물러섬없이 싸워라! 최후의 일각까지 싸워야 한다!"

담일목의 절규와도 같은 처절한 외침이 터졌다.

둥— 둥— 둥—

"더욱 크게 북을 울려라! 모두 성곽을 지켜라!"

둥둥—둥. 둥둥둥.

"우와아아!"

"와아아……!"

북소리는 최고조에 이르는 순간 금마국의 용사들은 하늘이 떠나갈 듯한 함성을 지르며 달려들기 시작했다.

석포와 화살을 쏘아대며……

성을 지키려는 자와 빼앗으려는 자의 마지막 격전은 이렇게 벌어지고 있었다.

*　　　　*　　　　*

무대붕은 아침부터 심각했다.

간밤의 꿈이 왠지 자꾸 마음에 걸렸다. 하여 꿈 해몽에 일가견이 있다는 장례단주 주부래를 불러들였는데 곁다리로 환규까지 따라왔다.

"임마, 넌 뭐 하러 왔어?"

"나도… 꿈에 대해던 돔 알어. 우리 아부디가… 박두무당이었단아."

아버지가 박수무당이었던 탓에 자신도 주워들은 풍월이 있다는 환규의 답변이었다.

"음… 좋아. 그럼 주 단주와 같이 너도 한번 풀어봐라."

"각하, 어떤 꿈인데 그러십니까? 제가 깔끔하게 해석해 드릴 테니어서 말씀해 보십쇼."

자칭 개방의 족집게 도사인 주부래가 모처럼 무대붕에게 잘 보일 수 있는 건수를 잡았다는 듯 흐뭇한 표정으로 말했다.

"내가 어젯밤 꿈에서 어느 깊은 산에서 도끼질을 하며 나무를 자르고 있었거든."

드디어 무대붕이 심각한 표정으로 입을 열기 시작했다.

"그러다가 도끼가 손에서 미끄러지면서 뒤에 있는 연못에 풍당 하고 빠지더라구."

"그래서요?"

"당연히 도끼를 찾으려고 연못에 들어가려는 순간 갑자기 뿅~ 하면서 연못 위로 산신령이 나타나지 뭐겠어?"

"다, 단딘령이 나타났따구?"

환규가 갑자기 황당한 표정을 짓기 시작했다.

"웅. 산신령이 나타나서 은 도끼를 나한테 보여주며 '이것이 네 도끼냐?' 하길래 아니라고 했더니…….."

"다음엔 금 도끼를 보여줬띠?"

환규는 마치 다음 내용까지 잘 알고 있다는 듯 무대봉의 말을 잘랐다.

"임마! 좀 가만있어. 꿈이 헷갈리니까."

'헷갈리고 말고 할 게 없는데?'

환규는 고개를 갸웃거렸다.

"은 도끼가 아니라니까 그 다음엔 나무 도끼를 보여주는 거야. 그래서 그것도 아니라고 했지."

"그래서요?"

"그러니까 다음엔 금 도끼를 보여주며 '이것이 네 도끼냐?' 고 다시 묻길래 짜증스럽고 해서 '맞수. 그게 내 도끼요' 했더니만 산신령이 '에라, 이 도둑놈아! 양심 좀 갖고 살아라' 하고 인상을 긁더니만 다시 뿅~ 하고 사라지지 뭐겠어? 이게 도대체 무슨 꿈이지? 설마 나쁜 꿈은 아니겠지?"

"그, 글쎄요……."

주부래가 황당한 표정을 짓자 환규가 끼어들며 입을 열었다.

"각하야, 그 얘기는 예던에 해동(海東)에서 온 거다가 다기네 나라 민담(民譚)이라며 했떤 얘기랑 똑같단아?"

"임마! 그건 은 도끼, 금 도끼, 자기 도끼 순서로 얘기가 된 후 산신령이 착하다고 도끼 세 개를 다 준 거고, 이건 엉뚱하게 나무 도끼가 중간에 나오고 나더러 도둑놈이라고 욕지거리를 한 건데 뭐가 똑같다는 거야? 달라도 한참 다르지!"

무대붕은 자신의 고귀한 꿈을 지난날 해동의 거지에게서 들은 얘기와 똑같이 취급하자 몹시 불쾌한 듯 버럭 성질을 부렸다.

"그, 그래도 너무 비슷한데……."

"씨앙~ 임마! 넌 모르면 가만히 찌그러져 있고, 주 단주 얘기해 봐. 어떤 꿈야? 길몽야? 흉몽야?"

"그, 글쎄요… 제가 수많은 꿈 해몽은 해봤지만 산신령과 도끼 꿈은……."

주부래가 머리를 긁으며 더듬거리는 순간,

"태몽이구만."

느닷없이 뾰족한 음성이 고막을 파고들자 무대붕은 벼락처럼 고개를 돌렸다.

어느새 나타났는지 가옥이 우뚝 서 있었다.

"이, 이 계집애야! 여긴 또 왜 들어왔어? 내 집무실이 무슨 놀이터인 줄 알아?"

무대붕은 보자마자 얼굴을 구기며 짜증부터 부렸다. 가옥만 보면 괜히 속이 뒤집히고 뇌가 흔들리는 등 몸에서 이상 반응이 일어났다.

"네 상태를 보러 왔지. 괜찮으면 다시 한판 붙으려고!"

흠칫!

다시 한판 붙으러 왔다는 얘기에 무대붕은 움찔하더니 갑자기 손으로 자신의 뒷목을 어루만지기 시작했다.

"끙… 이 계집애야, 내가 말했잖아. 난 후유증이 풀리는 데 시간이 오래 걸린다구. 그리고 내가 얼마나 몸 상태가 안 좋으면 그런 악몽까지 꾸겠냐? 좀 더 기다려. 내 몸은 지금 최악이야."

아직 가옥과의 재비무에 대한 묘책을 얻지 못한 무대붕은 계속 피곤이 안 풀렸다는 이유로 핑계를 댔다.

"젠장! 그건 악몽이 아니라 태몽이라니까!"

가옥은 단정하듯 소리쳤다.

"끄응~ 태몽을 남자가 왜 꾸냐? 가옥아, 내가 충고 하나 하는데 얘기 하려면 뭣 좀 알고……."

"모르는 소리 하는 건 바로 너야. 남자도 태몽을 꾼다구!"

가옥이 말을 자르며 너무도 자신있게 입을 열자 무대붕은 고개를 갸웃거리며 주부래를 쳐다보았다. 그러자 주부래가 고개를 끄덕였다.

"예, 남자도 태몽을 꾸죠. 제 아들 녀석 태어날 때 제가 태몽을 꿨거든요. 돼지가 마작을 치는 꿈이었죠. 허허……."

"그, 그렇지만 난 마누라도 없는데 무슨 태몽을……?"

무대붕은 여전히 황당할 뿐이었다.

"잘 생각해 봐, 혹시 어디서 사고 치지 않았는지."

가옥이 추궁하듯 입을 열자 무대붕의 표정은 자못 심각해졌다.

"누, 누구지? 내가 요즘 이층 공사를 한 건 기녀들밖에 없는데……."

"그럼 기녀들 중 한 명이겠군."

"아, 아냐, 그럴리는 없을 거야. 야래향의 기녀들은 그런 우발적인 사고까지도 충분히 대비해서 손님을 받는다고 했거든. 대화루의 주인장이 나한테 그렇게 얘기했다구. 분명히……."

"그럼, 형제나 친한 친구의 태몽을 대신 꾼 모양이군."

"미안하지만 난 형제나 친구가 없다. 부하들은 널렸어도."

"아무튼 그래도 그건 태몽야."

가옥이 더 이상 얘기하기가 귀찮다는 듯 등을 돌려 나가려 하자 무대붕이 급히 그녀의 팔목을 잡았다.

"어째서 태몽이 확실하다는 거지? 그냥 단순한 개꿈일 수도 있잖아?"

"울 엄마가 나 임신했을 때 친구가 대신 산신령이 나오고 도끼가 나오는 그런 꿈을 꿨댄다. 그러니 태몽 맞잖아."

"……?"

"주변에 누가 임신했는지 모르지만 아마 틀림없이 딸을 낳을 거다, 그것도 나같이 화끈한 딸을."

그러자 무대붕의 얼굴은 누렇게 떴다.

'내 주변에 애랑 똑같은 딸을 낳기 위해 임신한 사람이 있다구? 누구지? 더 늦기 전에 어서 지우라고 얘기해 줘야 하는데…….'

*　　　　*　　　　*

슈아아앙!

쾅! 콰앙!

"으악!"

"으아악!"

수많은 석포가 망루와 성벽을 부수고, 금마국의 군사들은 운제(雲梯:성을 공격할 때 쓰는 높은 사다리)를 이용하여 벌 떼처럼 성을 오르고 있었다.

"물러서지 마라! 물러서지 말고 성을 지켜라!"

담일목 성주와 독고황 위위는 고함을 지르며 자신의 병사들을 독려하였다. 하나 이미 금마국 군사들은 성벽을 타고 넘어오기 시작했고, 아래로는 거대한 석주에 의해 굳게 닫혀진 성문이 부서져 나가고 있었다.

콰쩌쩌적!

"와아아……!"

"우와아아!"

마침내 성문이 부서지며 금마국의 병사들이 성난 이리 떼처럼 몰려들기 시작했다.

"막아라! 끝까지 성을 사수하라!"

담일목은 목에서 피가 터지도록 외치고 또 외쳐 댔다.

그러나 금마국의 군사들은 이미 기세가 꺾인 자신의 병사들을 도륙하며 장대에까지 몰려들고 있었으니…….

이제 연경은 바람 앞에 꺼져 가는 등불과 다를 게 없었다.

                    *   *   *

태화전(太華殿).

황제가 여러 문무백관들과 국사를 논의하는 그곳에서는 오전부터 어전 회의가 열리고 있었다.

"폐하! 이 일을 어찌한단 말입니까? 결국 우려하던 일이 일어나고야 말았습니다!"

"놈에게 조무 정위와 염병학 대사농이 살해를 당하고, 좌룡 대중군은 다리가 절단되고, 기절후 상서복야는 미친 듯이 사람들을 도륙하는 놈의 광란에 거품을 물고 쓰러지기까지 하였습니다."

"뿐만 아니라 피에 굶주린 이리처럼 날뛰는 그놈 때문에 공손 승상께서도 하마터면 심히 위험한 경우를 당할 뻔하였습니다."

"만약 공손 승상께 위해가 가해졌다면 이 나라 종묘사직은 어찌 되겠습니까? 폐하! 지금이라도 당장 중원 전역에 놈에 대한 수배령을 내리셔야만 하옵니다!"

태화전 안에 모인 대신들은 치를 떨며 지난밤 광한의 기습을 성토하고 있었다.

하나, 영중제가 오늘 이들을 불러 모은 것은 그 이유가 아니다. 금마국의 침략으로 연경성이 넘어가게 생겼다는 얘기를 하기 위함이었거늘 이들은 광한의 기습을 더 절박한 문제로 취급하고 있었다.

"폐하, 이런 일이 있을까 봐 소신이 그때 북궁월을 처단하여 후환을 없애야만 한다고 간곡히 말씀드리지 않았사옵니까?"

공손창은 마치 영중제의 과오를 추궁하듯 입을 열었다.

"이제 어쩌실 겁니까? 놈은 제 아비의 복수를 하겠다고 황실과 저희를 향해 칼을 겨누고 있으니… 대체 이 일을 어찌해야 좋단 말이옵니까?"

"이보시오, 승상. 아무리 북궁월이 제 아비의 복수를 위해 황도에 나타났다 할지라도 더 시급하게 의논해야 할 문제는 바로 연경이오. 그 문제는 차후로 미루고 어떻게 하면 연경을 지킬 수 있을 것인지 묘안을 한번 내보시오."

영중제는 답답하다는 표정을 지으며 입을 열었다. 그러나 불행하게도 문무백관들의 생각은 달라도 너무 달랐다.

"폐하, 지난번에도 말씀드렸듯이 연경성은 동북서가 산으로 가로막혀 있는 천험의 요새입니다. 게다가 이미 하북 지역의 지방군까지 지원을 보낸 상태입니다. 걱정하실 이유가 전혀 없사옵니다."

"그렇습니다. 금마국 놈들은 분명 이번 기회에 회복 불능의 큰 상처를 입게 될 것이옵니다."

"연경을 치러 가다니, 놈들이 스스로 제 무덤을 파는 격이 될 터이니 그 문제는 너무 심려하지 않으셔도 괜찮사옵니다."

"중요한 건 연경이 아니라 바로 북궁월입니다. 놈은 한때 황무제일인으로 불릴 만큼 무술의 달인이었으며, 게다가 어제 보아하니 놈은 벌써 자기를 도와줄 세력까지 포섭한 듯합니다. 놈을 그냥 내버려 둬서는 분명 종묘사직이 위태로울 테니 하루라도 빨리 놈과 그 일당을 궤멸하는 데 국력을 모아야 하옵니다."

시시각각으로 비관적인 보고가 날아들고 있는데도 이들은 여전히 낙관적이었다.

영중제는 또다시 가슴이 답답했으나 오늘만큼은 결코 물러서고 싶지 않았다.

"짐의 생각은 그렇지 않소. 왜냐하면……."

　　　　　*　　　　　*　　　　　*

"으아아악!"

폐부를 쥐어짜는 듯한 절규가 광활한 화북대평원의 끝까지 울려 퍼졌다.

털썩!

그리고 시리도록 투명한 검과 함께 한 사내가 망루의 차가운 바닥에 쓰러졌다.

연경성주 담일목!

죽음으로라도 끝까지 연경성을 사수하고자 했던 그는 타미루의 쌍도끼 아래 최후를 맞이하고 말았다.

다음 순간,

"와아아……!"

"와아……!"

천지를 진동하는 금마국 군사들의 함성이 울려 퍼졌고, 주군을 잃은 성의 병사들은 하나둘씩 칼과 창을 버리고 투항을 하기 시작했다.

마침내……

대륙의 두 번째 거도인 연경성은 이렇게 그 주인이 바뀌고 말았다.

*   *   *

어전 회의는 난항에 난항을 거듭하고 있었다.

그동안 웬만하면 대신들의 의견을 존중해 왔던 영중제였으나 오늘 만큼은 무슨 일이 있어도 지금의 위기를 결코 안일하게 취급해선 안 된다는 생각을 대신들에게 각인시켜 주고 싶었다.

하여 대신들의 의견을 묵살하며 전선의 비관적인 상황을 설명하고 또 설명했으나 대신들의 생각은 달라도 너무 달랐다.

"폐하의 근심이 무엇인지는 소신들도 잘 알고 있습니다. 하나 제 아비의 복수를 하겠다고 설치는 북궁월부터 잡지 않고선 결코 국력을 하나로 모을 수가 없사옵니다!"

공손창이 단호하게 입을 열자 대신들은 일제히 부복을 하며 소리쳤다.

"그렇사옵니다, 폐하!"

"놈을 잡지 않고선 종묘사직이 위험합니다! 통촉하시옵소서!"

이들에게는 연경에서 전쟁을 일으키는 적도들보다 바로 이 황도 안에 숨어 있는 북궁월의 존재가 더 섬뜩했다.

지난밤에 그랬던 것처럼 언제 또다시 그 엄청난 무술 솜씨로 자신들의 앞에 나타날지 모르는 일이 아닌가!

그렇기 때문에 무슨 일이 있어도 북궁월에 대한 수배령을 내리고 그를 체포하는 데 총력을 기울여야만 한다는 생각이 최우선일 수밖에 없었다.

그때였다.

콰앙!

천위위 대영반인 담일기가 미친 듯이 장내로 뛰어들었다.

"폐, 폐하! 크흐윽……."

담일기는 영중제의 앞에 부복을 하며 큰 소리로 오열하였다.

"담 영반! 이 무슨 해괴한 짓인가? 감히 폐하의 앞에서……!"

공손창이 눈을 부릅뜨며 천붕전 담당 환관의 보고조차 무시하고 뛰어들어 온 그의 결례를 꾸짖었다.

하나 영중제는 개의치 않았다.

"대체 무슨 일인가?"

"크흐흑! 폐, 폐하… 방금… 연경이 적도들에게 함락되었다는 봉화가 피어올랐다고 하옵나이다……."

"무, 무엇이……?!"

담일기가 피눈물을 흘리며 오열을 하자 영중제의 표정이 딱딱하게 굳어져 버렸다.

뿐만 아니라 절대 끄떡없다고 호언장담을 하던 대신들의 얼굴도 이 순간만큼은 모두 하얗게 질리고 말았으니…….

〈3권 끝〉